KB106022

밤의 징조와 연인들

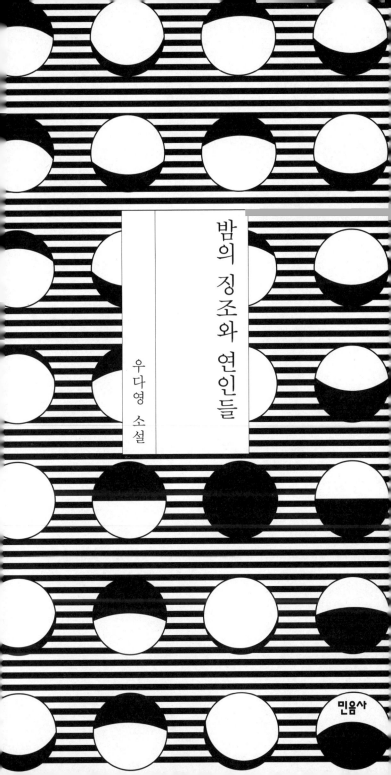

밤의 징조와 연인들

우다영 소설

민음사

차례

밤의 징조와 연인들

1

여름이 왔다고 느낄 때 석이가 영화를 보자고
했다.

석이와는 2년 전 신인 큐레이터들을 소개하는
릴레이 전시에서 알게 되었다. 그때 만난 작가들,
큐레이터들과 꾸준히 어울리며 그들의 전시나 행
사장에서 종종 얼굴을 봤다. 그런 밤에는 좁고 어
두운 술집에서 가까이 앉아 술을 먹기도 했는데
석이가 안주를 먹으려고 손을 뻗으면 몸에 닿지 않

아도 그의 팔과 어깨에서 따뜻한 체온이 느껴졌다. 그것을 기억하고 있었지만 특별하게 생각해 본 적은 없었다.

석이는 그해 가을 나에게 「방, 우주」 전시에 갈 거냐고 물었다. 전시 공간에는 인공 채광이 드는 작은 창과 평범한 침대, 책상, 책장, 옷장이 있는 똑같은 방 수십 개가 이어졌는데, 어떤 방의 가구는 좀 더 낡았고 어떤 방의 침대맡에는 빈 찻잔 하나가 놓여 있는 식이었다. 찻잔 속에는 방 안 물건들의 위치와 채광의 기울기가 만들어 낸 작은 무지개가 영원히 박제된 순간처럼, 누군가 흘리고 간 꿈결처럼 고여 있었다. 찻잔이 없는 방에서 그 자리는 눈에 보이는 것이라곤 아무것도 없는 텅 빈 공간이었다. 석이와 나는 거기서 아는 작가와 기자들을 몇 명 만나서 그들과 함께 저녁을 먹었다.

지난겨울에는 내가 처음으로 단독 큐레이팅한 전시 오프닝에 석이가 왔다. 지인과 관계자들만 어슬렁거리던 전시관이 폐관하고 간소한 축하 파티까지 마무리될 즈음 꽃과 선물들이 상하지 않도록 쇼핑백에 담고 있는 내게 석이가 다가와 물었다.

"나가서 한잔 더 할래?"

석이는 살짝 몸을 숙인 채 나와 널브러진 내 짐들을 내려다보고 있었고, 그렇게 잠시 내가 대답하길 기다렸다. 그건 옮겨서 다른 사람들과 함께 술자리를 이어 가자는 부드러운 권유처럼 들렸다.

"나는 먼저 갈게. 너무 피곤해."

"그래, 그렇겠다."

석이는 웃으며 고개를 끄덕이고는 내가 짐을 정리하고 그것들을 들고 나갈 수 있도록 도와주었다.

이런 일들은 나중에 석이와 이야기를 나누면서 떠올린 기억이었고 어쩌면 영영 중요하게 인식하지 못했을 순간들이었다. 나는 곰곰 상상해 본 적이 있다. 석이도 나도 우리에게 일어난 일들을 기억하지 못하고 그날들이 영원히 존재하지 않게 된 세계. 그곳에서 석이와 내가 아무 관계 없는 각자의 미래를 향해 웃으며 흔들리며 느릿느릿 살아가는 상상. 그건 아득한 크기의 우주를 떠오르게 했다. 언젠가 내가 깊은 잠에 빠진 적이 있고, 거기 어떤 것들을 그대로 남겨 둔 채, 다른 우주의 똑같은 방에서 깨어나기라도 한 것처럼.

마침내 석이가 전화를 걸어와 영화를 보자고 한 이른 여름에도, 방 안으로 햇살이 쏟아지던 그 한

낮에도 나는 그런 기분을 느꼈다. 아주 지겨운 관계를 끝낸 참이었고 괴로운 마음은 아니었지만 단지 멍하니 누워 있는 시간이 필요했다. 천장과 창문과 가구들을 찬찬히 바라보며 그것들이 언제까지고 낯설게 느껴질 거라고 생각했다. 그때 걸려온 전화가 그 사람이 아니고 석이라서 나는 기분이 상했다.

"오늘은 안 될 것 같은데. 주말은 어때?"

"아니, 오늘 볼 거야."

석이가 말했다.

"이수야, 네가 오지 않으면 혼자서 볼 거야."

나는 침대에서 천천히 몸을 일으키며 석이가 어떤 사람이었는지, 그와 내가 어떤 사이였는지 처음으로 생각하기 시작했다.

2

영화를 보고 밖으로 나왔을 땐 가느다란 비가 내리고 있었다. 안개처럼 거리를 조금씩 적시는 비였고 길에 놓인 입간판, 주정차된 자동차들 위로 부드러운 물보라가 일었다.

석이와 나는 빗속을 걸으며 무엇을 먹을지 의논했다. 둘 다 배가 고팠고 따뜻한 음식이 먹고 싶었다. 하지만 느긋하게 걸었다. 큰 창을 열어 두고 거리를 구경할 수 있는 만두 가게에 들어갔을 땐 석이의 등과 어깨가 까맣게 젖어 있었다. 머리카락에 맺힌 작은 물방울들이 보였다. 석이는 손으로 툭툭 물기를 털어 냈다.

찐 갈비만두와 군만두, 청경채와 함께 볶은 물만두를 주문했다. 작은 연태고량주 한 병을 조금씩 나눠 마셨다.

석이가 그날 본 「시빌 워」에 대해 설명해 줬다.

"아이언맨의 아버지가 캡틴아메리카의 방패를 만들어 줬어. 아이언맨과 캡틴은 원래 만날 수 없는 시대의 사람들이지만 캡틴이 70년 동안 단단한 빙하 속에서 얼어붙어 있었기 때문에 둘은 친구로 만나게 돼."

그날 영화에서는 아이언맨의 부모를 죽인 사람이 윈터솔저라는 것이 밝혀지고 그를 보호하려는 캡틴과 아이언맨이 영영 회복할 수 없는 갈등으로 치달았다.

"윈터솔져는 캡틴이 아직 약골이었을 때, 그러니까 열등감과 복수심으로 가득 차 있을 때 정의를 알게 해 준 영웅이야. 그런 동료가 없었다면 악인은 더 악하게, 선인은 더 선하게 만드는 혈청을 맞았을 때 캡틴은 분명 악인이 됐을 거야."

"캡틴아메리카를 만든 장본인이구나."

"맞아. 더 재밌는 건······."

석이는 신이 나서 팔꿈치로 테이블을 짚고 앞으로 몸을 기울였다.

"부모님이 테러에 살해됐기 때문에 토니 스타크는 스스로 아이언맨이 되었어. 그러니까 캡틴아메리카와 아이언맨의 탄생에는 한사람이 있는 거야. 때론 마음속에 정의를 심어 주는 동료로, 때론 복수심을 심어 주는 원수로 삶의 길목에 나타나는 윈터솔져가."

"정말 그렇네."

나는 고개를 끄덕였다.

"하지만 조종받은 채 살인을 저지르고 테러 누명까지 쓴 윈터솔져는 단순히 누군가의 사도나 사신이 아니라 그 자체로 인간이야. 히어로가 되지 못하고 악인이 되어야 했던 삶의 길목엔 무엇이 있었던 거지?"

"너는 캡틴처럼 생각하는구나."

석이가 웃었다.

"단 한 명의 정의와 다수의 정의가 동등하게 중요해."

"그러는 너는 아이언맨인가 보네."

나는 손가락으로 석이를 콕콕 가리켰다.

"사회 정의를 위해 과감히 버리고 통제해야 할 것들이 있다는 거야, 그렇지?"

석이가 날 바라봤다. 문득 이런 식으로 석이와 이야기해 본 건 처음이라는 걸 깨달았다. 갑자기 내가 말을 너무 많이 한 것 같아 민망해졌지만 한편으로는 석이도 나와 비슷한 기분일 거라는 묘한 안도감이 들었다. 석이는 혼자만 들떠서 내 기분을 상하게 한 건 아닌지 살피면서도 내가 그렇지 않다는 걸 느끼고 있었다. 서로의 얼굴을 들여다보며 그런 마음을 읽을 수 있었다.

석이의 얼굴. 그동안 무수히 봤을 그 얼굴에서 식이가 호감을 담아 바라보는 방식, 이따금 눈을 내리감는 모습, 표정을 바꿀 때 피부 아래서 도미노처럼 부드럽게 움직이는 얼굴 근육을 보았다.

"이런 얘기, 재미없어 할 줄 알았는데."

석이가 입을 열었다.

"왜 그렇게 생각했어?"

"네가 사람들하고 있을 때 지겨워하는 것 같았어. 아, 오해는 하지 마. 냉담한 태도로 오만하게 군다는 말이 아니라, 어쩐지 사람들을 살피고 파악한 뒤에 그저 맞춰 주고 있다는 느낌이 들었어."

나는 팔짱을 끼고 웃었다.

"날 관찰하고 있었던 거야?"

"처음엔 걱정이 돼서 지켜봤어. 네가 아무것도 모르고 웃고 있는 것 같아서 이 애는 어쩌려고 그러나. 세상에 이상하고 위험한 사람들이 얼마나 많은데. 상처받으면 어떡하지. 뭐 내가 신경 쓸 일은 아니지만. 근데 웃는 모습 예쁘네, 생각했지."

석이가 이를 드러내고 하하 웃었다.

"괜한 걱정이었어. 너는 모난 사람들 사이에서 스스로를 잘 지켜 내더라. 사람을 좋아하는 마음이 보였어. 모르는 게 아니라 다 알고 있구나. 알고도 좋아하는구나. 그래서 저 사람들을 견디고 있구나. 그게 신기했어."

나는 사람들을 견딘다는 말에 대해 생각해 보았

다. 내가 알기로 석이는 아는 사람도 많고 인기도 많아서 여러 가지 프로젝트에 자주 호명되는 사람이었다. 평판이 좋아서 누군가와 척을 졌다는 소문도 전혀 없었다.

"혹시 견디고 있는 사람들이 있어?"

내가 물었다.

"있지."

"나는 네가 사람들하고 잘 지낸다고 생각했는데."

"일이니까. 숨겨야 하니까. 진짜 나를 아는 사람은 거의 없어."

석이는 비스듬히 창 너머 젖은 거리를 바라봤다. 실처럼 가는 빗줄기가 늘어선 가로수 잎사귀와 길 위의 작은 돌들을 때리는 소리가 들렸다.

나는 석이를 진심으로 좋아하는 사람들, 석이와 친하다고 공공연하게 말하는 사람들을 떠올렸다. 그 많은 얼굴들을 떠올리며 석이가 이토록 냉정하다는 사실에 놀랐다.

어느 순간 석이는 다시 나를 바라보고 있었다. 눈이 마주치자 천천히 미소 지으며 입을 열었다.

"우리 아버지는 덤프트럭을 몰았어."

덤프트럭은 신도시가 들어서는 공사장에 시멘트

를 나르고 피서객들이 많이 찾는 해수욕장에 부족한 모래를 채워 넣으며 길고 적막한 고속도로를 무수히 달렸다. 그건 아름다운 건물을 짓거나 물거품에 사라져 가는 해변을 지키는 일과 무관했다. 느닷없이 작은 점처럼 생겨난 석이 때문이었다. 배속에서 석이가 자라기 시작하자 어린 부부는 자신들의 생각이 틀렸음을 깨달았다. 그건 점이 아니라 깊이를 알 수 없는 미지의 구멍이었다.

아버지와 어머니는 겁에 질렸던 거 같다고, 석이는 말했다. 어쩌면 불길한 미래를 예감했을 거라고. 바로 그 예감이 그들을 정확한 미래로 이끌었다고. 석이는 여전히 궁금해했다. 그때 대학을 그만두고 트럭을 몰아 돈을 벌겠다는 아버지의 충동은 어디에서 왔을까. 조급하게 굴지 않고 주어진 궤도를 지켰다면 아버지는 회계사가 되어 신도시 사무실이나 피서지 파라솔 아래 있었을까. 그 사이를 오가는 길 위에서 의미 없이 죽지 않을 수 있었을까.

사인은 졸음운전으로 인한 추돌 사고였다. 무거운 혼몽 속에서 점점 몸이 기울어지던 아버지는 한동안 그의 마음을 사로잡고 있던 불안의 정체를 깨달았을지도 모른다. 그래, 바로 이거였구나. 이 순간이었어. 그는 달콤하고 미지근한 꿈속으로 들어가며 지그시 가속 페달을 밟았다. 무섭게 돌진한 덤프트럭은 순식간에 앞서가던 세단을 터널 입구의 단단한 벽까지 밀어 버렸다. 세단에는 휴가를 마치고 돌아오던 일가족 네 명이 타고 있었다. 그 사고에서 아무도 살아남지 못했고 어머니는 조용히 상을 치른 뒤 석이를 낳았다.

"내가 5학년 때 막내고모가 말해 줬어."

석이는 골똘한 표정을 지었다.

"나를 안아 주면서 괜찮아, 다 괜찮아, 속삭이는데 그땐 뭐가 괜찮다는 건지 몰랐어."

석이를 키운 건 고모들이었다. 아버지는 위로 터울 많은 다섯 누나가 있었다. 그는 장손 집안의 장남이었고, 연로한 부모는 성인이 되기 전에 모두 병환으로 돌아가셨기 때문에, 또 어머니 쪽에는 아이를 맡아 줄 일가친척이 전혀 없었기 때문에 그녀들이 석이를 키울 수밖에 없었다. 어머니는 아버지의 죽음이 남긴 빚을 어느 정도 갚고 석이를 데려갈 요량이었다. 하지만 불어나는 이자와 성의껏 보태는 석이의 양육비, 예기치 않게 지출되는 스스로의 생활비와 병원비 때문에 그 시간은 아주 길어졌고, 석이와 함께 살 여력이 생겼을 때는 석이가 그러길 원치 않았다. 감정적인 결정은 아니었고, 단순히 고등학교를 졸업할 때까지 적응하고 있던 환경을 바꾸고 싶지 않다는 이유였다.

갓난아기였던 석이를 처음 맡아 준 사람은 막 딸을 낳은 넷째 고모였다. 돌이 넘을 때까지 동갑내기 사촌 누나와 고모 젖을 나눠 먹었는데 석이는 기억나지 않는다고 했다. 세 살에 고모부가 해외로 파견을 가면서 과수원을 하는 둘째 고모 집으로 갔다. 당시 열세 살, 열두 살이던 그녀의 개구쟁이 아들들이 학교가 끝나면 집으로 달려와 석이를 돌봤다. 학교에 들어갈 무렵엔 학군을 염려한 큰고모가 석이를 데려갔다. 그녀는 중학교 국어 선생으로, 한 해 전에 남편과 사별하고 장성한 세 남매와 살고 있었다. 석이는 그 조용한 지방 소도시를 특히 좋아했다. 큰고모가 허리 수술을 받고 거동이 불편해지기 전까지 5년을 살았다. 혼기가 꽉 차서 결혼한 막내고모는 무역 사업을 하는 남편과 해안 도시에서 살고 있었다. 그녀는 석이가 거기서 1년을 채우기도 전에 이혼했다. 그때쯤 배 속에서 8주된 아이를 발견했지만 상황이 바뀌진 않았다. 석이는 혼자 사는 셋째 고모와 과묵한 사춘기를 보내고, 철이 들 무렵엔 다시 한국으로 돌아온 넷째 고모에게 갔다. 고모들은 모두 인정 있는 사람들이었고 아버지를 사랑한 사람들이었다. 석이는 고모들 집에서 그 자식들과 똑같이 먹고 입으며 형제와 남매처럼 자랐다.

"아직도 그 집들이 다 기억나."

석이가 눈을 지그시 내리깔고 말했다.

"집 안의 구조, 가구가 놓여 있던 자리, 은근하게 배어 있던 특유의 냄새 같은 거. 그 집만의 특색이 된 흠집이나 홈, 낙서 같은 거 말이야. 창밖으로 내다보이던 낯선 동네 풍경이 스냅 사진으로 찍어 둔 것처럼 눈을 감으면 천천히 떠오르는 거야."

석이는 여전히 별다른 용건 없이도 고모들과 통화하고 가끔 사촌들을 만나 식사를 한다고 했다. 어머니의 안부도 종종 챙겼다. 예전엔 그녀를 원망했던 순간들이 있었지만 지금은 아니라고 했다.

나는 석이를 가만히 바라보며, 때때로 고개를 작게 끄덕이며 그런 얘기를 들었다. 그러다 마침내 석이가 내게 무언가를 암시하고 있다는 것을 깨달왔다.

석이는 자신 안에 자리한 풍경의 일부를 펼쳐 보이며 이런 세계가 있어, 나는 이곳에 있어, 말하고 있었다. 그 풍경 속에 꼿꼿이 서서 조금도 움직이지 않은 채 나를 향해 손을 내밀고 있었다. 그건 관계를 망칠까 봐 걱정하는 조심스러움이나 상대의 응답과 상관없이 지속되는 상냥한 마음과는 거리가 멀었다. 그 태도는 너무 분명하고 단호해서 완강하게 느껴졌다. 같이 춤추자고 내미는 손이 아니라 물에 빠진 사람이 물속에서 뻗는 손 같았다.

제일 먼저 머릿속에 떠오른 생각은 우선 거리를 두고 망설여야 한다는 것이었지만, 어쩐지 불가능한 일처럼 느껴졌다. 나는 이미 석이가 단출한 짐을 들고 새로운 방 앞에 서 있던 기억, 방으로 들어가기 전에 잠시 문가에 서서 차갑게 식어 있는 방 안을 멍하니 훑어보던 기억을 떠올릴 수 있었다.

마치, 내가 진짜로 겪은 어떤 시간처럼.

3

석이는 강 위에, 나는 강 아래 살았다. 우리는 그 강을 건너 만났다.

햇살이 좋으면 함께 산책을 했다. 주로 대학가와 번화가를 걸었다. 평일 낮의 한산한 거리를 걸으며 빛이 내리쬐는 카페테라스와 아직 열지 않은 술집들을 구경했다. 마음에 드는 곳을 발견하면 다음에 한번 가 보자고 약속하고 기억해 두었다. 배가 고프면 근처 가게로 들어가 밥을 먹었다. 점심도 저녁도 아닌 시간에 느긋하게 밥을 먹고 나오면 거리는 어디선가 흘러온 사람들로 붐볐다. 그들은 우리와 다른 방향으로 걷거나 나란히 걸어가다가도 어딘가로 사라졌다.

해가 지면 조용한 술집에 마주 앉아 서로의 눈을 바라보며 이야기를 나눴다. 나는 학부에서 회화를 전공하고 대학원에서 예술학을 공부했던 과정에 대해, 여태까지 작게나마 참여했던 전시와 거기서 만난 사람들에 대해, 특히 생각지도 못한 관점으로 전시를 기획해 나를 놀라게 했던 선배 큐레이터들에 대해 이야기했다. 석이는 어릴 때 물인 줄 알고 잘못 먹은 부동액 때문에 응급실에서 위세척을 했던 일에 대해, 고등학교 때 스쿠터를 타다가 교통사고가 난 일에 대해, 군대에서 탱크와 벽 사이에 손이 껴서 손가락뼈가 세 개나 부서진 일에 대해 이야기했다. 나는 세 살 무렵 갑자기 생긴 천식에 대해, 부모님이 주말마다 데리고 다녔던 공기 좋은 여행지들에 대해, 뒤늦게 태어난 두 동생들에 대해 이야기했다. 석이는 미학과에 가기 전에 조소과를 준비했던 기간에 대해, 큐레이터 일 이외의 다양한 아르바이트에서 겪었던 경험에 대해, 1년 전 독립해서 혼자 살기 시작한 생활에 대해 이야기했다.

"신기해."

석이는 정말 믿기지 않는다는 듯이 고개를 흔들었다.

"전혀 상관없는 궤적을 그리다가 우리가 이렇게 만나다니."

나도 속으로 생각했다. 맞아, 이건 신비로운 일이야.

"이상하지? 처음 봤을 때부터 너랑 이야기해 보고 싶었어."

석이는 턱을 괴고 물끄러미 나를 바라봤다.

"누구한테도 이렇게 내 이야기를 한 적 없어."

한참 대화에 빠져 있다가 조명이 어두워져서 주위를 둘러보면 가게 안은 텅 비고 석이와 나만 남아 있었다. 석이는 내가 사는 아파트 앞까지 함께 왔다가 다시 컴컴한 강을 건너 집으로 돌아갔다.

한번은 내가 신이 나서 잔뜩 취했다. 석이는 나를 공원 벤치에 앉혀 두고 편의점에서 물을 사 왔다. 석이가 달려와서 내 옆에 앉았을 때 나는 팔을 뻗어 석이의 목을 끌어안았다. 석이의 목덜미에 뺨과 코를 대고 가만히 숨을 몰아쉬었다. 석이는 땀을 조금 흘리고 있었고 술에 취한 나보다 체온이 높았다. 처음에는 잠시 딱딱하게 굳었지만 이내 팔을 들어 나를 안아 주었다. 등과 허리를 조심스럽게 감싸고 한 손으로 천천히 머리를 쓰다듬었다. 석이가 내 머리카락 위에 여러 번 입을 맞추고 이내 고개 숙여 키스했을 때 나는 피하지 않았다.

다음 날 석이는 내게 전화를 걸어 우리가 무슨 사이냐고 물었다. 마치 화가 난 사람처럼 수화기 너머로 냉정한 침묵이 흘렀다. 나는 웃음을 참으며 우리는 사귀는 사이가 아니냐고 했다. 그제야 석이는 당장 나를 보러 오겠다고 말했다.

　석이의 방에는 천변 쪽으로 난 작은 창과 조그
만 테라스로 이어지는 큰 창이 있었다. 한낮이면
방 안은 온통 햇살로 가득 찼다. 석이와 나란히 침
대에 누워 천의 물결이 반사되어 일렁이는 천장을
바라보면 밝고 몽롱한 물속에 잠긴 기분이 들었다.
석이의 팔과 내 팔이 닿는 감촉, 서로가 따뜻하게
들이쉬고 내쉬는 숨결을 제외하면 아무것도 실재
한다고 믿을 수 없었다. 석이의 팔 안으로 파고들
어 가슴 위에 귀를 얹으면 세상은 잠시 분명한 박
동의 형태로 존재했다. 그런 세상에서 말은 언어가
아니었다.

　모르는 사이에 함께 잠들었다가 한밤까지 잔 적
도 있었다. 석이와 나는 거의 동시에 깨어나 느리
게 눈꺼풀을 깜빡이며 서로를 바라봤다. 어느새
방 안은 심해처럼 푸르고 신비로운 어둠 속에 가라
앉아 있었다. 내가 천천히 몸을 일으켜 벽에 등을
기대자 석이도 일어나 마주 앉았다. 석이는 한 손
으로 내 어깨를 잡고 다른 손을 내 무릎에 올려놓
은 뒤 숨을 내쉬었다.

"뭐라고 말해야 할지 모르겠어."

기묘한 음영 속에서 석이가 말했다.

"누굴 만나는 게 처음이 아닌데…… 우리가 어딘가로 가고 있는 것 같아."

나는 그 표현이 엉터리라고 생각하면서도 석이가 하려는 말을 정확히 이해할 수 있었다.

슬슬 더위가 시작되면서 우리는 그 방에서 대부분의 시간을 보냈다. 유난히 더위를 많이 타는 석이는 그때쯤 길을 걸으면 땀을 너무 많이 흘렸고 금세 체력이 떨어졌다.

"그러니까 여름이 지나갈 때까지 여기서 이렇게 피서를 즐기자."

내가 제안했을 때 석이는 미안하고 감동한 표정으로 한동안 내게서 눈을 떼지 못했다. 석이는 내가 진심인지 걱정하면서도, 스스로도 깨닫지 못한 채 그 순간을 결정적인 장면으로 각인했다. 나는 그걸 알 수 있었고 그게 좋았다.

우리는 에어컨과 선풍기를 켜 두고 작은 책장과 연결된 접이식 테이블에서 차가운 기네스를 마셨다. 어떨 때는 큰 얼음을 넣어 차게 식힌 달콤한 버번을 마셨다. 사실 나는 좀처럼 더위를 타지 않고 대신 추위를 몹시 타서 얇은 담요를 어깨에 두르고 있거나 이따금 테라스에서 따뜻한 바람을 쐬고 돌아왔다.

계속 대화를 나눴기 때문에 서로에 대해 많은 것을 알게 되었다. 나는 석이가 두 번의 긴 연애를 했지만 처음엔 석이의 군 복무 기간이 포함되고 그 다음엔 여자 친구의 유학 기간이 포함되어서 실상 함께 지낸 시간은 얼마 안 된다는 걸 알았다. 석이는 내가 네 명의 남자를 만났고 그중 한 명은 석이도 얼굴을 아는 설치 미술가라는 걸 알았다.

"왜 헤어졌어?"

석이는 진지한 표정으로 물었다.

"이건 아주 중요한 문제야."

"글쎄. 다 다른 경우야."

나는 잠시 생각해 보았다.

"그렇기는 한데 결국엔 다 비슷했어. 그냥 더 이상 만나고 싶지 않았어."

"그 사람들이랑 나는 달라?"

"물론."

"나랑 계속 만나고 싶을까?"

"그럼."

석이는 내 품으로 파고들어 투정 부리듯 속삭였다.

"너는 나를 버릴 거야. 나를 완전히 부숴 버릴 거야."

나는 웃으며 석이의 뺨과 턱을 쓰다듬었다. 그리고 이미 여러 번 말했지만 여전히 석이가 원하고 있는 대답을 들려주었다.

"아냐, 널 떠나지 않을게."

나도 석이가 이전 연인들과 어떻게 헤어졌는지 들었다. 단편적인 상황들을 두서없이 들은 게 다지만, 또 석이는 자신의 과거를 다르게 해석하고 있었지만, 나는 석이가 늘 연인이 떠날까 봐 두려워지면 먼저 그 관계를 버렸다고 생각했다. 어쩌면 그 여자들은 석이를 떠날 마음이 없었고, 단지 석이가 좀 더 가까이 다가와 주길 바라며 한발 물러났던 것일 수도 있겠다는 생각이 들었다. 겁에 질린 석이가 그 여자들과 스스로에게 모두 상처를 준 거라고.

함께 지내면서 알게 된 석이는 언제나 가장 안 좋은 경우부터 떠올리는 사람이었다. 이를테면 주머니에 지갑이 없다는 걸 깨달았을 때 나는 대수롭지 않게 방에 두고 나왔을 거라고 생각했지만, 석이는 그 지갑이 천변 징검다리 사이에 떨어져 이미 먼 곳까지 떠내려갔을 거라고 거의 확신했다. 지갑 속에 든 것들을 이미 잃은 것처럼 행동했고 그 때문에 생기는 온갖 불이익을 미리 감수했다. 지갑은 책상 모퉁이에 얌전히 놓여 있었다.

"그렇게 나쁜 쪽으로 생각하지 말고 마음을 좀 놓으면 어때? 네가 너무 힘들잖아."

내가 타이르면 석이는 걱정시켜서 미안하다고 사과한 뒤, 아무래도 어쩔 수 없다고 말했다.

"그게 내가 나를 지켜 온 방식인걸. 한순간 잠들면 늑대는 양을 물어 가."

석이는 부드럽게 나를 안았다.

"네가 살아온 세상은 대체로 좋은 방향으로 흐른 거야. 좋은 예감을 배신하지 않는 형태로."

아니면 양 한 마리쯤 잃는 일이 대수롭지 않았을 거야. 이미 많은 양을 잃은 누군가에겐 마지막 양을 지키는 일이었을 텐데.

시간이 흐른 뒤 석이가 그렇게 말한 적이 있다. 하지만 그때는 그냥 나를 품에 안고 바로 그런 점이 좋다고 속삭였다. 밝고 행복하게 자란 점이. 축복의 영역 바깥을 잘 떠올리지 못한다는 점이. 그 말은 어느 정도 진심이었던 것 같지만 얼마 지나지 않아 바로 그런 점 때문에 화를 냈다.

현대 미술 워크숍이 있던 날이었고, 나는 워크숍을 주관하는 지도 교수님을 도와 행사를 진행하고 있었다. 석이는 참석자로 와서 강연을 들었다. 그 자리에는 석이와 내 관계를 모르는 사람들이 대부분이어서 우리는 먼 거리에서 가끔씩 다정하게 눈을 마주쳤다.

행사는 무난하게 흘러갔고 마지막 순서인 다과 시간에 나는 눈치를 살피다가 석이가 있는 자리로 다가갔다. 석이 옆에 앉아 있던 나도 잘 아는 사진작가가 나를 보고 인사했을 때 석이는 너무 빠르지도 느리지도 않은 속도로 자리에서 일어나 자연스럽게 다른 무리 쪽으로 가 버렸다. 당혹스러웠지만 그 자리를 벗어나지 않고 잠시 사람들과 이야기를 나눴다. 석이는 내내 나랑 멀찍이 떨어진 곳에 머무르며 내 쪽을 한 번도 쳐다보지 않았다.

나는 일이나 대화에 전혀 집중하지 못하고 허둥지둥 그날 일정을 마무리했다. 몸이 안 좋다고 둘러대고 행사장을 빠져나와 한참 떨어신 노로변에서 석이를 만났다. 마주 선 석이와 내 곁으로 자동차들이 속도를 줄이지 않고 쌩쌩 지나갔다.

"석아, 왜 그러는 거야?"

"왜 그러는 거야? 그러는 너는 뭐 하는 거야?"

정말 화를 참기 어렵다는 듯이 석이의 목소리가 떨리고 있었다.

"넌 나를 철저히 무시하고 나 같은 건 눈에 보이지 않는다는 듯이 행동했어. 너도 그걸 알겠지."

나도 덩달아 몸이 떨렸다.

"아니, 난 그런 적 없어. 나를 계속 피했던 건 너지."

무엇보다 석이가 나를 그런 식으로 대할 수 있다는 사실에 충격을 받았다.

"왜 그런 생각을 한 거야?"

처음에 석이는 이유를 말해 주려 하지 않고 내가 자신을 아주 우습게 만들었으며 그런 나한테 실망했다는 말만 반복했다. 내가 인내심을 갖고 좀 더 추궁하자 결국 참지 못하고 소리쳤다.

"그 사람이 내내 주위를 맴돈 걸 몰랐다고?"

나는 석이가 말하는 그 사람을 한번에 떠올리지 못했다. 그는 순수 회화를 다루는 대형 에이전시의 큐레이터로, 회화과 선배였다. 원래도 안면이 있었고 그날 한 번 더 정식으로 인사를 하긴 했지만 그 선배에게서 어떤 특별한 인상도 받지 못했다.

"네가 사람들을 인솔할 때, 다음 프로그램을 준비할 때 호시탐탐 기회를 엿보면서 계속 네 곁을 얼쩡거렸어. 괜히 다가가서 쓸데없는 걸 묻고 의자를 가져다주면서 너한테 말을 걸었다고. 나는 계속 너를 신경 쓰고 있었으니까 당연히 알 수 있었어. 우리한테 생긴 위험을 감지하고 너에게 사인을 보냈는데 그걸 무시한 거야. 왜냐하면 애초에 너는 네 일이 가장 중요하고 일에 빠지면 나한테서 완전히 신경을 꺼 버리니까."

그런 말을 듣고 나자 오히려 흥분이 싹 가라앉았다. 나는 헛소리를 하는 걸 보니 지금 제정신이 아닌 것 같다고 말해 준 뒤 택시를 잡아타고 집으로 가 버렸다.

다음 날 석이는 전화를 걸어 내게 사과했다.

"미안해. 내가 많이 미울까? 괜찮으면 집 앞으로 갈게."

만나서 얼굴을 보자 화가 거의 풀려 버렸지만 한 가지만은 분명하게 짚고 넘어갔다.

"어떤 경우에노 나한테 그런 식으로 굴면 안 돼. 나는 네가 그렇게 해도 되는 사람이 아니야. 석아, 알겠어?"

석이는 다시는 그러지 않겠다고 대답했다. 정말 그 후로 일체 공격성을 보이지 않았다. 나랑 다투게 되어도 대화가 험악해지지 않도록 말을 골랐고 화가 나더라도 함부로 대하지 않으려고 노력했다. 감정적이지 않을 때의 석이는 진짜 상대에게 잘못이 있는지, 스스로에게 화낼 권리가 있는지 논리적으로 생각할 줄 알았다.

나를 적처럼 간주하고 쏘아붙인 일이 석이에게도 큰 충격을 주었다. 석이는 자신이 살아오는 과정에서 세상은 대체로 적이었고 그 적들과 싸우는 방식이 몸에 배어 버린 것 같다고 털어놓았다. 폭력으로 맞서지 않으면 폭력을 당했다고.

"네가 날 좀 도와줘."

석이는 풀 죽은 목소리로 말했다.

"너를 울게 할까 봐, 나를 미워하게 할까 봐 겁이 나."

석이는 최악을 상상하고 다가올 피해의 최대치가 감당할 수 있는 크기인지 미리 가늠해야 하는 사람이었다. 불운을 극복 가능한 형태로 재단해 놓지 않으면 한순간도 견디지 못했다. 상처에 대비하는 과정에서 마음을 다 소진했다. 그건 비효율적인 감정 소비였지만 어쩐지 비난받을 일도, 고쳐야할 기질도 아니라는 생각이 들었다. 불안은 목소리나 체온같이 석이의 일부였다. 과정을 설명할 순 없지만 결과적으로 내가 석이를 이해하게 되었다는 것은 분명했다.

"너를 불안하게 하고 싶지 않아."

나는 석이의 머리를 끌어안고 약속했다.

"네가 통증으로 감각한다면 좋아, 네 마음이 놓일 만큼 멀리 떨어질게. 나는 하나도 아프지 않고 뜨겁지 않지만 네가 그걸 상상하고 있잖아? 좋아. 석아, 난 다 좋다고. 위험이 내 발끝에서 시작된 희미한 그림자에도 닿지 못하도록 할게."

4

방에 단둘이 남으면 다툼 같은 건 일어나지 않았다.

침대나 모래수머니처럼 바스락거리는 빈백, 부드러운 바닐라색 러그 위 어디든 몸을 늘어트리고 함께 시간을 보냈다. 하고 싶은 얘기는 뭐든 하고, 먹고 싶은 것은 뭐든 먹었다. 석이는 나를 끌어안는 일에 몰두했다. 귀 아래 맥박이 뛰는 얇은 살갗에 코를 박고 냄새를 맡았다. 내 팔과 다리의 맨살이 자기 팔과 다리에 닿는 감촉을 매번 놀라워했다. 석이와 살을 대고 있으면 나도 내 몸의 매끄러움과 차가움, 피부 아래 깔린 탄성과 터무니없는 연약함을 발견했다. 전혀 모르던 나를 돌연 감각하게 되었다.

"너랑 같이 있고 싶어."

석이가 말했다.

"나도 그래."

"너랑만 나누고 싶어. 너를 웃게 해 주고 싶어. 왜 너인지 모르겠지만, 왜 네가 있다는 사실만으로도 내가 나를 견디고 능가할 용기가 생기는지 정말 모르겠지만, 나도 너에게 그런 사람이면 좋겠어. 지금 나는 너에게 그런 사람이 되고 싶다는 마음만으로도 즐겁고 편안해."

"나도야. 나도 그래, 석아."

그러면 석이는 잠시 망설이다가 조그맣게 속삭였다.

"나를 많이 안아 줘서 고마워."

함께 옛날 영화를 보거나 각자 읽고 싶은 책을
골라 읽기도 했다. 내용에 대해 나눌 이야기가 계
속 떠올랐기 때문에, 그리고 그 이야기는 또 다른
이야기를 자꾸 불러왔기 때문에 관람이나 독서는
자주 중단됐다. 누군가 말을 시작하면 언제라도 읽
고 있던 책을 무릎 위에 내려놓고 서로의 눈을 바
라봤다. 눈동자 속에서 우리는 무수한 잔상으로
복제되었다. 점점 작아져서 사라지는 것처럼 보였
지만 실은 끝없이 팽창하며 과거의 우리를 지속했
다. 그런 순간은 영원에 가까운 일처럼 느껴졌다.

시간과 여력이 허락하는 만큼 외부와 단절된 채
둘만의 일과에 집중했다. 단조로운 시간의 반복은
조금도 지루하지 않았고, 이 무한한 루프를 멈춰야
할 아무런 근거도 찾을 수 없었다.

대화 주제는 미학과 종교, 우주와 점성술, 윤리
와 물리학, 정치와 스포츠를 넘나들었다. 서로가
알고 있는 것과 서로가 생각하는 방식을 남김없이
들려줬다. 어떤 마음을 품고 있다면 그 마음을 갖
게 된 이유와 경험이 중요했다. 지금의 우리를 형성
한 내적이고 외적인 모든 과정을 조밀한 인과의 그
물로 엮어 내는 데 긴 시간을 들였다. 서로의 유사

함을 발견하고 차이를 비교하는 것이 놀라울 만큼 도움이 되었다. 함께 찾아낸 맥락은 우리의 존재를 우주의 크기로 부풀렸다.

한번은 내가 테드 창의 「이해」를 읽고 석이에게 줬다. 석이도 그 소설을 재밌게 읽어서 우리는 얇은 이불을 다리에 휘감고 긴 대화를 나눴다. 손상된 뇌를 치료하는 과정에서 지능이 고도로 발달한 두 명의 인간이 생기는데, 한 명은 사회와 종의 번영을 도모하기 위해 지능을 발달시킨 레이놀즈이고, 다른 한 명은 개인의 궁극적인 이해에 도달하기 위해 지능을 발달시킨 리언이었다. 이야기 도중에 알게 된 사실이 하나 있는데, 나는 소설을 읽는 내내 리언을 여자라고 오독했다. 석이가 그는 남자라고 바로잡아 줬다.

"리언을 나 같다고 생각했나 봐."

석이 눈동자에 비친 내 얼굴을 들여다봤다.

"난 항상 내가 누구인지가 궁금했거든."

나는 어떤 대상이나 현상을 바라볼 때 마음속에 품게 되는 독립적인 분리에 대해 이야기했다. 언제나 내 안에서 일어나는 몽상과 의문에 관심이 있었고, 타인은 그 세계에서 완전히 분리된 개별자였다. 어릴 때는 다른 사람에게 아무런 관심이 없어서 물론 그들에게 공감하려는 시도도 해 본 적 없다고 털어놓았다. 부모님은 꺼내어 말하지 않았지만, 어딘가 다른 나를 걱정스러운 눈길로 지켜봤다고. 우려와 달리 내가 밝고 원만한 성격으로 자라자 부모님의 그런 생각은 자연히 사그라들다가 애초에 없던 마음이 되었다.

아이러니하게도 내 기질은 자라면서 인간에 대한 관심과 관조로 기울어졌다. 나에 대한 이해가 숙달될수록 대상을 파악하는 일도 자연스러워졌다고, 나는 분석했다. 자신의 신체를 탐구한 리언이 타인의 신체에 바이오피드백을 가할 수 있게 된 것처럼, 내부를 연구할수록 외부에 대한 관점을 동시에 획득했다고. 타인에게 관심이 생기자 그 사람의 마음을 생각하게 되고 그건 내 마음에 대한 관심으로 이어졌다. 내 안에서 일어나는 생각을 아는 것과 다르게 정작 마음과 감정에 대해서는 모르는 것투성이였다. 내 마음을 탐구하는 일은 사람의 마음을 탐구하는 일과 다르지 않았다. 나를 알수록 타인을 알게 되고, 타인을 이해해 버리면 결국 공감하게 되었다.

반대로 석이는 스스로가 레이놀즈에 가깝다고 생각했다. 나는 바로 동의했다. 석이는 옳은 일을 옳다고 하고 그른 일을 그르다고 했다. 확고한 정의로움이 있었다. 석이를 만나고 가벼운 부도덕함을 유머처럼 사용하는 사람들 사이에서 내가 얼마나 피로했는지 깨닫게 되었다. 무심히 저지르는 부정한 행동과 도취적인 유흥을 석이는 경멸했다. 어릴 때는 그것이 저항하고 맞서는 반골 기질로 발휘되었지만, 나이를 먹으면서 튼튼한 울타리를 설치하고 그 안에서 스스로를 방어하는 형태로 바뀌었다. 아마도 자신의 분노는 처음부터 방어에서 비롯되었고 자신과 그 주변이 망가질까 봐 겁에 질렸던 것 같다고, 석이는 분석했다.

　석이는 관계망 안에서 자신을 파악했고 그렇기 때문에 외로움을 느꼈다. 입버릇처럼 늘 스스로를 혼자라고 말했는데 그건 고독하다는 말과 같다고, 나는 생각했다. 나와 마찬가지로 타인을 자기 몸 밖의 존재로 인식했지만, 관계 속에서 필연적으로 그들과의 사이에 간격이 생겼다. 간격은 석이의 의지와 상관없이 단단하게 주어져 있기도 하고, 석이가 자신의 정의에 맞게 조정하기도 했다. 나는 석이가 그런 식으로 은밀하고 단호하게 밀어낸 사람들을 알고 있었다. 석이는 거리가 먼 사람들에게는 놀라울 정도로 차가운 마음을 품고, 거리가 가까운 소수의 사람, 이를테면 가족이나 연인에 대해서는 자꾸 자기 자신과 혼동했다. 나를 자신의 신체 일부처럼 여기다가 내가 내 몸을 가진 타인이라는 걸 깨달으면 깜짝 놀라곤 했다.

간격은 나에겐 낯선 개념이었다. 타인은 공간 속에 존재한다기보다 순간 속에 존재했다. 완전하게 나타났다가 완전하게 사라졌다.

이런 내 생각을 모두 말하지는 않았다. 그저 레이놀즈가 세계를 번영시킬 것은 명백하고 궁극적으로 옳은 방향이 분명하지만, 그 과정에서 무수한 사람이 희생될 수 있다고 꼬집었다. 의미 있는 가치들을 탈락시킬 거라고. 세계와 역사를 휘젓고 변형시킬 거라고. 반면 적어도 리언은 누구의 생명도 빼앗지 않을 거라고 말했다. 석이는 고개를 끄덕이며 동의했다. 하지만 불가피한 일이라고 말했다. 아무것도 포기하지 않고, 아무것도 변형시키지 않고, 아무것도 죽이지 않는 무결함을 의심했다. 홀로 완전하면서 누구도 해치지 않는 존재의 냉담함을 공포스럽게 여겼다. 그건 모순이었다. 개입과 훼손을 극도로 거부하는 석이가 개입받고 훼손되는 삶을 이야기하고 있었다. 그 괴리를 알아챘지만 모르는 척했다.

이런 대화는 결국 치열한 공방으로 이어졌다. 정신을 차리고 보면 어느새 잔뜩 화가 난 사람들처럼 상기된 얼굴로 서로를 마주 보고 있었다. 격렬한 말다툼을 벌인 것 같은 어지러움과 기분 좋은 허기가 밀려왔다. 석이는 좁은 주방에 서서 마늘을 기름에 볶고 매운 아라비아타 소스를 끓였다. 잘게 썬 감자와 버섯을 넣어 간단한 리소토를 만들었다. 나는 속살이 하얀 무화과를 반으로 찢어서 작은 접시에 담았다. 석이의 둘째 고모가 보내 준 것이었다. 조금 남은 시라까지 한 잔씩 따르고 그것들을 천천히 먹으면서 다시 이야기를 시작했다. 양립할 수 없는 리언과 레이놀즈가 필연적으로 서로를 공격하는 부분에 대해, 레이놀즈가 리언에게 "이해해"라고 말한 것이 파괴적인 공격이 된 이유에 대해, 이해를 시작한 리언이 결국 사라지는 결말에 대해 이야기했다. 서로 묻거나 표현하지 않았지만 어디서도 느끼지 못한 충만한 기분에 휩싸여 있었다. 그 시간 속에서 잔잔한 감동을 받았다. 누가 주고 누가 받는지 알 수 없는 행복이었다.

5

가을에는 유수의 기관과 갤러리에서 주최하는 기획 공모를 준비했다. 기획안이 선정되면 지원금과 전시 공간을 제공받았다. 운이 좋으면 돌아오는 봄에 나란히 전시를 올리게 될지도 모른다고, 우리는 은근한 기대를 품었다.

석이는 의욕적으로 컬렉팅에 달려들었다. 석이의 마음을 단단히 사로잡은 건 익숙한 물건들이 주는 낯선 물성이었다. 나와 함께 본 영화에서 어린 귀부인이 버터나이프로 버터를 자르고 마멀레이드를 떠 내는 장면을 보고 영감을 얻었다고 했다. 감각을 조형화하고 물체를 언어화하는 작업을 하고 싶어 했고, 기억과 신성을 땅에 불러일으키는 일에 관심이 있었다.

석이는 나를 데리고 공예가와 장인들의 작품을 모아 놓은 셀렉트숍을 찾아다녔다. 옻칠한 색 접시

와 음식을 담을 수 있는 피크닉 상자는 체리나무
와 참죽나무를 사용해서 선이 부드럽고 따뜻한 색
을 냈다. 자개로 만든 브로치와 코스터, 작은 보석
함도 있었다. 찻상이나 술상에 적합한 자개 소반
은 크리스털 레진과 스테인리스 스틸을 더해 시각
적 질감이 독특했다. 여러 가지 형태로 오려 낸 자
개를 기물 표면에 감입시켜 꾸미는 방식이었다. 펠
트 기법을 이용한 섬유 코르사주는 재밌는 촉감을
냈다. 대나무와 한지, 물푸레나무로 만든 종이우산
은 색과 선이 너무 아름다워서 한동안 그 앞을 떠
나지 못했다. 그래도 석이와 내 마음에 가장 강렬
한 인상을 남긴 작품은 불균형하고 부드러운 육각
형 컵 시리즈였다. 순백의 투박한 백자로 만들어진
티 컵과 머그 컵, 볼과 카푸치노 컵은 단순하고 정
적인 형태에서 빛과 그림자에 의해 유연하게 변하
는 선으로 감동을 주었다.

　작품을 보고 나서는 낯선 거리를 이리저리 걸어
다녔다. 좋은 날씨와 그림 같은 하늘이 연일 이어
졌다. 대개 처음 가 보는 가게에 들어가서 저녁을
먹었는데 실패할 때도 있었지만 기억에 남는 집도
있었다. 산과 고궁이 내다보이는 한옥에서 먹은 메

밀온면이 특히 맛있었다. 놋그릇에 담긴 맑은 육수와 찰기 없이 툭툭 끊기는 두꺼운 메밀면을 남기지 않고 다 먹었다. 식사 후에는 야외 테이블이 있는 카페에서 커피와 요구르트를 먹었다. 솔트 캐러멜이 덮인 따뜻한 크루아상과 마들렌 두 개도 곁들였다. 저녁에는 슬슬 찬바람이 불어왔지만 완전한 겨울이 오면 한동안 테라스에 앉을 수 없었기 때문에 우리는 가까이 몸을 기대고 앉아 계절이 지나가는 모습을 구경했다.

석이는 새롭게 찾은 작품들의 전시 스케치를 들려줬다. 석이에게는 적합한 작품들을 적재적소에 배치하는 것이 가장 주요한 과제처럼 보였다. 작품에서 작가가 의도하지 않은 의미를 끌어내는 데 골몰했고, 반은 작품이지만 반은 상품인 물건의 용도를 전복시키거나 무용하게 만든 상태에 매력을 느꼈다. 기획자와 작가 사이의 모호한 영역에서 각양각색의 작품들이 자신의 언어로 번역되는 것을 기쁘게 여겼다.

그와 달리 나는 퍼즐 같은 작품들이 저마다 뚜렷한 의미를 표출하는 게 좋았다. 아무 상관없는 작품과 작품 사이에서 일어나는 우연적인 감흥에 슬며시 일렁이는 희열을 느꼈다.

석이를 따라 바쁘게 작품을 보러 다녔지만, 정작 내 기획에 필요한 작품들을 머릿속으로만 떠올리고 있는 단계였다. 내가 구상하고 있는 전시를 석이에게 들려줬다. 우연으로 가득한 화면과 순간적인 색, 비선형적인 움직임을 생각하고 있다고. 어느 작품에나 존재하는 과거의 기억과 선택의 기로를 포착하는 데 집중하고 싶고, 적합한 작품들을 떠올리고 있다고 말했다.

석이는 도움이 될 만한 조각과 다양한 오브제를 추천해 줬다. 순간적인 온도 차 때문에 비정형적인 형태로 휘어진 그물 모양의 구리 요람, 양모와 실크가 엉킬 때 두께, 밀도, 성분에 따라 즉흥적으로 만들어지는 주름을 이용한 섬유 부케, 거친 자갈이 박힌 콘크리트를 사용해 깎이지 않는 부분을 그대로 노출시킨 채 조각한 노인상을 알려 줬다. 모두 내가 모르는 작가들의 작품이었다.

이제 나는 석이가 조각에 열정을 품었지만 사정이 여의치 않아 조소과 진학을 포기했다는 것을 알고 있었다. 또 예술과 상관없는 종류의 아르바이트로 매달 월세와 공과금, 식비와 생활비를 충당하고 있다는 것을 알았다. 나도 석이처럼 독립 큐레이터로 활동하며 기금과 지원금으로 근근이 전시를 올리고 생활을 이어 갔지만 가족과 함께 사는 것이 도움이 되었다. 부모님이 지원해 주고 있는 아주 기본적이고 눈에 잘 띄지 않는 비용들이 있다는 걸 석이와 함께 지내면서 알게 되었다.

어느 날은 석이가 5학년 때 마신 부동액이 사실 물이 아닌 것을 알고 있었다고 털어놓았다.

"정말이야?"

"그렇대도."

석이는 대수롭지 않게 말했다.

"막내고모부는 차고에 자동차 세 대를 넣어 놓고 매일 애지중지 관리했어. 물에 희석한 부동액은 거의 투명하고 달콤한 맛이 나지만 먹으면 죽는다고 알려 줬지. 그게 정말 달콤할까, 궁금했던 거야."

"석아, 어떻게 그럴 수 있어?"

내가 웃었다.

"단맛이 나긴 나더라고."

고개를 저으며 석이도 웃었다.

"어쩌면 진짜 죽을지도 모른다는 생각을 하긴 했던 거 같아. 그땐 어려서 죽음이 그렇게 달고 차갑고 부드럽게 찾아올 수도 있다고 생각했나 봐."

석이 등 뒤로 붉은 해가 저물고 있었다. 석이는 그 당시 막내고모의 서서히 무너지던 결혼 생활과 그럼에도 어떤 징표처럼 부풀어 오르던 둥근 배를 기억하고 있었다. 이듬해 아빠 없이 태어난 띠동갑 여동생에게 남다른 애착을 느꼈다. 석이는 그런 이야기를, 자기가 살고 고모가 이혼하고 동생이 태어난 이야기를 조용히 들려주었다.

나는 손을 뻗어 석이의 손가락 사이로 깍지를 꼈다.

"그때 죽었다면 이런 일은 영영 없겠지."

석이는 맞잡은 손을 가만히 바라봤다.

"맞아, 다 없어지겠지."

따뜻하게 타오르는 석양 속에 오래도록 앉아 우리를 우리로 만나게 한 인생의 묘한 지점들에 대해 이야기했다.

석이는 처음 나를 봤을 때 끌렸지만 내게 남자 친구가 있다는 걸 알고 단념했던 이야기를 들려줬다. 그 직후 예기치 못한 힘든 시기를 겪었는데, 아마도 그때 우리가 연인으로 발전했다면 자신의 사납고 조급한 마음이 관계를 망쳤을 거라고 말했다.

나는 이전 연인들에게 함부로 대했던 일을 고백했다. 연애를 할 때마다 뭔가를 잃고 뭔가를 배우면서 좋은 쪽으로든 나쁜 쪽으로든 이전과는 다른 사람으로 변해 온 이야기를 들려줬다. 그런 과정을 겪지 않았다면, 혹여 순서가 뒤바뀌어 다른 결과의 내가 됐다면 우리는 시작도 해 보지 못하고 엇갈렸을 거라고 말했다.

석이는 어머니 이야기를 했다. 어머니 얘기를 꺼내는 건 드문 일이어서 나는 살짝 긴장한 채로 들었다. 사실 어머니에게는 만나는 남자가 있고, 그의 존재가 없었다면 석이는 지금 어머니와 같은 집에서 살고 있었을지도 모른다는 이야기였다. 그러면 우리가 자기 방에서 함께 보냈던 시간들도 없었을 거라고. 또 어머니는 이따금 석이에게 불안정한 일을 그만두고 남자가 경영하는 작은 가구 회사에 들어오라고 말했는데, 참다못한 석이가 불같이 화를 낸 적도 있다고 했다. 가슴속에 어둡고 광폭한 감정이 요동치던 이른 여름날에.

"그리고 그날, 나는 너한테 영화를 보사고 했어."

그해 겨울에 우리는 어떤 지원 사업에도 선정되

지 않았다. 꼼짝없이 내년 상반기까지는 아무런 전시도 올리지 못할 것이 분명해졌고, 그 기간은 더 길어질 수도 있었다. 둘 다 기획 의도는 거창했지만 밀도 있게 집중하지 못했고 구체적으로 윤곽을 잡는 데 실패했다. 독창적인 지점 없이 이미 누군가가 시도한 것들을 뻔하게 답습했다는 것을 알고 있었다. 내심 결과를 납득했지만 분개하는 척하는 게 서로에게 위로가 되었다.

석이는 아르바이트를 늘렸다. 역사적 사건이나 생활 모습을 아이들이 이해하기 쉽도록 교육적으로 꾸며 놓은 박물관에서 디자인 작업을 했다. 디자인이랄 것도 없이 전시 주제가 바뀌면 기존 조형물을 철거하고 새로운 것을 설치하는 일이었다. 폐관한 박물관의 불 꺼진 전시실과 복도를 걸어 다니면 자신이 유령인 줄 모르는 병사의 영혼이 된 것 같다고, 석이는 표현했다.

외주 에디터로 일하며 주기적으로 여러 회사의 사보를 만들기도 했다. 업무 현장 사진이나 사원 인터뷰를 흔하고 튀지 않는 구도로 배치하는 작업이었는데, 이따금 사보에 실린 내용을 내게 들려줬다. 거기서는 다양한 직종의 사람들을 매번 놀라울 만큼 동일한 패턴으로 소개했다.

나는 몇몇 지인들의 졸업 전시회에 참석했다. 막연한 찬사와 축복이 넘치는 그곳에서, 그 애들 중 대부분은 상품, 소품, 무대 등을 디자인하는 상업 디자이너나 미술 학원 강사로 진로를 잡을 것이고 아주 적은 수가 남아 예술적 야심을 불태우게 되리라는 생각을, 약간은 지겨운 기분으로 떠올렸다. 3년 전에 나도 그런 졸업 전시를 했던 것이다. 한없이 다정한 사람들 앞에서 들뜬 얼굴로 떠들고 있는 저 애들과 그때의 내가 까마득히 어리게 느껴졌다.

그때쯤 작가들을 만나면 가까운 시기 해외의 국제 아트 페스티벌에 대해 이야기했다. 갈 거냐고 묻는 사람들에게 나는 말없이 웃으며 고개를 저었다. 조금 무리를 해서라도 다녀오고 싶은 마음이 있었지만 아마도 석이는 함께 갈 수 없을 테고, 그런 생각을 하면 마음이 아팠다.

그즈음에는 석이와 미술에 관한 얘기를 잘 하지 않았다. 석이는 진행되고 있는 전시와 그에 대한 반응에 아예 무관심했다. 또 함께 책을 읽을 때 따분해하는 기색이 역력해서 결국 눈치를 살피다가 책을 한쪽에 내려놓아야 했다. 영화를 고를 때는 매번 나와 다른 걸 골랐다.

"아무 생각 없이 편하게 보고 싶어."

석이는 꽤 강경하게 고집했다.

"좋아. 다 때려 부수는 영화를 보자고."

나는 신난 목소리로 말했지만 그걸 다 보고 나면 조금 속상한 기분이 되었다.

사실 석이가 일하는 날이 많아서 함께 여가를 보낼 틈도 별로 없었다. 박물관 근처에서 석이를 기다렸다가 같이 밥을 먹는 정도가 데이트의 전부였다. 늦은 시간에 문을 연 가게가 많지 않아서 달고 짠 안주로 요기를 했다. 둘 다 먹을 때는 맛있게 먹었지만 다음 날 몸이 붓고 피부에 문제가 생겼다. 체중도 점점 불어서 4킬로그램 정도씩 살이 쪘다. 마지막으로 함께 산책을 한 게 언제인지 떠올리기 힘들었고, 모든 데이트는 석이의 동선과 멀지 않은 곳에서 이루어졌다.

만날 수 없는 날엔 새벽까지 통화를 했다. 석이는 해야 할 일이 있어도 전화를 끊으려 하지 않았다. 수화기 너머에서 석이는 이런 힘든 시기에도 기쁨을 느끼는 자신이 정말 놀랍고, 내가 있어서 그런 일이 가능하다고 속삭였다. 졸음이 쏟아지면 나직이 노래를 불러 주었다. 햇살 따뜻한 날처럼……
비가 오는 날처럼……. 나는 보이지 않을 것을 알면
서도 끄덕끄덕 고개를 끄덕였다. 그래, 모든 날 모
든 날씨에. 그러면 우리 가운데 둥글고 견고하며
따뜻한 무언가가 생겨났다. 석이는 내가 잠이 들면
그제야 부랴부랴 업무를 보고 해가 뜰 즈음 곯아
떨어졌다. 만성적인 피로에 시달리고 있었고, 머릿
속은 온통 원 없이 나를 볼 수 없다는 슬픔과 짜증
으로 가득 차 있었다. 당시에 석이가 가장 많이 한
말은 "보고 싶어."였는데, 거기에는 언제나 잔잔한
책망이 깔려 있었다. 나는 아무것도 잘못하지 않았
다는 걸 알면서도 자꾸 움츠러들었다.

그래도 크리스마스이브에는 분위기 좋은 식당
에서 산과 타워를 내다보며 저녁을 먹었다. 울퉁
불퉁한 목조 테이블 구석에 붉은색과 주황색 양초
가 여러 개 켜져 있었고 가게 한편에 마련된 칵테
일 바의 턴테이블에서는 재즈풍의 캐럴이 조그맣
게 흘러나왔다. 석이는 깨끗한 울 스웨터와 청바지
를 입었고 나는 소매가 긴 군청색 레이스 원피스를
입었다. 우리는 서로의 모습을 사진으로 몇 장 찍
었다. 나중에 둘이 함께 찍지 않은 것을 후회했다.

석이는 눈이 조금 붉고 지쳐 보였지만 기분이 좋았다. 샐러드에서 내가 좋아하는 검은 올리브와 아보카도를 골라 접시에 덜어 주었다.

"바로 이런 순간을 위해 열심히 돈을 번 거야."

석이는 빙긋 웃었다.

"비밀을 하나 알려 줄까?"

"뭔데?"

"웃으면 안 돼."

"웃지 않을게."

"내 꿈은 사실 예술가가 아니야."

"그럼?"

"아내를 갖는 거야. 집에 아내가 있었으면 좋겠어. 아보카도를 잘 먹는 아내가."

우리가 동시에 웃음을 터뜨리자 다른 테이블의 커플이 잠시 우리 쪽을 건너보며 미소 지었다. 마음속에서 부드러운 온기가 너울거렸다. 석이와 내 주위만 축복처럼 환하게 빛이 나는 것 같았고, 어쩐지 모든 일이 좋은 방향으로 흘러가리라는 예감이 들었다.

그날 석이는 우리가 겪고 있는 문제들, 그리움이나 그리움에서 비롯된 초조하고 피로한 마음들이 모두 일시적인 문제이며, 결혼을 하면 자연스럽게 해결될 거라고 얘기했다. 나와 결혼하기 위해서 정기적인 수입을 얻고 싶고, 갤러리 코디네이터에 지원하는 것을 고민하고 있다고 말했다. 우선은 돌아오는 가을에 방의 계약이 끝나면 내가 사는 곳과 가까운 곳으로 이사하고 싶은데 내 생각은 어떤지 물었다. 나는 꼭 그렇게 되면 좋겠다고 말했다. 우리는 그 겨울의 특별한 날들을 모두 함께 보내기로 약속했다. 이브와 크리스마스, 한 해의 마지막 날과 새해의 첫 번째 날에 무엇을 함께할지 즐겁게 이야기했다.

하지만 집으로 돌아오는 택시 안에서는 이유 없이 복잡한 생각에 잠겼다. 연말의 혼잡한 도로 위에서 택시는 조금씩 앞으로 가고 있었다. 거리는 행복한 표정의 사람들로 가득했다. 나는 왼편 창가에 앉아 노란 조명이 반짝이는 호텔과 균일한 가로수와 매끈하게 솟은 고층 건물들을 바라보았다. 건물 전광판은 소리 없이 현란한 영상으로 번쩍였다. 문득 내가 너무 오랫동안 말을 하지 않은 것을 깨닫고 고개를 돌렸을 때, 석이는 오른편 창밖으로 낙후한 가게들을 내다보고 있었다. 그곳이 너무 어두워서 나는 깜짝 놀랐다. 석이는 내 쪽을 돌아보지 않았다. 그때 석이의 고요한 옆얼굴을 바라보며 석이가 내 이름을 몇 번 불렀고 내가 듣지 못한 게 아닐까 하는 걱정이 들었다. 나랑 전혀 다른 풍경을 바라보며 석이가 무슨 생각을 하고 있는지 조금도 짐작할 수 없었다.

한편으로는 오직 석이만이 나와 같은 생각을 하고 있다고 느꼈다. 우리는 망망대해를 이리저리 표류하는 작은 뗏목에 고립된 채 서로 다른 방향의 파도를 바라보고 있었다.

6

봄이 올 즈음엔 석이에게서 감기와 몸살이 떨어지지 않았다. 푸근하게 풀린 날씨가 오히려 석이에게 독이 되었다. 나는 직접 조리한 깨끗한 음식과 과일을 먹어야 한다고 화를 냈다. 석이가 일을 마치고 돌아오기 전 방에서 닭고기 카레나 버섯 찌개를 끓여 놓고 석이를 기다렸다. 석이의 불면증에 대해 알게 된 후로는 방에서 자주 잤다. 나와 함께 있으면 석이는 오히려 잠을 잘 이기지 못하고 픽픽 쓰러져 오랫동안 잤다. 석이는 그것을 정말 신기하게 여겼고, 내가 곁에 있으면 밤이 괴롭지도 아침이 힘들지도 않다고 했다. 졸려도 자지 못하는 감각에 대해 나는 잘 몰랐다.

같이 잠이 들어도 나는 이른 아침에 눈을 떴고 석이는 나보다 짧으면 한두 시간, 길면 대여섯 시간을 더 잤다. 나는 석이를 깨우지 않고 책을 들춰 보거나 가만히 생각에 잠겨 시간을 보냈다. 잠든 모습을 빤히 구경하다가 살살 만져 보아도 석이는 잠에서 깨지 않았다. 그럴 때면 닫힌 눈꺼풀 너머의 세계와 내 세계의 시차는 얼마나 벌어진 걸까 가늠해 보았다. 방은 이미 익숙하고 편안했지만 홀로 깨어나 찬찬히 바라보면 내가 어디에 있는지 잘 실감이 나지 않았다.

그즈음 엄마는 집에 자주 들어오지 않는 나를 무섭게 추궁했다. 내가 끝까지 얼버무리자 믿을 수 없다는 표정으로 바라보며 꼭 정신을 다른 곳에 두고 온 사람 같다고 했다. 날에게 놀라고 실망한 기색이 역력했지만 그것이 내 마음을 움직이지는 못했다. 친구들도 마찬가지였다. 연락을 뒤늦게 확인하거나 약속을 취소하기 일쑤인 나에게 차가운 목소리로 쏘아붙였다.

"네가 네 삶을 지키지 못하게 될까 봐 걱정이야."

만남을 피하는 이유로 한 번도 석이를 입에 올리지 않았지만 친구들은 이미 모든 것을 꿰뚫어 보고 있었다.

잠에서 깬 석이는 가끔 그날 꾼 꿈에 대해 이야기했다. 악몽도 있었고 정체를 알 수 없는 이상한 꿈도 있었다. 나는 석이 머리를 다리 위에 올려놓고 고뇌와 근심이 고여 움푹 들어간 이마와 단단한 눈썹을 손가락으로 쓰다듬으며 그 꿈들을 하나씩 해몽해 주었다.

어느 날 아침에 한 통의 전화를 받았다. 석이는 아직 잠이 덜 깬 눈으로 멍하게 누워 있었고 나는 침대 가장자리에 걸터앉아 전화를 받았다. 전화를 건 남자는 자신을 어느 큐레이팅 프로젝트의 팀장이라고 소개했다. 다양한 목적의 연대들이 시도했던 예술의 형태를 큐레이팅해서 책으로 만드는 작업을 하고 있고, 최근에 팀원 중 누군가가 추천해서 내가 해 온 작업들을 검토했다고 했다. 그리고 나와 남은 과정들을 함께하면 좋겠다고 말했다.

나는 더 생각해 볼 것도 없이 좋다고 대답했다. 책상 앞으로 가서 메모지에 다음 회의 날짜와 장소를 받아 적고 전화를 끊었다. 문자로 미리 자료를 받아 볼 메일 주소를 적어 보낸 뒤 돌아봤다. 석이는 잠에서 완전히 깨어나 침대 헤드에 등을 대고 앉은 채 스마트폰 화면을 골똘히 보고 있었다.

"들었어?"

나는 석이 품으로 쓰러지듯 파고들었다.

"집단이나 기관이 아니라 연대의 예술이라니 멋지지 않아?"

그제야 석이는 시선을 옮겨 나를 봤다.

"그 사람들 믿을 만한 거야?"

"그럼. 내가 아는 사람들도 몇 명 참여하고 있던걸."

석이는 거칠게 고개를 저었다.

"나머지 사람들에 대해서는 아무것도 모르잖아. 아니, 대체 뭘 믿고 그런 일을 덥석 수락한 거야?"

나는 그 프로젝트에 대한 정보를 이미 전해 들은 바가 있고 그들을 지원하고 있는 기관도 확실하기 때문에 걱정할 필요 없다고 안심시켰다. 하지만 석이는 입을 꾹 다물고 가타부타 말이 없었다. 시리얼과 사과로 아침을 먹고 차를 마실 때까지 축하한다는 말을 하지 않았다.

석이는 내가 회의에 갈 때나 취재를 나갈 때 그 장소까지 나를 데려다 주었다. 번거롭고 힘드니 괜찮다고 사양해도 꿈쩍 않고 따라왔다. 내가 일하면서 만난 사람들에 대해 얘기를 꺼내면 그 사람의 말과 행동에서 느껴지는 낌새를 꼬투리 잡아 좋은 사람이 아닌 것 같다고 의심했다. 때론 맹렬한 비난부터 퍼부었다. 나는 석이의 화를 가라앉히기 위해 그들이 왜 위험한 사람들이 아닌지 여러 근거를 대며 논리적으로 설명하려 애썼다. 하지만 그런 일이 너무 잦아지자 불현듯 왜 이렇게 의미 없는 변명을 늘어놓고 있어야 하는지 분한 기분이 들었다.

나중에 알게 된 사실이지만 내 변명은 오히려 역효과를 냈다. 석이는 내가 자신이 하는 말을 다 부정하고 그들 편을 든다고 생각했다. 석이의 생각을 까맣게 몰랐던 나는 늘 조마조마한 마음으로 석이가 그들을 좋아하게 될 만한 이야기를 골라서 들려줬다. 나와 함께 일하는 사람들에게 상냥한 마음을 가져 주길 내심 바라고 있었다. 하지만 석이는 그런 얘기는 듣는 둥 마는 둥 아무런 반응도 하지 않았다.

프로젝트가 모두 마무리되고 책이 출간된 날 관계자들이 모여 출판 기념회를 가졌다. 석이는 내가 더 이상 그들을 만나지 않아도 된다는 생각에 기분 좋게 나를 보내 주었다. 나는 그래도 석이가 안심할 수 있도록 행사 일정을 자세히 설명해 줬다. 중간중간 문자를 주고받을 때도 분위기가 좋아서 편안한 기분으로 사람들과 이야기를 나누며 달콤한 샴페인을 마셨다.

프로젝트를 진행하면서 겪었던 고질적인 행정적 고충에 대해 저마다 한마디씩 이야기하고 있을 때였다. 석이가 소리 없이 문을 열고 들어와 내가 앉은 의자 뒤에 서 있었다. 나는 사람들의 시선이 쏠리는 곳을 향해 돌아보았다가 석이를 발견했다. 내가 어리둥절하게 웃으며 자리에서 일어나자 석이는 내 카디건과 가방을 챙겨 밖으로 나갔다. 그래도 친근하게 몇 마디 말을 건네는 사람들을 향해 말없이 한번 고개만 까닥하는 석이의 모습을 나는 차가운 마음으로 지켜봤다.

"이게 무슨 짓이야?"

나는 해괴한 물체를 보듯 석이를 쳐다봤다.

"전화기를 좀 봐. 몇 통이나 했는 줄 알아?"

"대체 왜 그렇게 전화한 건데?"

"몇 시간 동안 연락이 안 됐잖아. 이 늦은 시간에 내가 걱정할 거란 생각은 안 들어? 문자 한 통이면 되는데 그게 어려워?"

"몇 시간이라고?"

지나가는 사람들이 보든 말든 소리를 질렀다.

"겨우 한두 시간이야. 너는 사람들을 만날 때 내 허락 없이도 아침까지 술을 먹고 집에 가는 택시를 타고 나서야 나한테 전화하잖아."

석이는 손을 뻗어 내 팔꿈치를 움켜잡았다.

"나랑은 달라. 나는 네가 위험한 상황에 처하는 끔찍한 상상을 하루에도 수십 번 해. 너를 잃을까 봐 두려워서……."

"언제부터 나를 가졌어?"

석이의 손을 밀치고 앞으로 성큼성큼 다가갔다.

"나는 한 번도 네 것인 적 없었고 앞으로도 네 것이 될 일이 없는데 누가 누굴 잃어?"

석이는 입을 다물고 상처받은 눈으로 나를 쳐다봤다. 하지만 그런 석이야말로 불과 10분 전에 서로의 공로를 치하하며 순수하게 기뻐하던 사람들을 함부로 대하고 그들의 마음을 불편하게 만들었다.

"나는 여자라서 위험하고 너는 남자라서 괜찮다는 말이야? 피해자가 될 수 있는 사람이 피해를 당하지 않도록 조심해야 한다는 거야? 지금 그런 멍청한 말을 한 거야?"

석이는 여전히 입을 열지 않았다. 슬픈 것 같기도 하고 화가 치민 것 같기도 한 표정으로 끝끝내 한마디도 하지 않았다. 아무 말 없이 택시를 잡아 나를 집 앞까지 데려다주고 인사도 없이 뒤돌아 가 버렸다. 어두운 밤하늘에서 추적추적 봄비가 떨어졌다.

빗줄기가 굵어지더니 때아닌 차가운 폭우로 이어졌다. 다음 날 내내 석이에게서는 연락이 없었다. 거실의 큰 창 앞에 앉아 난폭한 회색빛 물속으로 가라앉고 있는 세상을 내려다보며, 그동안 드문드문 드러났지만 애써 모른 척해 왔던 석이의 사나운 성향들을 떠올렸다. 내가 혼자 카페에 가거나 영화를 보러 가는 것을 극도로 싫어하며 비난했던 일도, 친구와 짧은 여행을 가려 했을 때 격렬하게 반대해서 결국 무산시켰던 일도 기억하고 있었다. 내가 사람들을 만나고 온 날엔 꼭 다퉜는데, 대개 사소한 이유가 불씨가 되어 감정이 상했지만, 실은 내가 누군가와 시간을 보내고 있을 때 억눌렀던 감정이 다른 방향으로 분출된 것을 알고 있었다. 석이가 바쁜 시간에 맞춰 사람들을 만나고 그 외의 시간을 온전히 함께 보내겠다는 내 생각은 석이에게 합리적인 제안이 아니었다.

"결국엔 나랑 떨어지려는 거잖아."

석이는 혼란스러운 눈으로 나를 바라봤다.

"나는 왜 네가 나랑 보내는 시간을 처리해야 하는 일처럼 해내고 있는 것 같지?"

불가피한 개인 생활이 있다는 것을 침착하고 논리적으로 설명할수록 상황은 더 나빠졌다. 타이르기도 하고 화도 내 봤지만, 때로는 기운 없는 사과를 받아 내기도 했지만, 이 문제에 있어서 대화는 늘 원점으로 돌아갔다. 석이는 내가 곁에 없을 때 불안을 느꼈고, 오직 그 감각만이 분명한 진실이었다.

처음에는 석이의 불안을 달래 주고 싶었다. 다정한 태도로 안심하지 못하는 석이에게 끝없는 안정감과 신뢰를 주고 싶었다. 약속과 일정을 거의 없애고 언제든 석이가 있는 곳으로 달려갔다. 석이가 감동하고 행복해하는 모습을 보면서 큰 기쁨을 느

껐다. 그런데 이제는 내 처우가 석이를 혼동하게 했다는 생각이 들었다. 이해와 배려에서 비롯된 행동들이 석이에게는 자신이 옳아서 내가 동의했다는 의미로 받아들여진 것 같았다. 내가 석이의 세계 속으로 들어가는 것을 완전무결한 상태로 여겼고, 그런 온전한 세계를 위협하는 적들을 향해 점점 더 사나워졌다. 내가 선의로 들어주던 요구를 거절하면 곧 부도덕한 일을 저지른 것처럼 화를 냈다. 나에게 배신감을 느꼈다.

나는 참담하게 실수를 되짚었다. 석이의 불안은 맑은 물을 더하면 희석되고 중화되는 종류의 성질이 아니었다. 자극 요소를 줄인다고 해도 불처럼 전소되지 않았다. 불안이 사라진 자리엔 잠시 기쁨과 만족이 차올랐지만 언제까지고 속이 컴컴하고 텅 빈 구멍으로 남아 있었다. 석이를 이해하려던 내 노력들이 결국엔 쓸모없는 일이 되었다는 생각을 하면 슬프고 무기력해졌다. 반면에 오직 자신의 기분에만 집중하는 석이의 이기심을 생각하면 너무나 놀라웠다. 지금까지 연락하시 않는 행동도 실망스러웠고 하루가 저물어 갈수록 냉담한 마음이 커졌다. 전화가 와도 어떤 식으로 대해야 할지 알 수 없었다. 그런 마음은 처음 드는 것이었다.

밤 9시가 될 무렵 전화가 걸려 왔다. 석이는 아침부터 열이 올라서 근처에 사는 사촌 동생의 도움을 받아 응급실에 갔고 몇 가지 검사를 받은 후 의료 침대에 누워서 계속 잠을 잤다고 했다. 체온이 40도까지 올라서 열을 잡기 힘들었지만 이제 1도 정도 떨어진 상태고 의사가 주사와 약을 처방해 줬다고 했다. 전염성 독감이었다. 지금은 집으로 돌아가고 있고 잠을 좀 잔 뒤 연락하겠다고, 석이는 가쁜 숨을 몰아쉬며 말했다.

나는 외투를 걸치고 밖으로 뛰쳐나왔다. 우산은 무용지물이었다. 아파트 단지를 가로질러 뛸 때 바닥의 빗물이 무릎까지 튀었다. 너무 많은 양의 비가 떨어져서 흐르는 물에 발목이 잠겼다. 길에서 가까스로 택시를 잡아타고 석이의 집으로 가는데 차가 밀렸다. 나는 숨을 고르며 창밖을 내다봤다. 꽉 막힌 길도 문제였지만 눈앞에서 차들이 아찔하게 미끄러지다가 균형을 잡곤 했다. 라디오에서는 연신 사고 소식이 흘러나왔다. 재앙처럼 온 세상이 물에 잠기고 있었다. 하지만 어쩐지 창밖의 세상은 나와 무관하게 먼 곳의 소란스러운 풍경처럼 보였고, 내가 위험하다는 생각은 조금도 들지 않았다.

방에 도착했을 때 석이는 끙끙 신음하며 정신을 차리려 했지만 몸도 제대로 가누지 못했다. 나는 달걀죽을 끓여서 먹이고 꼼꼼하게 약을 챙겼다. 석이는 내가 독감에 옮을까 봐 계속 고개를 모로 돌리고 이제 그만 가라고 했지만 나는 가지 않았다. 석이는 급한 대로 마스크를 꺼내 쓴 뒤에도 내 반대쪽을 향해 숨을 쉬었다. 여기서 자면 절대 안 된다고 말하면서도 한 손으로는 내 손을 꽉 움켜쥐고 있었다. 손은 깜짝 놀랄 만큼 뜨거웠다. 석이는 두꺼운 옷을 겹겹이 겹쳐 입고도 추워서 몸을 덜덜 떨었다. 나를 똑바로 바라보려고 애쓰며 눈꺼풀을 몇 번 깜박이다가 그대로 잠들어 버렸다.

나는 땀으로 젖은 이마와 머리카락을 손으로 쓸어 넘겨 주었다. 정말 세상이 석이를 괴롭히는 걸까. 마스크 속에서 그르렁그르렁 숨 쉬는 얼굴을 가만히 바라보며 생각했다. 몸을 둥글게 말고 석이 곁에 눕자 펄펄 끓는 체온이 따뜻하게 전해졌다. 마치 화로에 얼굴을 가까이 낸 것처럼 부드러운 화기가 피부에 닿았다.

그날 밤 모든 것이 희미한 어둠 속을 뒤척이며

석이와 내가 같은 병으로 죽어 가는 상상을 했다. 뺨과 목과 등허리에 화상 같은 회갈색 반점이 뒤덮인 채 뱀처럼 똬리를 틀고 부둥켜안은 모습이었다. 반점이 서서히 온몸으로 퍼지면서 우리는 서로의 몸을 구별할 수 없게 되었고 마침내 두 개의 몸은 하나의 재가 되었다.

다음 날 나는 독감에 옮지 않았고, 석이는 나흘 동안 앓다가 회복했다. 나쁜 기미는 오로지 석이 몸에만 잠시 머물다가 흔적도 없이 사라졌다.

7

다시 여름이 돌아왔을 때 석이가 여행을 가자고 했다. 새로운 곳에서 특별하게 1주년을 기념하고 싶다는 말로 나를 기쁘게 했다. 우리는 비행기로 네 시간 정도 떨어진 적도 부근의 따뜻한 휴양지를 선택했다. 떠나기 전까지 매일 밤 그곳의 날씨와 음식이 담긴 사진들을 검색해서 서로에게 보여 주었다. 여행에 필요한 물건들을 빠트리지 않도록 일러 주며 부족한 것들은 함께 사러 갔다. 석이는 활동성 좋은 긴팔 래시가드와 면 반바지 두 개를 샀고, 나는 자잘한 반다나 문양이 있는 맥시 원피스를 샀다. 등이 깊게 파였지만 낯선 나라에서라면 괜찮을 것 같았다. 또 같은 디자인의 굽 낮은 샌들을 하나씩 샀다. 환전은 환율을 살피다가 좋은 시기에 했다. 여행을 위해서 각자 많은 일들을 미리 처리하고 있었기 때문에 무척 피로했지만 어느 때보다 사이가 좋았다. 석이는 몇몇 급여가 정해진 날짜에 들어오지 않아 고생했다. 나중에 알게 된 사실이지만 그래도 부족한 돈은 어머니에게 조금 빌렸다. 석이가 고모나 사촌들이 아니라 어머니에게 부탁했다는 것이 나에게는 중요한 사건으로 남았다.

아침 비행기를 타고 날아 다시 땅으로 내려왔을 땐 시차 때문에 여전히 아침이었다. 비행기에서 내리며 맞닥뜨린 뜨거운 공기에 석이와 나는 동시에 감탄했다. 진한 초록색 택시를 타고 한산한 아스팔트 도로를 지나 단층 시멘트 건물들이 늘어선 골목으로 들어갔다. 이따금 쨍한 연두색이나 오렌지색 페인트로 벽을 칠한 건물들이 있었고, 물과 담배를 파는 환전소와 작은 식료품 가게가 보였다. 간판에 적힌 동글동글한 노란색 글자들은 영어가 아니라서 읽을 수 없었다. 인도에는 자전거와 스쿠터 들이 빽빽하게 자리를 차지하고 있었다. 헐렁한 셔츠를 입은 남자들이 차도로 밀려 나와 담배를 피웠다. 돌조각으로 장식된 천변 다리를 건널 땐 여자 둘이 나란히 앉은 스쿠터가 우리를 추월했다. 똑같이 하나로 머리를 땋고 빨간 헬멧을 쓴 여자들이었다. 그 뒤로 한 무리의 스쿠터 들이 물고기 떼처럼 우리가 탄 택시를 비껴 지나갔다. 석이와 나는 앞다투어 창밖을 가리키며 저걸 좀 보라고 말했다. 스쿠터 앞자리엔 때로 얼굴이 동그란 아이들이 얌전하게 앉아 있었다.

번잡한 시내에서 벗어나 30분 정도 더 들어갔다. 구시가지와 해변 사이에 위치한 조용한 마을에서 일주일간 머물 예정이었다. 호텔은 강 위의 작은 섬 안에 있었다. 로비에 도착하자 웰컴 드링크와 차가운 물수건이 나왔다. 미소가 아름다운 휴양지 호텔의 직원들이 짐을 받아 주고 편안한 의자로 안내해 줬다. 그들은 낯선 억양으로 우리를 석과 이수라고 부르며 어린 부부라고 생각했다.

방에는 푹신하게 부푼 하얀 침대와 지역 전통 문양으로 짠 우아한 나무 덧창이 있었다. 해의 방향이 바뀔 때마다 그림자 무늬가 조금씩 옆으로 옮겨 갔다. 바닥에는 차갑지 않고 부드러운 질감의 연분홍색 타일이 깔려 있었다. 맨발로 밟으면 희미한 자국이 남았다가 금세 사라졌다. 커다란 창에 드리워진 얇은 리넨 커튼에는 향긋한 아로마 향이 배어 있었다.

그날은 방에서 쉬다가 저녁을 먹기로 했다. 티 테이블이 놓인 넓은 테라스에서 땅콩을 넣고 볶은 국수와 피시 소스에 절인 돼지고기를 주문해서 먹었다. 깨끗한 야외 수영장과 호텔 주변을 감싸고 흐르는 잔잔한 강의 수면을 내려다보며 해가 지는 하늘을 구경했다. 피부에 감기는 끈적끈적한 촉감을 나른하게 즐겼다.

"이 도시 이름이 큰 강의 입구라는 뜻이래."

석이가 말했다.

"기나긴 1년을 흘러온 것 같은데 이제야 강의 입구라니, 이상하지?"

"정말 이상하네."

석이는 테이블 위에 놓인 내 손등을 삼시 바라보다가 그 위에 손을 포갰다. 나는 손을 뒤집어 석이의 손을 잡았다.

"우리는 서로 다른 사람이고, 알고 보니 전혀 다른 사람들이었는데, 심지어 체온마저 이렇게 다른데 한 물결 속에 섞여 있다는 게 놀라워. 또 우리가 한 번도 만난 적 없는 거대한 물속으로 함께 나아가고 있다는 사실이 신비로워."

나는 고개를 끄덕였다.

"이유가 있겠지. 너이고 나인 이유가."

석이는 아리송한 눈빛으로 나를 쳐다보다가 천천히 고개를 돌려 눈앞에 펼쳐진 물을 바라봤다. 그대로 오래도록 말이 없다가 불현듯 조그맣게 속삭였다.

"나랑 이곳에 와 줘서 고마워."

다음 날 아침 6시에 조식을 먹었다. 따뜻하게 구운 빵과 얇은 햄과 달걀과 요구르트를 먹었다. 톱니 모양으로 썰어 놓은 수박과 밍밍한 리치까지 먹은 뒤 커피를 마셨다.

우리는 자전거를 빌려서 해변까지 가 보기로 했다. 호텔을 나오자마자 사람이 사는 집과 채소를 기르는 작은 텃밭이 이어졌다. 갈색 닭들이 흙이 깔린 골목을 자유롭게 돌아다녔다. 나이 든 여자들이 드문드문 바닥에 앉아 볶은 고기와 바게트로 만든 샌드위치를 팔았다. 강줄기를 따라 똑바로 내려가자 평평한 논이 펼쳐졌다. 논과 논 사이의 좁은 길을 달리다가 잠시 자전거에서 내려 쉬었다. 그늘이 하나도 보이지 않았다. 석이는 옷을 걷어 올려 얼굴의 땀을 닦았다. 내가 괜찮으냐고 묻자 더워서 그런다고 대답했다. 목이 몹시 말랐지만 미처 물을 사 오지 않았다. 가까운 거리라고 짐작했는데 해변까지는 아직도 온 만큼 더 가야 했다. 다시 자전거를 타려 했을 땐 안장이 너무 뜨겁게 달궈져서 올라갈 수 없었다. 석이는 갑자기 왔던 길을 돌아가자고 말했다. 나는 놀라서 그럴 수 없다고 했다. 어차피 자전거를 끌고 걸어야 한다면 해변 쪽으로 걷다가 택시가 보이면 타자고 말했다.

"지금까지 이 길로 택시가 한 대라도 지나가는 걸 봤어?"

날카로운 목소리가 날아와서 순간 말문이 막혔다. 석이는 드넓은 논 끝자락에 듬성듬성 자리한 잡목림을 잠시 쳐다보다가 그럼 느긋하게 한번 가보자고 말을 바꿨다. 괜찮다고 해도 내 자전거까지 가져가서 두 대를 양팔에 끼고 걸었다. 네 개의 바퀴가 자꾸 균형을 잃고 이리저리 비틀거렸다. 나는 석이 뒤에서 걸으며 이따금 조심하라고 소리쳤다.

5분 정도 걷다가 다행히 택시를 탔다. 희미하게 나오는 에어컨 바람에 석이와 나는 금세 기운을 차리고 웃었다. 택시는 허무할 정도로 빠르게 우리를 해변으로 데려다주었다. 모래사장이 시작되는 지점에 해변의 이름이 새겨진 납작한 돌이 있었다. 높은 곳에서 바다를 내려다볼 수 있는 노천 식당에 앉아 코코넛 주스와 연유 커피를 마셨다. 반짝이는 파도 속에서 헤엄치거나 서핑을 하는 사람들이 보였다. 멀리 왼편으로는 툭 튀어나온 절벽이 자리하고 있었고 그 위에는 새하얗게 빛나는 거대한 불상이 있었다. 야자나무 잎으로 만든 파라솔 그늘 아래에서 짭짤한 바닷바람을 쐬니 상쾌하고 더위도 견딜 만했다. 하지만 석이는 여전히 땀을 너무 많이 흘리고 있었다. 거기서 점심을 먹을 계획이었지만 나는 씻고 싶다고 둘러대며 이제 그만 호텔로 돌아가자고 말했다. 호텔에 연락해서 셔틀을 부탁했다. 우리를 실어갈 차를 기다리며 석이가 내게 물었다.

"그런데 해변을 한번 걷지 않아도 괜찮겠어?"

찬물로 샤워를 하고 침대에 누워 에어컨 바람을 쐴 때 손가락만 한 도마뱀이 나왔다. 천장과 벽이 만나는 모퉁이 주변에서 도마뱀이 이리저리 움직일 때마다 석이와 나는 소리를 질렀다. 그게 너무 우스워서 서로를 껴안고 침대 위를 뒹굴었다.

올드타운으로 나가 밥을 먹기로 했다. 시간은 2시가 넘어가고 있었다. 새 옷으로 갈아입은 석이는 기운을 많이 차린 것 같았고 기분도 좋아 보였다. 섬에서 짧은 다리를 하나 건너면 바로 올드타운이었다. 지도상으로는 걸어서 15분 정도의 거리였지만 생각보다 더 길어질 수 있다는 걸 염두에 두기로 했다.

강을 따라 야시장을 준비하는 가판대들이 죽 늘어서 있었다. 아직 이른 시간이었지만 고리가 달린 가죽 지갑과 나무 빗, 색색의 유리 팔찌를 팔았다. 꼬챙이에 꽂힌 과일과 바나나를 넣고 기름에 지진 먹음직스러운 떡이 보였다. 다리를 건널 때는 클랙슨을 울리며 밀려오는 스쿠터들 때문에 겁을 먹었다. 나중에야 그것이 비키라는 말이 아니라 내가 뒤에 있다고 알리는 의미라는 것을 알았다. 차가 들어올 수 없는 타운 안쪽은 사람과 인력자전거로 붐볐다. 신경을 곤두세우고 자주 길을 비켜 줘야 하는 건 마찬가지였다. 우리는 길을 좀 헤 맸다. 나는 거리와 사람들을 구경하는 것이 좋았지 만 석이는 일단 어디 앉아서 밥을 먹자고 했다. 지 도에서 우리가 서 있는 위치를 다시 가늠하는데 석 이가 혼자 인파 속으로 휘적휘적 걸어갔다. 어디로 가는 거냐고 묻자 나를 돌아봤다.

"나한테 방향을 알려 주지 않았잖아."

나는 멍하니 석이를 보다가 다시 지도를 살폈다. 석이는 바로 화를 낸 게 아니라고 덧붙였다.

"힘드니까 이 집은 포기하고 적당한 곳에 들어 가자."

내가 말했다.

아침을 먹고 처음 하는 식사라서 요리를 네 개 나 주문했다. 석이는 게 요리의 고소한 소스를 길 쭉한 쌀밥에 비벼서 내 앞에 놓아 주었다. 그런 다 음 자기도 맛있게 먹었다. 나는 석이가 게 등껍질 을 벗기고 쪼개서 입안에 넣고 씹는 모습을 지켜보 았다. 식사가 끝난 후에도 한동안 자리에 앉아 차 가운 맥주를 마셨다. 석이가 금방 지칠까 봐 밖으 로 나갈 엄두가 나지 않았다. 해가 지고 기온이 떨 어지길 기다렸다.

어둠이 내리기 시작한 거리엔 아름다운 비단 등이 켜졌다. 하늘과 혼탁한 강이 만나는 지점은 푸르스름하다가 보랏빛을 띠다가 윤곽을 구분할 수 없을 만큼 진한 감색으로 변했다. 낮보다는 확실히 시원해져서 옷과 먹거리를 파는 재래시장으로 걸어 들어갔다. 갓 짜낸 코코넛 오일과 비누, 향신료가 있었고 무게를 달아 파는 콩과 옥수수가 보였다. 물고기가 담긴 바구니는 상온에 함부로 놓여 있었다. 과일 가게에서 신선한 망고 한 접시를 샀다. 과일을 파는 여자가 뭉뚝한 칼로 쓱쓱 껍질을 까 주었다. 나는 그 모습과 거리 풍경을 사진으로 찍었다. 석이는 예쁜 길이 나오면 나를 세워 두고 사진을 찍어 주려 했다. 내가 괜찮다고 해도 쾌활하게 포즈를 주문하며 자꾸 웃었다.

하지만 석이의 걸음은 곧 느려졌다. 나는 전혀 덥지 않은데 옷과 머리가 다 젖을 정도로 땀을 흘리고 있었다. 주위를 둘러봐도 다들 괜찮아 보였다. 그제야 단순히 더위 때문이 아니라 어디가 아픈 게 아닐까 하는 생각이 들었다. 물을 사서 먹었지만 미묘하게 이질적인 맛 때문에 갈증이 가시지 않았다. 석이는 물을 입에 머금었다가 자꾸 바닥에 뱉었다.

원래는 야시장을 구경할 작정이었지만 곧장 호텔로 가기로 했다. 어두운 골목에 스쿠터를 세워 둔 남자들이 태워 주겠다며 다가왔다. 석이는 고개를 저으며 지나갔다. 남자들이 택시를 탈 수 있는 곳을 손가락으로 알려 주는데 무시하고서 나를 자꾸 다른 쪽으로 잡아당겼다. 큰길로 나가려 해도 사람이 너무 많아서 나아가는 속도가 더뎠다. 배를 타고 검은 강물에 종이 등을 띄우는 연인들이 보였다. 그걸 하라고 팔을 붙잡는 할머니들이 줄줄이 나타났다. 나는 웃으며 고개를 저어 주었지만 석이는 딱딱한 표정으로 앞만 보고 갔다. 입으로는 노땡스, 노 땡스 하고 화가 난 사람처럼 크게 말했다. 석이가 그녀들을 밀칠까 봐 겁이 났다.

나는 복잡한 인파 속을 벗어나려 석이의 손을 잡은 채 앞서 걸었다. 앞을 막고 있는 사람들에게 미안하다고 말하며 길을 터 보려 했다.

"좀 천천히!"

따라오던 석이가 손을 뿌리쳤다.

"그렇게 빨리 가면 또 더워지잖아."

"나는 빨리 여길 빠져나가서 쉬는 게 좋을 것

같아서……."

"천천히 가는 게 나아."

나는 고개를 끄덕이며 알겠다고 했다. 석이가 인상을 찡그렸다. 이해할 수 없다는 눈빛으로 나를 바라봤다.

"왜 울어?"

손으로 눈물을 닦으면서 나도 모르겠다고 대답했다. 눈물은 뺨과 턱을 타고 계속 흘러내렸다. 석이는 무릎을 잡고 몸을 땅 쪽으로 수그렸다. 눈을 감고 후드득 땀을 흘리면서 숨을 내쉬었다. 길 한복판에 서 버린 석이와 나를 피해서 수많은 사람들이 유선형으로 갈라져 지나갔다. 그것이 흐르는 물결 같다고 생각했다. 잠시 멈췄지만 다시 그 단조롭고 알록달록한 물결 속으로 들어가야 한다는 것을 알고 있었다.

돌아가는 택시 안에서도 눈물은 그치질 않았다. 호텔 로비에 들어설 때도, 씻기 위해 욕실에 들어가서도 계속 울었다. 모든 것이 끝장났다는 생각이 들었다. 석이와 나 사이에 존재하던 무언가가 산산이 부서진 것 같았다. 아마도 회복할 수는 없을 테고, 아직도 5일이나 남아 있는 여행이 끔찍하게 여겨졌다.

욕실 문을 열고 나왔을 때 석이는 침대에 앉아 등을 보이고 있었다. 나는 그쪽을 쳐다보지 않고 화장대에 앉아 얼굴에 스킨과 로션을 차례로 발랐다. 바디 크림을 손으로 떠서 종아리와 발목에 문질렀다. 석이가 내 이름을 불렀다. 잠시만 이야기를 하자고 했다. 나는 다시 눈물이 나서 티슈로 닦았다. 석이는 내 어깨를 잡고 이끌어 침대에 앉혔다. 나는 석이를 쳐다보지 않고 바닥에 열어 놓은 캐리어와 흘러나온 짐들을 바라봤다. 그런 무질서를 우리 앞에 놓인 점괘처럼 받아들였다.

석이는 사과하지 않았다. 무언가를 묻거나 화를 내지도 않고 구슬리거나 사정하지도 않았다. 아마 그런 말들은 소용없었을 것이다. 나는 석이에게 화가 나지도 실망하지도 않았으니까. 문제는 좀 더 본질적인 곳에 있었다. 그곳은 지나온 과거와 다가오는 미래 사이에서 진동하는 공간이었고, 지금 여기에서 손을 뻗어 만질 수 있는 건 아무것도 없었다. 우리는 서로에게 줄 수 있는 것을 하나도 가지고 있지 않았다.

석이는 내 무릎 위에 편지 하나를 올려놓고 말

없이 방 밖으로 나갔다. 여행이 시작되기 전에 쓴 편지였다. 그때의 석이는 여행을 기대하고 있었고, 지난 1년을 되돌아보고 있었다. 앞으로 우리가 함께할 1년과 10년과 100년을 기도하고 있었다. 원래대로라면 1주년이 되는, 여행의 마지막 날 받았어야 하는 편지였다. 잘못된 시간에 도착한 편지가 무언가를 바꿔 주길 기대한 석이를 생각하면 마음이 아팠지만 소용없는 일이었다. 나는 어떤 세계에서 빠져나왔다고 느꼈다. 놀랍고 서글펐지만, 이제 그건 꿈이고 여기가 현실이라고 생각했다.

그런데 석이가 방에 돌아왔을 때, 침대에 걸터앉아서 내가 앞으로 하려는 말을 들으려고 나를 바라볼 때 마음이 바뀌었다. 나는 까맣게 망각했던 감정을 생각해 냈고 그걸 잠시 잊었다는 사실에 경악했다. 아주 혼란스러운 꿈에서 막 깨어난 것처럼 서서히 내가 누군지 기억해 냈다. 나는 석이 앞으로 다가가서 석이가 두 팔로 내 허리를 감싸 안도록 내버려 두었다. 내 몸에 얼굴을 묻고 잠시 쉬도록, 두려워하지 않도록, 안도하도록 내버려 두었다.

이튿날부터는 대부분의 시간을 호텔에서 보냈

다. 종일 호텔 수영장에서 수영을 하고 선베드에서 맛있는 과일 주스를 먹으며 책을 읽었다. 최대한 느긋하게 휴식을 취하기로 했다. 산책을 포기해야 하는 것이 좀 아쉬웠다. 석이는 시원한 곳에서 쉬면 아무렇지 않았지만 조금만 걸어도 금세 지쳐버렸다. 호텔이 있는 작은 섬을 천천히 걸어서 한 바퀴 돌고 싶은 마음이 있었지만 더는 생각하지 않았다. 해가 지면 택시를 타고 저녁을 먹으러 타운에 나갔다가 다시 택시를 불러서 돌아왔다.

조식을 먹은 후에 죽 수영을 하고 저녁을 먹고 돌아와서 밤 수영을 했다. 어제와 오늘을 구분할 수 없는 비슷한 날들이 이어졌다. 똑같은 일과를 되풀이하는 일은 어디로 들어가서 어디로 나오는지 알 수 없는 몽롱한 꿈결 같았다. 석이와 나는 아침에 눈을 떠서 여전히 남아 있는 날짜를 확인하며 행복해했다. 오직 머무르는 일과 반복하는 일에 열중했다.

나는 수영을 할 줄 몰라서 튜브를 타고 미지근한 물속을 이리저리 유영했다. 석이는 헤엄을 치다가 이따금 몸에 힘을 빼고 누워서 부드럽게 물장구를 쳤다. 물은 맑고 아무런 냄새도 나지 않았다. 호텔에는 커다란 메인 풀과 작은 히든 풀이 있었다.
우리는 내키는 대로 풀을 바꿨다.

하루는 메인 풀로 향하다가 뒤쪽에서 윙윙거리
는 바람 소리를 들었다.

"히든 풀이 더 시원할 것 같아."

내가 말하자 석이는 흔쾌히 그러자고 했다. 담장
에 붙어 자란 키 큰 대나무와 건물 사이의 좁은 그
늘을 통과하면 히든 풀이 나왔다.

그날 우리는 히든 풀에서 수영을 하던 한국인
커플과 친해졌다. 한 시간쯤 물 위를 떠다니다가
피자를 주문해서 먹고 있는데, 그 커플이 내려와
건너편 선베드에 자리를 잡았다. 남자와 여자가 번
갈아 물에 들어갔다. 수영장과 복도에서 그들을 몇
번 본 적이 있었다. 둘 다 균형 잡힌 몸으로 수영을
잘해서 감탄하며 지켜봤었다. 갑자기 남자가 짧은
비명을 질렀다. 여자가 무슨 일인지 물어도 무릎까
지 오는 물속에 서서 얼굴만 부여잡고 있었다. 잠
시 후 남자가 손을 치웠을 때 새빨간 피가 물 위로
뚝뚝 떨어졌다. 코뼈가 부러졌을 거야. 석이가 속
삭였다. 남자가 수심이 낮은 곳에서 다이빙을 했다
고 알려 주었다. 나는 석이가 언제부터 그들을 지

켜보고 있었는지 의아해하면서도 황당한 상황에 웃음이 났다. 물 밖으로 나온 남자 곁에서 여자는 어쩔 줄 몰라 했다. 석이는 선뜻 일어나 그들에게 다가갔다. 남자의 고개를 앞으로 기울이게 하고 피가 기도를 막지 않도록 도와주었다.

다음 날 그 커플과 호텔 식당에서 저녁을 먹었다. 남자는 우리에게 몰트위스키를 샀다. 그는 제약 회사를 운영하는 사업가였고 여자는 플로리스트였다. 둘 다 나이는 우리보다 서너 살 많았고 멀지 않은 도시에 살고 있었다. 여자와 나는 이름이 아주 비슷해서 대화 중에 남자가 여자를 부르거나 석이가 나를 부르면 동시에 그쪽을 바라봤다. 그들은 내일 아침에 호텔을 떠난다고 했다.

대화는 유난했던 그날의 더위로 시작해서 맛있게 먹었던 음식과 가 볼 만한 관광지로 주제를 옮겨갔다. 그들은 우리가 바니안나무 숲에 가 보았는지 궁금해했다. 가지에서 뿌리가 내려 다시 땅으로 파고드는 신비로운 나무 한 그루가 수백 년을 살면서 큰 숲을 이루었다고 설명해 줬다. 또 내부에 산과 강이 있는 거대한 동굴이나 해발이 높은 지대에 동화처럼 형성해 놓은 공중 도시에 가 보았는지 물었다. 석이와 내가 계속 고개를 젓자 더 이상 묻지 않고 자연스럽게 다른 이야기로 넘어갔다.

취기가 오르자 남자가 대담하게 대화를 주도했다. 약간 공격적이고 경솔한 성격이 보였지만 분위기를 해치진 않았다. 반면 여자는 매사에 무심한 듯 보였다. 그래도 이따금 남자가 너무 들뜨면 다정한 손길로 그의 팔을 한번 잡았다가 놓았다. 우리는 남자에게 따로 아내가 있고 그들이 부정한 관계라는 것을 알게 되었다. 처음에는 대화 중에 암시되었지만 나중에는 내놓고 이야기했다. 그런 얘기를 들으며 위스키를 몇 잔 더 마셨다.

그들은 방으로 올라가기 전에 내일 함께 조식을 먹자고 제안했다. 6시에 식당으로 내려오면 자기들이 있을 거라고 알려 줬다. 여자가 남자에게 했듯이, 테이블 위에 놓인 내 손등을 친근하게 한번 잡았다가 놓았다. 나는 알겠다고 대답했지만 그걸로 끝이라고 생각했다. 석이가 다시는 그들과 이야기하지 않으리라는 것을 알고 있었다. 석이와 나는 그들과 잔을 부딪히며 남은 술을 입안에 딜어 넣었다. 그들이 간 뒤에는 오래도록 밤 수영을 했다.

다음 날 아침엔 늦잠을 자고 일어나 테라스에서

차를 마셨다. 강을 따라 물보라 같은 안개가 덮여 있었다. 늘 그 시간에 조식을 먹었기 때문에 그런 아침 풍경은 처음 보는 것이었다. 불이 났었나 봐. 석이가 손을 뻗어 한쪽을 가리켰다. 인가 한구석이 까맣게 불타 있었다.

"내가 배 속에 있을 때 집에 불이 났었대."

석이가 말했다.

"부모님이 애써 마련한 가구와 소중하게 간직해 왔던 물건들을 많이 잃었대. 더 작고 어두운 집으로 이사를 가야 했대."

나는 물끄러미 석이를 바라봤다. 석이는 더 이상 말하지 않았다. 그 뒤의 이야기를 우리는 이미 알고 있었다.

불에 타서 텅 비어 버린 강낭콩 모양의 폐허와 그을린 주변 집들을 찬찬히 구경했다. 납작하고 조그만 콘크리트 집들이 몰려 있었다. 하나같이 창살 없는 큰 창이 앞을 향해 뻥 뚫려 있었고 경사가 완만한 살구색, 레몬색, 라임색 지붕을 이고 있었다. 철판으로 만든 울타리나 나무 한두 그루를 심은 자그마한 땅을 가진 집도 보였다. 거기에 그렇게 생긴 집들이 있다는 걸 처음 알았다.

"뭐가 보여?"

석이가 물었다.

나는 고개를 끄덕였다. 완전히 타고 재가 되고 나서야 알게 되는 것들이 있었다.

마지막 날 아침에는 조식을 먹고 두 시간 정도 수영을 했다. 이런 시간이 다 끝났다는 게 믿기지 않았다. 우리가 떠나왔던 곳이 어떤 곳이었는지 잘 떠오르지 않았다. 이런 아침 시간에 무얼 했는지, 무슨 이야기를 나눴는지, 꼭 붙어서 잤던 좁은 침대가 어떤 촉감이었는지 기억나지 않았다. 이곳의 밤은 늘 일찍 찾아왔고, 우리는 이상한 피로에 휩싸여 커다란 침대의 양쪽 끝에서 아무 말도 나누지 않은 채 잠들었다.

하늘은 구름 한 점 없었다. 한번쯤 비가 와 주길 바랐지만 여행 내내 비 소식은 없었다. 공항으로 가기 전에 기념품 가게에 들러서 가족들에게 가져다줄 건과일과 커피, 치약, 해바라기씨를 샀다. 석이가 고모들에게 어울릴 만한 라탄 손가방을 고를 때는 내가 도와줬다. 석이는 내게도 작은 유리 오르골을 사 주었다. 태엽을 끝까지 감으면 아름다운 멜로디가 빠르게 흘러나오다가 태엽이 느슨해질수록 점점 느려졌다. 끝이 아닌 것 같은 지점에서 갑자기 툭 끊겼다.

공항에서 예상치 못한 문제가 생겼다. 석이가 수화물을 맡기려고 캐리어를 드는데 잠금장치가 열려 버렸다. 안에 들어 있던 옷가지와 세면도구, 각종 상비약과 슬리퍼가 튀어나왔다. 차곡차곡 넣어두었던 기념품들도 바닥으로 쏟아졌다. 나는 석이를 도와서 그것들을 다시 주워 담았다. 뒤로 길게 줄을 선 외국인들이 무표정하게 우리가 움직이는 모습을 지켜봤다.

캐리어는 다시 잘 닫혔지만 석이는 그것을 벨트 컨베이어에 실어 놓고도 안심하지 못했다. 화물칸에서 어떤 충격으로 캐리어가 다시 열리고 안에 든 물건들이 쏟아질 거라고 생각했다. 기념품들을 나누지 않고 몽땅 자기 캐리어에 실은 것을 후회했다. 도톰한 면바지로 꽁꽁 싸 놓았던 유리 오르골이 산산조각 날 거라고 두려워했다. 석이는 다시 땀을 뻘뻘 흘렸다. 허공을 향해 팔을 휘저으며 다시는 여행을 하지 않겠다고 이를 갈았다. 씩씩 숨을 몰아쉬다가 공항 건물 밖으로 나가 버렸다.

나는 유리창에 기대서 석이가 작열하는 태양의 열기 속으로 걸어가는 모습을 지켜봤다. 석이는 쉴 만한 자리를 찾지 못하고 그냥 길 위에 우뚝 멈춰 섰다. 고개를 푹 숙이고 땅을 바라봤다. 타오르는 길 위에서 석이가 보이지 않는 무언가와 싸우고 있다고 생각했다.

여행에서 돌아왔을 땐 미지근한 여름이 시작되어 있었다. 캐리어는 무사히 돌아왔고 유리 오르골도 멀쩡했다. 우리는 그것이 멋진 일의 조짐이라도 되는 것처럼 손뼉을 마주쳤지만 사실 그다지 기쁘지 않았다. 석이는 어두운 비행기 안에서 캐리어가 열릴까 봐 불안에 떨던 시간을 끔찍하게 기억했고, 나는 다시는 여행을 가지 않겠다는 석이의 말을 오래도록 기억했다.

8

여행에서 돌아오고 얼마 지나지 않아 석이는 대안 공간의 게릴라 전시를 제안받았다. 주말에 둘이서 뜻밖의 행운을 축하하기로 했다. 석이는 밀린

업무를 처리하느라 정신없이 바빴고, 나는 아직 몸 안에 남아 있는 나른한 리듬에서 서서히 벗어나는 중이었다.

친구의 연락을 받은 건 금요일 저녁이었다. 같은 고등학교를 나온 친구로 만나지 않은 지 꽤 오래됐지만 가끔 안부 정도는 주고받는 사이였다. 석이에게 전화를 걸어 친구를 만나러 간다고 하자 예상대로 미적지근한 반응이 돌아왔다. 순간 지겨운 기분이 들었지만 내색하진 않았다. 달라질 게 없는 다툼에 힘과 시간을 낭비하고 싶지 않았다. 그래도 석이의 태도와 그 태도에 깔린 요구가 온당하지 않다고 생각했다.

나무 칸막이로 가려진 조용한 자리에서 친구와 차를 마셨다. 오랜만에 만났지만 금세 다정하게 얘기를 나눴다. 나는 친구의 말에 귀 기울였다. 자신의 삶을 흔드는 위기와 사람에 대한 환멸로 어찌해야 될지 모르겠다는 고백을 들어주었다. 너무 힘든 순간에 갑자기 내가 떠올랐다고 말하는 친구에게 불러 줘서 기쁘다고, 언제든 내게 연락해도 된다고, 앞으로 다 괜찮아질 거라고 얘기해 주었다.

친구와 헤어지고 돌아왔을 때 석이가 집 앞에서

기다리고 있었다. 내 방 창문을 올려다 볼 수 있는, 가끔 석이가 앉아서 내가 준비를 마치고 나오길 기다리는 키 작은 벤치에 앉아 있었다. 어둠이 내리기도 전에 켜진 창백한 가로등 불빛 아래서, 몸을 깊게 수그리고 무릎에 팔꿈치를 대고 쭉 뻗은 손가락을 엇갈려 잡은 채 까맣고 긴 그림자를 다리 사이로 늘어트리고 있었다. 내가 이름을 부르자 눈과 뺨에 웃음기가 번지기 시작한 얼굴을 들고 나를 바라봤다. 장난스럽게 폴짝 몸을 일으킨 뒤 나를 향해 걸어왔다.

"방금까지 꼬리가 있었는데."

석이가 벤치 한구석을 가리켰다. 꼬리는 꼿꼿하게 등을 세우고 앉아 꼬리로 몸과 앞발을 둘러 감길 좋아하는 동네 고양이였다. 석이가 나를 데려다주며 산책로를 걸을 때 종종 험상궂은 눈빛으로 침입자를 향해 불편한 심사를 드러냈다.

"얌전히 옆에 앉아서 등을 쓰다듬어도 도망가지 않았어."

네가 봤어야 했는데 하고 말하는 식이의 일굴이 순간 이상하게 일그러졌다. 흘러내리는 밀랍처럼. 우는 얼굴처럼. 하지만 다시 보니 웃는 것 같아서 나는 곧 그 표정을 잊어버렸다.

그날 우리는 조금 다퉜다. 벤치에 앉아서 기분 좋게 이야기를 나누다가 갑자기 신경이 날카로워졌다. 내일 만나서 함께 와인을 한 병 고르고 치즈와 크래커랑 먹자는 이야기를 하고 있었는데 어떻게 대화가 흘러갔는지 알 수 없지만 석이는 이런 말을 했다.

"사람들한테 그렇게 애정을 쏟을 필요 없어. 자기들이 원하는 것만 가져가고 너를 피로하게 하잖아."

아마도 그 지점부터 나는 기분이 상했다. 나를 걱정해서 하는 말이 아니라 내가 누군가를 만나서 시간과 관심을 기울이는 게 싫은 것 같았다. 내가 자신의 소유이기 때문에 다른 사람과 공유하기 싫다는 말로 들렸다. 나한테 애정과 인내심이 없었다면 가장 먼저 정리될 관계는 바로 우리 관계라고 말해 주고 싶었다.

그 대신 케케묵은 지나간 일들이 소환됐다.

"예전에도 여러 번 이런 태도 때문에 싸운 적이 있어."

"난 잘 모르겠는데."

석이는 딱딱하게 굳은 얼굴로 부인했다. 내가 석

이를 용서했다고 생각한 일들을 석이는 자신이 나를 용서했다고 기억했다. 내가 자신을 걱정시키고 불안하게 할 때마다 그렇게 참아 주었는데도 나는 달라질 듯 달라진 듯 굴다가 결국 오늘처럼 원점으로 돌아가 버린다고 말했다.

나는 순간 막막하고 두려워졌다. 석이가 억지를 부리고 있는 건지, 정말 그런 식으로 생각하고 있는 건지 알 수 없었다.

"나는 노력하고 있어."

내가 가까스로 말했다.

"너에게 다가가려고 나를 바꾸고 내 삶을 변형시키고 있다고."

"나는 내가 너를 위해 변했다고 생각했는데."

석이도 지지 않고 말했다.

"변해?"

"나는 이런 불안을 조금도 못 견디는 사람이야. 그런데도 참고 티 내지 않으려고 안간힘을 쓰고 있잖아."

석이가 빈정거리고 있다고 생각했다.

"석아."

나는 소리를 지르지 않으려고 노력했다.

"난 잘못을 저지른 적 없어. 네가 죄책감 없이 사람을 만나듯, 나도 사람을 만날 수 있어. 네가 힘들어하니까, 네가 너무 불안해하니까 만나지 않은 거야. 내가 원래 가지고 있던 것들을 선심 쓰듯 주지 마."

그렇게 말하고 숨을 크게 들이키며 석이 바라봤다. 어떤 동요가 일길 기다렸지만 석이는 똑바로 내 눈을 마주 봤다. 벽처럼 단단한 고집과 뾰족한 노여움을 담아서. 나는 석이의 분노가 어디서 기인하는지 몰라 어리둥절해졌다.

그때 석이가 선선히 내 말에 동의해 줬으면 어땠을까. 미안하다고, 노력해 보겠다고 말해 줬다면. 아니면 끝끝내 타협하지 않는 석이의 태도가 평소와 좀 다른 것을 내가 눈치챘다면 어땠을까. 기민한 직감으로 대화를 다른 방향으로 끌어갔다면. 하지만 그런 일은 일어나지 않았고, 우리는 잘 자라는 인사도 없이 등을 돌려 헤어졌다.

다음 날 석이는 연락이 없었다. 원래대로라면 만나서 와인을 사기로 한 시간이 되었을 때, 나는 시계 위에 보이지 않는 선을 하나 그었다. 오늘을 넘기면 다신 석이를 보지 않겠다고 마음속으로 다짐했다. 석이는 어째서 사과하지 않을까. 무언가를 잘못하면 도리어 더 크게 화를 내거나 자신의 고통을 꺼내 보이며 슬픔에 잠기고, 그런 다음 내게 위로를 받고 감동할 뿐 그 어디에도 사과와 약속은 없었다.

사흘째 연락이 없자, 아마도 석이에게 다른 일이 있었을 거라고 짐작했다. 석이를 힘들게 하는 어떤 일. 석이는 세상을 미워하고 있을 테고, 자신이 가여워서 못 견디게 괴로운 상태겠지. 하지만 나라면 슬픔에 빠져서 너를 잊지 않았을 텐데. 내 고통을 우리 문제의 대답으로 내세우지 않고, 그저 네가 곁에서 함께해 준다면 고맙게 여겼을 텐데. 그토록 냉정한 마음이 든다는 게 놀라웠지만 모든 것이 명확히 정리되는 기분이었다. 답이 아닌 것들을 하나씩 제거하는 방식으로 답을 찾았다.

전화해서 이유를 묻거나 따지고 싶지는 않았다. 묻고 싶은 것과 따지고 싶은 것이 아무것도 없었다. 이대로 인사 없이 헤어져도 좋겠지. 석이가 우리 관계를 함부로 대하고 있었기 때문에 나도 함부로 대하고 싶었다. 만약 연락이 온다면 헤어지자고 말하면 그만이었다.

하지만 다음 날이 되자 급격히 우울해졌다. 혼자서 마음속에 형틀을 재단하고 상대는 까맣게 모르는 징벌을 내리는 것이 얼마나 우스운 일인지 깨달았다. 석이가 잔인한 방식으로 나를 비참하게 만들고 있다는 것을 인정했다. 나는 아무 데도 나가지 않고 누구와도 연락하지 않으며 휴대폰을 주시했다. 전화가 울리면 달려가서 이름을 확인하고 석이가 아닌 이름이 오래도록 깜빡이다가 결국 끊어지도록 내버려 두었다.

석이는 일주일 만에 연락했다. 세미나에 참석하기 위해 막 집을 나서던 참이라서 혹시 석이가 나를 보러 온 것이 아닐까, 주위를 둘러봤다. 하지만 우리가 다퉜던 벤치나 단지 길목의 장미 화단 앞에도 석이의 모습은 보이지 않았다.

"언제까지 기다려하는지 몰라서 전화했어."

잠긴 목소리로 석이가 말했다.

"왜 기다렸는데?"

"나한테 기다리라는 의미인 줄 알았어."

나는 석이의 변명을 믿지 않았다. 아마도 화가 났겠지. 그러다 초조해졌을 테고 내가 필요해졌겠지.

"세미나에 가는 중이야. 끝나고 얘기하자."

충분히 통화할 여유가 있었지만 전화를 끊었다. 괘씸한 마음에 화가 치솟으면서도 마음속에 돌덩이가 내려간 듯 긴장이 풀렸다. 멍하니 익숙한 정류장을 향해 걸어가서 때마침 도착한 텅 빈 버스에 탔을 땐 슬며시 헛웃음이 새어 나왔다. 창가에 앉아 지나가는 풍경을 구경하며 속으로는 석이에게 잊지 말고 따질 말들을 사납게 쏟아냈다. 언젠가부터 졸기 시작했지만 내려야 하는 역에서 저절로 눈이 떠졌다. 버스에는 나와 졸고 있는 남자뿐이었다. 내려서 떠나는 버스를 돌아보았을 때 남자는 눈을 뜨고 누군가의 전화를 받고 있었다. 어 그래, 어 말해 하고 작은 입 모양으로 중얼거렸다. 그때 남자와 잠시 눈이 마주쳤는데 때마침 그의 얼굴 위로 강한 햇빛이 내리쬐었다. 남자는 부신 눈을 찡그리며 내 얼굴을 아는 것처럼, 할 말이 있는 사람처럼 바라봤다. 우스운 것 같기도 하고 무서운 것 같기도 한 얼굴로.

오랜 시간이 흐르고 어째서 이런 장면이 기억날까 생각해 보았다. 왜 이런 장면들이 잊혀지지 않고 남아서 계속 떠오를까. 정작 중요한 일들은 그 다음에 일어나는데 어째서. 이렇게 아무 의미도 해

독할 수 없는 장면들이……. 생각은 생명력 강한 나무줄기처럼 뻗어 나가 이상한 잔상에 도달한다. 어떤 선택과 이후의 선택들이 만들어 낸 도미노 같은 인과에 대해, 때론 바람 없이 그냥 넘어간 동떨어진 블록에 대해, 혹은 모든 것이 스러진 자리에서 최초의 블록을 손가락으로 밀던 순간을, 그때 찾아왔던 직감의 모양을 발견하는 일에 대해, 무엇이 앞이고 무엇이 뒤인지 영원히 알 수 없는 이상한 세계의 배열에 대해 생각했다.

그날 우리는 아무 이야기도 나누지 못했다. 내가 통화하려 했을 땐 석이가 두통이 심해서 통화할 수 없다고 했고, 석이가 준비되었을 땐 내가 사람들과 식사를 해야 한다고 미뤘다. 나는 잔뜩 열이 받아서 식사가 언제 끝날지 장담할 수 없으니 내일 얘기하자고 무미건조하게 메시지를 보냈다. 사실 식사하는 내내 온통 석이 생각뿐이었다. 결국 집으로 가는 길에 충동적으로 석이의 집으로 향했다. 가면서 전화했지만 받지 않았다. 잠들었을 거야. 잘 먹지도 자지도 않았을 테니 편두통을 견디기 위해 아스피린을 먹었겠지. 나는 석이를 깨우지 않고도 그 방에 들어가 석이의 상태를 살펴볼 수 있었다. 만약 석이가 깨어난다면, 어둠 속에서 눈을 깜빡이며 나를 발견한다면 그 곁으로 다가가 우리가 한 번도 나눈 적 없는 이야기를 시작할 수 있었다. 하지만 도착할 즈음엔 내 안에서 즉흥적으로 작동하던 열기가 식어 버렸고 한 뼘쯤 떠올랐던 몸이 단단한 땅 위로 내려왔다. 그대로 돌아서 집으로 갔다.

기분은 자꾸 변했다. 딱히 분명한 연유도 없이.

다음날 석이는 게릴라 전시의 미팅을 마치고 나를 만나러 오기로 했다. 나는 미팅 장소와 가까운 카페에서 석이를 기다렸다. 그때까지도 우선 석이를 든든하게 먹이고 천천히 우리의 문제에 대해, 우리에게 필요한 약속들에 대해 이야기해야겠다고 생각했다.

약속한 시간보다 훨씬 늦게 도착한 석이의 입에서는 옅은 맥주 냄새가 났다.

"술 마셨어?"

내가 아연하게 물었다.

나랑 이야기하기로 한 시간에? 내가 그랬을 때 그토록 몰아세워 놓고 아무런 죄책감 없이 사람들하고 어울렸어?

"별로 안 마셨어."

"미팅이 끝나고 술자리에 갔단 말이지?"

"졸면서 앉아 있었어. 몸이 너무 안 좋아서……."

"그러니까 아픈 몸으로 거길 갔단 말이지?"

"지금 그게 중요해?"

석이는 그새 야위고 떼꾼해진 얼굴로 나를 쳐다 봤다.

"나는 돈을 벌어야 하잖아."

"그래 나도 알아."

나는 고개를 세차게 위아래로 끄덕였다.

"네가 계속 돈을 벌어야 한다는 거, 나도 잘 알아."

석이는 하얗게 부르튼 입술로 작게 한숨을 쉬었다.

"지난주엔 사정이 있었어. 내가 얘기해도 될까?"

하지만 내 마음속에선 차갑고 뜨거운 것이 뒤섞 였다. 무슨 이야길 하겠다는 거야? 내가 하는 말 을 전혀 듣고 있질 않잖아.

석이는 아랑곳 않고 우리가 다툰 날 미처 말하 지 못했던 일을 털어놓았다.

"어머니가 그 남자랑 재혼하기로 결정했어. 내가 그 남자 호적에 아들로 올라가길 바라셔."

그렇게 말하고 석이는 몇 초간 침묵했다. 마치

그것이 이 모든 상황에 대한 답변이라는 듯이.

"그런 얘기를 들었는데 마침 네가 친구를 보러 간 거야."

그러고는 조심스럽게 덧붙였다.

"네가 정말 보고 싶었어."

내가 아무 말이 없자 석이는 초조하게 계속 말했다.

"그날 계속 고모들을 만나러 다녔어. 할 수 있는 게 없어서 놀라고 노여워하는 고모들을 찾아가서 그냥 이야기를 들었어. 두려워하면서 나에게 정말 그럴 거냐고 묻는 고모들한테 아니라고 안 그러겠다고 했어. 우리와 남이 될 테냐, 묻는 고모들한테 아니요 그럴 수 없다는 거 잘 아시잖아요라고 했어. 재차 확인하는 고모들한테 역시 아니라고 했어. 정말 그러지 않을 거냐고 묻는 고모들한테 정말 그러지 않을 거라고 했어. 어떤 경우에도 그러지 않을 수 있겠냐고 묻는 고모들한테…… 나를 아직도 어린애처럼 품에 안아 보고 투닥투닥 쓰다듬는 고모들한데 아니라고 아니라고 아니라고 아니라고 계속 말했어."

석이는 여전히 한마디도 건네지 않는 나를 절망

한 얼굴로 바라봤다.

"제발. 무슨 말이라도 해 봐."

"너랑 헤어질 거야."

나는 단순한 기분으로 말하고 있었다.

"내가 하고 싶은 말은 그것뿐이야."

석이의 눈이 놀라움에 커졌다가 서서히 빛을 잃었다. 허탈하게 웃으며 혼잣말처럼 중얼거렸다.

"그렇구나."

어떻게 석이는 납득할까. 무엇을 납득하고 있는 거지?

"어쩌면 너를 놓아주어야 한다고 생각했어."

석이는 이제 나를 보지 않고 바닥을 내려다봤다.

"내가 이런 사람이라서."

왜 노력하겠다고 말하지 않아? 왜 너는, 왜 항상, 날 사랑하는 걸 무기처럼 휘두르고 그 사랑을 받아달라고만…….

"하고 싶은 말이 그게 다야?"

내가 물었다.

"네가 정말 좋은 사람이라는 거 알아. 나한테 과분한 걸 알아."

석이는 여전히 내 눈을 보지 않고 말했다.

"그게 다야?"

"네가 밉지 않아. 나는 너를 미워할 수 없어."

석이의 목소리가 가늘게 떨리고 있었다.

"그게 다냐고?"

나는 다시 물었다.

"너를 만나기 전엔 아무것도 없었어. 나한테 정말 아무것도 없었다는 걸 너를 만나고 알게 되었어."

"그게 다니?"

"그때로 돌아갈까 봐, 이런 날이 올까 봐 늘 두려웠어."

"그게 다라고?"

우리는 거의 속삭이듯 말하고 있었다. 아주 나쁜 짓을 하고 있다는 듯이.

석이는 숨을 헐떡이며 천천히 고개를 흔들었다.

"한 번도 이 행복이 내 것이라고 생각한 적 없어. 나한테 없는 걸 잠시 빌려 온 거니까 언제고 다시 빼앗길 수 있다고 생각했어."

나는 계속 물었다.

"그게 다란 말이지?"

"나를 많이 봐준 거 알아. 고맙게 생각하고 있어."

나는 집요하게 물었다.

"그러니까 그게 다란 말이야, 그렇지?"

석이는 한참 동안 미동도 하지 않았다. 어느새 소리 없이 울고 있었다.

"내가 나인 게 너를 슬프게 해서 미안해."

나는 내가 지독하게 굴고 있다고 생각하면서도 다시 물었다.

"그게 정말 다니, 석아?"

그제야 석이는 고개를 들고 나를 바라봤다. 턱과 어깨가 부서질 것처럼 흔들렸다.

"네가 행복했으면 좋겠어."

나는 뒤로 물러나서 의자에 몸을 파묻고 잠시 우는 석이를 바라봤다.

젖은 얼굴.

지치고 기울어진 얼굴.

거짓말하는 얼굴.

여전히 나를 사랑하는 얼굴.

도와달라고 말하는 얼굴.

울고 있는 석이의 얼굴을 바라봤다. 석이와 나 사이에 가로놓인 낯선 거리와 이제 그 안으로 손을 뻗어 석이를 만질 수 없다는 것을 서서히 깨달으면서. 우리가 막 시작하려는 일을 기운 없이 받아들이면서. 내가 조금도 울지 않고 그 일을 해치울 수 있다는 사실에 놀라면서.

"너처럼 비열한 인간은 처음 봐."

내 목소리는 오히려 부드럽게 들렸다.

"한 가지 분명한 건 네가 해 온 게 절대 사랑은 아니라는 거야. 이제 우리가 함께한 모든 순간이 끔찍한 시간으로 훼손됐다는 거야. 무엇 때문에 내가 없는 인생을 살게 됐는지 똑똑히 기억하면서 살아. 네 이기심과 자존심 때문이야."

9

잔잔한 바닷물이 아파트 단지 깊숙한 곳까지 들어왔다. 거실에서 내려다보면 작은 숲길처럼 조성된 산책로와 공원 바로 옆에 덮인 얕고 온순한 바다가 보였다. 해수는 햇살을 받아 물개의 매끄러운 피부처럼 반짝였다.

"매시간마다 전혀 다른 색깔이 됩니다. 바다는 참 신비롭죠?"

중개인이 말했다.

그 집을 계약했다. 다음 달부터 이 도시에 살면서 8월에 결혼식을 올릴 예정이었다. 아주 무더운 여름일 테지만 나도 남편도 그 계절을 사랑했다. 우리는 이 해안 도시에 한 번도 살아 본 적이 없고 아는 사람도 없었다. 내가 책임 큐레이터로 일하게 된 미술관이 있다는 것 말고는 여기서 살아야 할 이유가 하나도 없었다. 하지만 그는 나를 위해 기꺼이 이곳으로 와 주었다. 오히려 낯선 땅에 대해 회의적인 마음을 가지고 있던 건 나였다. 다행히 어딜 가나 한쪽 방향을 차지하고 있는 해변과 집 앞까지 밀려드는 바닷물을 보자 단번에 이 도시가 좋아졌다.

그 집의 저녁 풍경을 보고 싶다고 말하자 중개인은 흔쾌히 나를 다시 그 집으로 데리고 가 주었다. 빈 벽과 바닥 위로 부드러운 노을이 스며들고 있었다. 내가 발코니 난간을 잡고 나무 사이에 숨겨진 채 노란 불빛으로 빛나는 테니스장과 어두운 해수를 향해 조명을 쏘는 돌다리를 찬찬히 구경하고 있을 때, 갑자기 중개인 남자가 자길 기억하지 못하느냐고 물었다.

"네?"

나는 그를 돌아봤지만 기억나는 게 없었다.

"우리가 어디서 만난 적이 있어요?"

남자는 몇 해 전 휴양지에서 코뼈가 부러진 적이 있다고 말했다. 나는 깜짝 놀라 다시 남자의 얼굴을 들여다봤다. 그는 살이 많이 찌고 가는 은테 안경까지 쓰고 있어서 딴사람 같았다. 신기하면서도 한편으로는 어떤 반응을 보여야 할지 난감했다.

"남편은 그때 그분인가요?"

그는 아닌 걸 아는 눈치로 물었다.

"전혀요."

나는 웃으며 고개를 저었다.

"전혀 다른 사람이에요."

그도 웃으며 그렇군요 하고 작게 중얼거렸다. 나는 가까스로 내 이름과 아주 비슷했던 여자의 이름을 기억해 냈다. 아직도 그녀를 만나느냐고 묻자 이제는 아니라고 대답했다. 그러고는 내게 제안했다.

"잠시 시간을 내 주실 수 있나요? 잠깐이면 됩니다."

나는 순간 망설였지만 알겠다고 대답했다.

남자는 나를 다시 사무실로 데려가서 고객들과 상담하고 계약서를 쓰는 패브릭 소파에 앉혔다. 아

까도 주었던 티백 홍차를 내주고 맞은편 소파에
앉았다. 조금 전에도 이렇게 마주 앉아 계약서에
서명을 했다. 그때 집과 동네 환경에 대해 이것저것
물으며 그를 친절하고 익살스러운 중개인으로 생각
했던 걸 떠올리자 이상한 기분이 들었다. 그는 예
전의 에너지와 날 선 공격성이 다 사라진 것 같았
다. 외모뿐 아니라 여러 면에서 완전히 다른 사람
이 되어 있었다. 반년 전부터 친구를 도와 여기서
일하고 있다고 했다.

"제약 회사를 운영하시지 않았나요?"

내가 그것을 기억하고 있는 것이 신기하게 여겨
졌다.

"이제는 아닙니다. 그동안 많은 일이 있었죠."

그러고는 예전 일을 사과했다.

"우리 관계를 알고 불편하셨을 텐데 그때는 죄송
했습니다."

나는 아니라고, 신경 쓰지 않았다고 말해 주었다.

"믿으실지 모르겠지만 그런 관계를 솔직하게 밝
힌 건 처음이었습니다. 애초에 우리가 편안하게 이
야기를 나눌 만한 상대가 그 전에는 없었죠. 당신
들이 낯선 곳에서 만난, 다신 보지 않을 사람들이

라고 생각해서 대담해졌던 것 같습니다."

"이해해요."

"그녀와는 어릴 적부터 알고 지내던 사이였습니다. 중학교 때 같이 수영을 하면서 도내 유소년 선수로 활동했죠."

야외 수영장에서 수영하던 그들의 모습이 떠올랐다. 남자는 두껍고 단단한 근육이 붙은 긴 팔다리로 물살을 갈랐고, 여자는 소리 없이 물에서 빠져나와 커다란 비치 타월로 몸을 감싸곤 했는데 아름다운 몸의 굴곡이 타월 위로 그대로 드러났다. 초록색 비키니가 까무잡잡하고 탄력 있는 피부와 잘 어울렸다.

"처음 만났을 때는 그녀가 저를 좋아했습니다."

남자가 입을 열었다.

"유난히도 저를 피해서 별로 대화를 나눠 본 적이 없었는데 졸업식 날 초콜릿을 주면서 고백하더군요. 거절했습니다. 그때 푹 빠졌던 여자애가 있었거든요. 지금은 그 애 얼굴이 생각도 나지 않습니다. 아무튼 그 뒤로 우리는 좀 어색해졌지만 그럭저럭 잘 지냈던 걸로 기억합니다. 느슨한 유대감이 생겼달까. 그리고 고등학교 2학년 때 어깨 부상으로 수영을 그만둘 무렵에 갑자기 그녀가 좋아졌습니다. 정말 세상일은 알 수가 없더군요. 번개에 감전된 것처럼 불현듯 그녀를 좋아하고 있다는 걸 깨달은 겁니다. 한시라도 빨리 그녀도 나와 같은 마음인지 확인하고 싶어서 정신을 차릴 수가 없었습니다. 그녀를 가까이 두고 낭비한 시간들이 아까워 눈물이 날 지경이었죠. 성급하고 어리석게 굴었던 것 같아요. 이번에는 그녀가 절 피해 버렸죠."

거기까지 말하고 남자는 홍차를 한 모금 마시며 물었다.

"계속할까요?"

나는 계속하라고 말했다.

"그런 엇갈림이 끈질기게 반복됐습니다. 그녀와 저는 이런 관계에 완전히 질려 버렸다가도, 또 깨끗하게 단념했다가도 어느 순간 다시 어떤 열정에 휩싸여 서로를 찾았습니다. 돌이켜 보면 인생의 모든 지점에 그녀가 있었던 것 같아요. 그녀의 인생에는 제가 있었고요. 그녀는 제가 좋아하는 가수의 노래를 따라 듣다가 그 가수 콘서트에서 첫 번째 남자 친구를 만났습니다. 진실한 남자가 아니었기 때문에 그 뒤의 연애에서 연인을 믿지 못하는 사람이 됐죠. 그녀가 그런 문제로 울던 모습이 저한테 강렬한 잔상을 남겼던 거 같습니다. 저는 그때부터 밥을 먹을 때나 길을 걸을 때, 이따금 그녀의 우는 얼굴을 떠올렸어요. 그러다가 발밑을 보지 못하고 뚜껑 열린 맨홀 아래로 떨어졌죠. 어이없는 사고였지만 그 일 때문에 수영을 그만뒀습니다. 낙담한 제 곁에서 그녀가 위로해 줬죠. 그리고 저는 사랑에 빠진 겁니다. 사랑에 빠졌다는 걸 깨달은 것일 수도 있고요. 그런 일의 순서를 가리는 것은 어려운 일이지 않습니까?"

나는 고개를 끄덕였다.

"이런 것들입니다. 이런 식의 맞물림이 끊임없이 반복되면서 그녀와 제 삶이 영향을 주고받았다는 생각이 드는 겁니다."

남자는 양손을 펼쳐 눈에 보이지 않는 두 세계를 내 앞에 내밀었다. 꼬리에 꼬리를 물고 서로를 잡아먹는 우주가 거기 있다는 듯이.

"딱 한 번……"

남자기 말했다.

"정말 그녀의 영혼 가까운 곳까지 다가간 적이 있습니다. 엇갈리기만 하던 각자의 상황과 마음의 속도가 맞아떨어졌죠. 늦은 밤 그녀의 집 앞으로 찾아가 모든 걸 고백하고 간청했습니다. 그녀도 마음 깊은 곳에 숨겨둔 이야기를 들려주기 시작했죠. 우리는 작은 벤치에 앉아 날이 밝도록 이야기를 나눴습니다. 그날 밤 창백하고 부드러운 달빛과 소곤거리는 목소리를 비밀스럽게 감싸 주던 공기를 아직까지 기억하고 있습니다. 그때 저는 이제 우리를 갈라놓을 것은 아무것도 없다고 확신했죠. 하지만 그걸로 끝이었습니다. 그녀가 집으로 돌아갔을 때 할머니는 숨이 끊어진 상태였습니다. 급성 뇌졸중이었는데 방바닥에 괴로워했던 흔적이 남아 있었다더군요. 그녀는 어릴 때부터 할머니와 둘이 살았습니다. 장례가 끝나고 그녀는 다른 도시에 있는 작은아버지 댁으로 가게 되었죠. 하지만 멀어진 몸의 거리보다 더 큰 문제는 그날 밤 우리 사이에 존재하던 어떤 것이 사라져 버렸다는 것입니다. 그녀는 그날 자기가 집에 없어서 할머니가 돌아가신 거라고 생각했습니다. 쓰러진 할머니를 재빠르게 병원으로 옮긴 뒤 적절한 조처를 받도록 할 수 있었는데 그러지 못했다고요. 할머니가 그녀를 불렀을 텐데 혼자서 고통스럽게 죽도록 내버려 두었다고 말입니다. 할머니가 죽어 가던 밤에 함께 있었던 제 얼굴을 더 이상 볼 수가 없다더군요. 그녀와 완전히 하나가 되었다고 생각한 순간, 영영 멀어진 겁니다. 오랜 시간이 흐르고 깨닫게 되었지만, 애초에 누군가가 내 안에 온전히 들어오는 일은 불가능한 것 같습니다. 그냥 나를 스치거나 이따금 특별한 순간에 내 몸을 관통해 지나갈 뿐이죠. 가장 좋은 건 그 사람을 내 가장자리에 두는 겁니다. 내 안과 가장 멀고 내 바깥과 가장 가까운 곳에요."

거기까지 말하고 남자는 잠시 먼눈으로 사무실을 둘러보았다. 철제 캐비닛과 빨간 스티커가 점점이 붙은 커다란 해안 지도가 한쪽 벽을 채우고 있었다. 앞으로 살아가게 될 도시의 생김새를 그런 식으로 바라보는 것은 기이한 기분이었는데 어쩐지 과거에 살았던 집들이 생각났다. 늦은 밤 홀로 집에 돌아올 때 습관처럼 쳐다보곤 했던, 쓸쓸한 가로등 불빛 아래 누가 있지 않을까 살펴보던 키 작은 벤치가 어쩔 수 없이 떠올랐다.

"아내와는 스물여덟에 만나 결혼했습니다."

남자의 얼굴은 순간 괴로운 표정으로 일그러졌다가 평온하게 돌아왔다.

"그녀를 잊기 위해 도망치듯 갔던 유학에서 같은 글쓰기 수업을 들었죠. 제가 힘들 때 큰 위로가 되어 준 사람입니다. 결국에는 서로를 미워하게 됐지만, 거기에도 제가 알지 못하는 어떤 이유가 있겠죠. 사실은 그 이유를 압니다. 제가 언제나 그녀의 인력에 끌려 움직였기 때문입니다. 전혀 상관없는 삶 속으로 멀어진 것처럼 보여도 그녀와 저는 보이지 않는 힘의 영향 아래 있었습니다. 변명 같지만 아내를 위해서라도 이혼해야 한다고 생각했습니다. 저 같은 빈껍데기랑 5년간 사는 동안 아내의 마음도 텅 비어 버렸으니까요. 다른 사람이 된 것 같았죠. 아내는 실제로 저와 그녀에게 무서운 짓들을 했어요. 그걸 자세히 말할 생각은 없습니다. 아내를 그렇게 만든 게 제 탓이라는 둥 뻔뻔한 말도 하고 싶지 않습니다. 그냥 그렇게 돼 버린 것에 대해 기억하고 있을 뿐입니다. 분명한 건 그녀와 제가 휴양지로 떠났을 때, 제 아내는 죽어 가고 있었습니다."

남자는 잠시 한 손으로 턱과 입을 감싸고 침묵했다. 나는 숨을 죽이고 그가 다시 입을 열길 기다렸다.

"폐가 섬유처럼 탄력을 잃고 푸석푸석해지는 병이었습니다. 깊은 곳에서 물을 길어 올리듯 목과 쇄골의 피부를 뼛속으로 빨아들이며 쌕쌕 숨을 쉬어야 했어요. 치료해 보려 했지만 결국 공기 호스 없이는 버틸 수 없는 지경에 이르렀죠. 그녀와 저는 아내의 회복을 기다렸습니다. 그렇게 믿었습니다만 그런 기다림과 아내의 죽음을 기다리는 일을 구별할 수 없었습니다. 그래서 도망친 겁니다. 아내로부터, 아내의 죽음으로부터. 그런 병은 어떻게 생겨나는 걸까요? 아내의 마음속에 응어리진 악랄한 감정 때문이거나, 내 마음속에 도사리고 있던 아내에 대한 증오가 그렇게 만든 게 아닐까, 자주 생각했습니다. 어쩌면 모든 일이 벌어지기 전에 이미 아내의 몸 깊숙한 곳에서 남편의 배신에 대한 예감이 작용했던 것일지도 모릅니다."

"아내는 죽었나요?"

내가 참지 못하고 물었다.

"아뇨."

그는 천천히 고개를 저었다.

"완전하게 회복했습니다. 성공 확률이 30퍼센트도 안 되는 폐 이식 수술을 받았죠. 폐는 처음부터 아내의 일부였던 것처럼 아무런 거부 반응 없이 몸 속에 자리 잡았습니다. 아내는 다시 숨을 쉬게 되었어요. 몇몇 사람들은 신의 가호가 있었다고 놀라워했습니다. 아내는 저를 용서해 주더군요. 이혼해 주었죠. 이듬해 봄에 그녀와 결혼했습니다."

남자는 길게 심호흡을 하고 차를 마셨다. 나도 미지근하게 식은 홍차를 한 모금 넘기며 남자가 거짓말을 하고 있는 게 아닐까 생각했다. 어쩌면 그가 아내를 죽이려 했을지도 모른다고.

남자가 희미하게 웃었다.

"때때로 어떤 체험에 대한 기억이 왜곡된 것일 수 있다는 생각을 합니다. 제가 기억하는 그것과 다른 사람이 기억하는 그것이 다르고 물론 진실과도 다르다고요. 하지만 그게 다 무슨 소용일까요. 저는 제가 기억하는 세계 속에서 영원히 살아갈 텐데요. 그녀와 함께 산 반년은 제 인생 최고의 나날이었습니다. 매일매일 황홀한 행복감에 잠겼고 잘 알지 못하는 신에게 끝없이 감사했어요. 아무리 돌이켜 떠올려 보아도 저는 여전히 짐작할 수가 없습니다. 그녀가 왜 오랫동안 청산가리를 우리가 함께 자는 침대 밑에 두었는지, 그러다 문득 그걸 삼켜서 몸 안의 모든 장기를 까맣게 태워 버릴 생각을 했는지 저로서는 알 수가 없는 겁니다. 평소처럼 그녀와 아침으로 샐러드를 먹고 따뜻하게 입을 맞추고 회사에 갔을 뿐인데요. 그 전날을 떠올려 봐도 그녀는 '화분의 위치를 조금 바꾸는 게 어떨까, 햇볕을 더 잘 받도록 말이야.' 같은 일상적인 이야기를 했습니다. 신발장에는 일요일에 사 두었던, 한 번도 신지 않은 스웨이드 구두가 그대로 들어 있었습니다. 그런 것들을 남겨 두고 그녀는 죽어 버린 겁니다."

남자는 안경을 벗어 탁자 위에 올려놓았다. 팔짱을 끼고 그 안경을 중요한 단서처럼 바라보았다.

"그녀가 죽은 걸 발견하고 저는 한동안 눈이 멀었습니다. 하얗고 부연 연기가 눈 속을 떠다녔죠. 며칠 뒤 다시 앞이 보이기 시작했지만 시력은 형편없이 떨어졌습니다. 사람이 너무 큰 충격을 받으면 그렇게 되기도 한다더군요. 처음 몇 달간은 밥을 먹을 수가 없었습니다. 아침에 눈을 뜨면 울기 시작했죠. 감정적으로 슬프다기보다 몸이 망가진 것처럼 눈물이 났어요. 실신과 영양실조를 반복했죠. 그러다가 어느 날 갑자기 폭발적인 허기가 찾아왔습니다. 일종의 폭력성에 가까웠어요. 무언가를 끊임없이 먹어야 했습니다. 제 몸 안에 뜨겁고 징그러운 내장이 들어 있다는 걸 똑똑히 느낄 수 있었죠. 그런 시기가 한동안 이어졌습니다. 이제는 많이 괜찮아졌어요. 일상으로 돌아오는 것은 불가능할 것 같았는데 사람은 참 신비롭더군요. 이런 얘기를, 당신이 아니면 누구한테 할 수 있겠습니까?"

남자는 탁자에 놓인 안경을 다시 쓰고 나를 똑바로 바라보며 웃었다. 나는 무슨 말을 해야 할지 몰라 고개만 끄덕였다.

"이제 당신 이야길 해 보세요."

남자가 말했다.

"그때 그 남자는 어떻게 됐습니까?"

"우리는……"

나는 순간적으로 떠올려 보았다.

"갑자기, 어느 날 갑자기 허무하게 헤어졌어요. 겁에 질려서 울면서도 서로에게 이쪽으로 건너오라고만 소리쳤어요."

남자는 알쏭달쏭한 표정으로 내가 더 말하길 기다려 주었다.

"헤어진 뒤에도 가끔 사람들이 모이는 곳에서

우연히 그를 봤어요. 우리는 때에 따라 그냥 적당히 아는 사이처럼 인사를 나누기도 하고 때로는 친구였던 적도 없는 것처럼 낯선 눈으로 서로를 바라봤어요. 함께한 시간이 착각처럼 느껴질 정도였죠. 나는 그가 근처에 있을 때 아무렇지 않게 행동했지만 시간이 흐르고 그가 어느새 집에 갔다는 걸 깨달으면 슬퍼졌어요. 그때까지도 끝났다는 확신이 없었죠. 그가 내게 다가와서 불쑥 말을 걸지 않을까, 화장실로 가는 조용한 복도나 출입구 앞에서 나를 기다리고 있지 않을까 상상했어요. 하지만 그는 그러지 않았고 머지않아 이사를 갔다는 소식이 들렸어요. 내 집과 조금 더 먼 곳으로요. 나는 내심 그에게 고마웠어요. 우리 흔적이 시간 속에서 서서히 지워지도록 내버려 두지 않고 정리해 준 것에 대해서요. 방의 문을 영원히 걸어 잠그고 그 세계에서 완전히 빠져나오게 해 준 것에 대해 고마워했어요."

나는 천천히 고개를 저었다.

"이제 그는 미술을 하지 않아요. 새아버지가 운영하는 가구 회사에서 목재를 수입하고 거래처를 관리하는 일을 해요. 결혼은 지난해 겨울에 했어요. 그는 항상 가정을 꾸리고 싶어 했죠. 아내가 생겼으면 좋겠다고 했어요. 남편이 되겠다고 하지 않고요. 결혼식에는 그가 사랑했던 고모들이, 그리고 형제자매처럼 여겼던 사촌들이 한 명도 참석하지 않았어요. 낯설고 새로운 가족들이 박수를 치면서 결혼을 축복해 줬어요."

나는 이미 전해 들어 알고 있던 사실들을 이야기하며 깜짝 놀랐다. 입 밖으로 꺼내 말하고 나자 그건 내가 기억하던 것보다 슬프고 끔찍한 이야기로 들렸다. 멈추지 않고 계속 말했다.

"'난 어머니에게 빚이 있어.'라고 그가 말한 적이 있어요. 인생의 절반보다 많은 시간을 사랑하는 사람의 죽음을 갚으며 산 가여운 사람이라고. 그런 삶의 질감을 상상할 수도 없다고 말했어요. 어머니에게도 하지 못했던 말이고 앞으로 누구에게도 이런 마음을 이야기할 수 없을 거라고 했어요. '오직 너만 알고 있는 거야.' 그렇게 말했어요."

나는 얼마간 입을 다물었다. 충분히 기다린 뒤 남자가 말했다.

"그때 그녀가 말하길, 당신이 이별을 생각하고 있다더군요."

"제가요?"

남자는 말없이 미소 지었다. 문득 그에게 이런 이야기는 작은 액자 밖으로 내다보이는, 천천히 흔들리며 변하는 풍경에 지나지 않는다는 걸 깨달았다.

남자는 탁자 위에 기도하듯 가지런히 모은 두 손을 올려놓았다.

"인생이 어떻게 흘러가는지 도무지 알 수가 없습니다. 그때 다른 길로 갔다면 지금 그 사람과 함께 할 수 있었을까요? 하지만 그 길은 이미 존재해서 펼쳐져 있는 게 아니라, 발을 앞으로 내딛는 순간 만들어지니까요. 과거의 기억도 마찬가지인 것 같습니다. 우리가 머릿속에 기억을 떠올리는 순간 잊을 수 없는 과거가 시작되는 겁니다."

남자는 나를 큰길까지 배웅해 줬다. 집과 길 사이로 스며들어 온 까만 바다는 비밀스러운 밤의 영역이 되어 고요하게 출렁이고 있었다. 그와 헤어질 때 건강하시라고 말해 주었다.

"이제 위험할 정도로 많이 먹고 싶은 충동은 일지 않습니다. 하나의 시기가 끝난 것 같아요."

남자는 진지하게 말했다.

"몸은 한번 이렇게 되고 나니 어쩔 수가 없더군

요. 굶어도 봤지만 소용없었어요. 요새는 그냥 정량의 식사를 하루 두 번 합니다. 채소와 달걀 위주로요. 간단한 운동도 시작했습니다. 하지만 이제 수영은 하지 않아요."

그가 궁금해했다.

"여전히 수영을 못 하나요?"

그렇다고, 나는 대답했다.

10

밤이 되면 야외 수영장은 푸르스름하게 빛났다. 발광 물질을 가지고 있는 이끼나 녹조를 풀어놓은 것 같았지만 물속에는 아무것도 없었다. 아침에 가만히 고여 있던 물은 밤이 되면 현혹하는 묘약이나 연기의 움직임처럼 나선을 그리며 부드럽게 휘몰아쳤다. 손을 넣어 휘저으면 반짝이는 빛이 묻어 올라왔다가 물기를 따라 아래로 뚝뚝 떨어졌다. 주변은 온통 나무와 덤불에서 흘러나오는 캄캄한 어둠과 뜨겁게 달궈졌던 땅이 식어 가면서 내뿜는 열기로 가득 차 있었다.

유난히 무더웠던 날의 수영장은 욕조처럼 따뜻했다. 나는 튜브에 팔을 끼우고 위아래로 조금씩 오르락내리락하는 물결을 타면서 떠다녔다. 석이는 배영이나 접영을 조금 하다가 내 곁으로 헤엄쳐 왔다. 튜브에 달린 고리 모양의 끈을 잡고 나를 이곳저곳으로 끌고 다녔다. 내 팔과 어깨를 잡거나 물에 잠긴 손에 깍지를 꼈다. 물속에서 만지는 석이의 손바닥과 손가락은 감촉이 낯설고 이상했다.

석이는 튜브 위에 걸친 내 오른팔에서 빨간색 점을 찾아 손끝으로 문질렀다. 같은 색깔 점이 오른쪽 무릎 중앙에도 있다는 걸 석이는 알고 있었다. 또 왼손 중지의 마디 아래에 있는 작은 점의 존재도 알고 있었다. 그런 것을 안다는 걸 좋아했다.

"사실 말이야."

석이가 말했다.

"너를 만나지 않았고 너를 모르는 채로 살아가는 내가 저 우주 어딘가에 살아."

"꿈 얘기야?"

내가 물었다.

"그래, 꿈 얘기."

석이는 내 머리에 손을 얹으며 웃었다. 얹은 손

을 천천히 움직여 젖은 머리카락을 매만져 주었다.

"나는 잠이 들면 그 우주의 내가 되어 계속 너를 모르고 살아가. 잠에서 깨어나면 네가 곁에 있지만 어쩐지 네가 있다는 게 의심스러운 거야."

"슬프다."

"이수야, 네가 나를 떠나면……."

석이가 슬픈 얼굴로 말했다.

"그곳의 나와 이곳의 나는 서서히 가까워지다가 감쪽같이 겹쳐질 거야. 남아 있는 똑같은 날들을 살아갈 거야."

그날 석이는 내게 물에 뜨는 법을 가르쳐 줬다. 나는 푹신한 침대에 눕는 기분으로 미지근한 물속에 몸을 푹 담갔다. 내가 균형을 잡고 떠 있을 수 있도록 석이가 등과 허리를 손으로 받쳐 주었다.

"고개를 들려고 하면 가라앉을 거야. 귀가 물에 잠기도록, 몸의 반은 물에 내줘야 해. 그럼 잠기지 않은 나머지 몸이 뜰 거야."

귀가 물속에 잠기자 석이의 목소리가 아득하게 멀어졌다. 대신 귓가에서 보글거리는 물거품 소리가 들렸다.

"자, 이제 숨을 들이켜. 숨을 머금고 뱉지 마."

나는 그렇게 했다. 그러자 몸이 풍선처럼 물 위로 떠올랐다.

"잘했어. 그대로 균형을 유지하는 거야. 무서워하지 말고, 몸의 힘을 좀 빼도 돼. 절대 가라앉지 않아."

석이도 물 위에 누웠다. 우리는 떠 있어? 거기 있어? 물으며 물의 흐름에 완전히 몸을 맡겼다. 어느 순간부터 입을 다물고 물 위로 쏟아져 내리는 드넓은 밤하늘을 바라보았다. 까마득한 우주의 깊이와 별의 수에 압도당했다. 별들이 와글와글 떠들며 우리에게 무슨 말을 하는 것 같았다.

시간이 흐르자 내가 어디에 떠 있는지 짐작할 수 없었다. 등 뒤로 펼쳐진 알 수 없는 깊이의 물속으로 추락할 것 같아서 두려웠지만 가라앉지 않을 것을 믿고 있었다. 눈에 보이지 않아도 석이가 같은 물결 속에 있는 것을 느꼈다. 석이는 아주 사라진 것처럼 먼 곳으로 떠내려갔다가 어느새 가까이 다가왔다. 그러면 우리는 스치듯 손을 한번 잡았다가 다시 놓아주었다. 나는 인제든 식이가 내게 돌아올 것을 믿고 있었다. 석이도 내가 갑자기 어둠 저편으로 사라지지 않을 것을 믿고 있었다. 검고 고요한 물속에 서로를 남겨 두지 않을 거라고, 아무런 말 없이도 약속할 수 있었다. 우리는 커다란 물 위에서 아주 느릿느릿하게 꿀벌이나 번개의 궤적을, 꿈이나 파도의 변화를 따라 움직였다. 그것은 완전한 미지의 경로였다. 하지만 어째서일까? 우리가 같은 방향으로, 거의 비슷한 속도로 흘러가리라고 조금도 의심하지 않았다.

노크

하얗고 반듯한 신호 대기선 앞에 차를 세우고 전화를 받았다. 폭우 속에서 차창으로 달려드는 빗소리 때문에 희미하게 울리던 그 여자의 전화를 어쩌면 받지 못할 수도 있었다.

"누구세요?"

전화 수신감이 좋지 않아서 에어컨을 멈추고 라디오 소리를 작게 줄이며 '누구시라고요?' 하고 재차 물었다. 아주 먼 곳으로부터 송신된 것 같은 음성으로 여자는 내가 오래전에 사귀었던 사람의 이름을 댔다.

"지난주에 교통사고로요."

아 지난주에요. 나는 고개를 끄덕이며 창밖을 내다봤다. 나이 든 가로수와 새로 생긴 가게의 알록달록한 간판들이 세찬 비를 맞고 있었다. 거리 쪽으로 커다랗게 창이 난 카페 안에서 그런 전경을 무심히 바라보는 연인이 있었다. 연인의 시선 끝에 내가 있었지만 그들은 초점 없는 눈으로 나를 풍경의 일부처럼 바라봤다.

여자는 간결한 단어들로 자신이 그 사람의 연인임을 밝혔다. 그리고 슬쩍 일러 주는 투로 말했다.

"당신을 만나러 가고 있어요."

"네?"

내가 무어라 대답하기 전에 날카로운 잡음이 일며 전화는 먹통이 되었다. 기괴한 기계음이 잠시간 차 안을 울렸다. 잡음이 사라졌을 때 여전히 여자는 태연한 어조로 말하고 있었다.

"알아도 어쩔 수 없는 일이니까요. 오늘 저녁에 봐요."

차 안의 공기는 금세 습해졌다. 나는 다시 에어컨을 켜고 오늘 내 일정은 빨라도 7시 이후에 끝나며 집으로 돌아가 처리해야 할 일들이 있음을 설명하고 특별한 이유가 아니라면 전화나 메일로 일을 보았으면 한다는 의사도 전달했다. 내가 차분히 말을 마친 후에도 여자는 아무런 대꾸가 없었다. 잠시 후 여자가 말했다.

"당신에게 전해 줄 게 있어요."

어쩌면 여자가 터무니없이 어릴지도 모른다는 생각이 들었다. 나는 신호가 바뀌는 것을 확인하고 8차선 사거리를 향해 차를 출발시키며 여자를 타일렀다.

"그래도 오늘은 곤란해요. 날씨도 이런데……"

왼쪽에서 환한 빛이 빠르게 다가왔다. 반사적으로 브레이크를 밟자 반동으로 타이어가 물 위에서 옆으로 회전하며 차체가 빙글빙글 돌았다. 미끄러지던 차가 완전히 멈춰 섰을 때 시야는 아주 엉뚱한 방향으로 바뀌어 있었다. 여전히 거센 빗줄기가 자동차의 단단한 철강과 유리 위로 떨어졌지만 빗소리는 아득히 사라졌다.

하얗고 눈부신 빛이었다.

불과 한 치 앞에 커다란 네 개의 선조등을 형형한 동공처럼 빛내는 덤프트럭이 서 있었다. 시멘트를 실은 거대한 타원 모양의 통이 비스듬하게 회전하는 덤프트럭이었다. 달달 떨리는 엔진의 진동으로 오래전에 말라붙은 진흙이 빗물과 함께 조금씩 땅 위로 떨어지고 있었다.

여자의 목소리가 들렸다.

"7시까지 갈게요."

사방에서 사나운 경적소리가 울렸다. 여자는 어떤 소음도 듣지 못한 사람처럼 말했다.

"지금 그 도시로 가고 있어요."

덤프트럭이 서서히 움직이는 것을 바라보며 나도 핸들을 잡고 차선을 바로 잡았다. 이대로 가도 될까 생각하는 사이 트럭은 금세 사라지고 마비됐던 도로는 말끔해졌다. 참았던 숨을 길게 내쉬며 휴대폰을 확인했을 때 전화는 이미 끊어져 있었다. 낮은 볼륨의 라디오에서 먼 나라의 지진 소식이 흘러나왔다.

외국계 잡지사에서 에디터로 일한지 3년 남짓 되었다. 공항에 비치되는 3개 국어 월간지에는 일절 국어가 사용되지 않았다. 주로 명품과 화장품, 트렌드에 맞는 옷과 컬러를 다루지만 패션지라고 할 수도 없었다. 때에 따라서 예쁘고 아기자기한 음식과 그런 음식들을 파는 식당을 소개하기도 하고, 규모가 크진 않지만 내실이 훌륭한 독립 영화제를 취재하거나, 흥미로운 내력의 인물을 인터뷰하기도 했다. 한마디로 일정한 테마가 없는 것이 그 잡지의 테마였다.

잡지사에 들어가기 전에는 오랫동안 아무런 일도 하지 않으며 지냈다. 배가 고플 때 일어나 커피를 한 잔 마시고 아무 책이나 들고 가까운 카페로 가서 샌드위치를 먹으며 읽고 싶은 만큼 책을 읽었다. 집 안에 부드러운 햇볕이 깔리는 시간이면 소파에 누워 낮잠을 자기도 했다. 밤에는 오래 자지 못하고 깨는 불면이 있었다. 해가 지면 빽빽하게 잡아 놓은 약속대로 여러 사람을 차례로 만나거나 내키지 않으면 모두 취소하고 혼자 강가로 산책을 갔다.

정기적으로 하는 일이라면 스윙바에 다니는 것이었다. 적게는 일주일에 두 번, 많게는 다섯 번씩 스윙바에 나가 온몸이 땀으로 젖을 때까지 춤을 췄다. 어느 날 스윙 선생은 스윙 댄스에서 사용하는 근육이 성교에 쓰이는 근육과 같다고 실없는 소리를 했다. 그때 내 파트너는 무표정하게 그 얘기

를 듣다가 내 날갯죽지를 토닥이며 오해할까 봐 하
는 말인데 지금까지는 건성이었어 하고 속삭였다.
근육이 아직 덜 풀렸던 것 같아. 얼마 후에 그는
침대에서도 내게 같은 말을 했다. 그건 순전히 나
를 웃기기 위해 했던 말로, 나는 그와의 시간이 즐
거웠다. 그는 깨끗한 피부와 유연하고 단단한 몸을
가지고 있었다.

　이제 와 생각해 보아도 그런 그의 몸 어디가 아
팠던 건지 짐작할 수가 없다. 그는 가끔 함께 있다
가도 어디론가 사라졌다가 나타나거나 며칠씩 연락
이 되지 않다가 불쑥 돌아오곤 했다. 그때마다 아
팠다고 둘러댔는데 어디가 아픈 건지 물어도 대답
해 주지 않았다.

　구멍 같은 거야. 나한테 작은 구멍이 있는데 여
기엔 내가 빠질 수도 있고 내 곁의 다른 사람이 빠
질 수도 있어. 구멍에 빠지는 일은 정말 무서운 일
이지만 운이 좋다면 빠지지 않을 수도 있지. 그러
니까 구멍 같은 건 모르고 지내는 게 좋아.

　그가 병이 아니라 교통사고로 죽었다니 이상한
기분이 들었다. 아주 오래전 일도 아닌데 그 사람
과 보냈던 시간들은 몇 가지 기억 말고는 어쩐지

잘 떠오르지 않았다. 그와는 서너 달 정도 만나다가 자연스럽게 헤어졌다. 크게 다투고 헤어진 것이 아니어서 마주치면 웃으며 안부를 묻기도 했던 것 같다. 스윙바에 나가는 일은 점차 소원해지다가 결국 나가지 않게 되었다.

호텔 정문에 차를 멈추고 내리자 재색 제복을 입은 직원이 커다란 우산을 받쳐 주었다. 그에게 차키를 건네주며 매끄러운 돌바닥 위에 괴이한 모양으로 고인 물웅덩이와 그 위로 떨어지는 두터운 빗방울들을 살펴보았다. 물속에 잠긴 것처럼 비 냄새도 나지 않았다. 서두르지 않으면 다 젖으실 겁니다. 우산을 받쳐 주던 중년의 남자가 부드럽게 일러주었다. 벌써 구두 앞코에 빗물이 튀고 복숭아뼈 언저리 스타킹에 까만 물 얼룩이 져 있었다. 나는 조금도 젖지 않은 남자의 제복을 바라보며 고개를 끄덕였다.

로비 한쪽에 자리한 카페에 도착했을 때 선배는 벌써 인터뷰를 시작하고 있었다. 이번 인터뷰는 선배의 개인 업무로 사실 내가 동행할 필요는 없는 일이었다. 하지만 따라오면 근사한 저녁을 먹게 될 거라는 선배의 장담에 그러겠다고 대답해 버렸다. 이런 비가 쏟아질 줄 알았다면 거절했을 거였다.

선배의 인터뷰이는 단정하다는 느낌이 드는 남자였다. 깨끗하게 정리된 머리나 손톱, 적당한 길이로 떨어지는 바지선 같은 것들이 그런 인상을 주었다. 다리를 꼬고 앉아 있었지만 허리가 반듯하고 전체적인 자세가 편안해 보였다. 그는 몇 년 전부터 여러 나라를 오가며 활발하게 활동하고 있는 구두 조각가였다. 말 그대로 펌프스 힐이나 스틸레토 플랫 같은 구두 모양 조각만을 고집해서 '슈즈 파파'라는 별명을 가지고 있다고 일전에 선배가 말해 주었다.

나를 본 선배는 눈짓으로 인사하고 그대로 인터뷰를 진행했다. 남자는 선배의 행동을 보고도 나를 전혀 의식하지 못한 것처럼 한 번도 시선을 돌리지 않았다. 나는 그들에게서 조금 멀찍이 떨어져서 가방에 들어 있던 카메라를 꺼내 이따금 사진을 찍었다. 남자가 입꼬리를 들어 올리고 웃거나 턱 언저리를 쓰다듬으며 곰곰이 생각에 빠졌을 때 그를 앵글에 담고 셔터를 눌렀다. 남자의 등 뒤로 인공 폭포와 길게 굽이치며 로비를 가로지르는 물

길이 보였는데 작고 둥근 돌들 위로 흐르는 물은 맑고 시원해 보였다.

인터뷰는 길게 이어졌다. 나는 적당한 거리에 자리를 잡고 뜨거운 커피를 한 잔 주문했다. 카페 안은 쾌적하고 냉방이 잘 되어 있어서 후텁지근한 바깥의 날씨를 잊게 했다.

여자에게 다시 전화가 걸려 온 것은 주문한 커피가 나온 직후였다.

"문제가 생겼어요."

전화기 너머로 딱히 짐작할 수 없는 시끄러운 소음이 들렸다. 여전히 여자와의 수신감은 아주 멀어서 나는 말소리를 놓치지 않기 위해 집중해야 했다. 여자의 요점은 사정이 생겨서 좀 더 늦은 시간에 도착할 것 같다는 것이었다.

"사고가 났나요?"

"아뇨. 사고가 아니라 좀 이상한 일이에요."

여자는 설명하기 귀찮다는 투로 말했다.

"타고 있는 버스가 움직일 수 없게 됐어요."

"곤란한 상황이면 다음에 다시 약속을 잡아도 돼요."

"그건 안 돼요."

여자는 단호했다.

"당신에게도 좋지 않을 거예요."

나는 알겠어요 하고 대답하며 묘한 기분에 사로잡혔다. 직감적으로 무언가가 어긋나고 있다는 것을 느꼈다.

여자는 버스에서 내려 갓길을 따라 휴게소까지 걷겠다고 했다. 그곳에서 다른 버스나 택시를 알아보겠다고. 나는 깜짝 놀라 물었다.

"이 빗속을 걷는다고요?"

"여긴 비가 오지 않아요."

여자는 작게 한숨을 쉰 것 같았다.

"아주 무더워요."

"비가 오지 않아요?"

여자는 듣고 있지 않았다. 옆에 있는 다른 누군가에게 뭔가를 묻고 있었다. 나는 먼 곳의 희미한 얘기 소리를 들으며 고개를 창가로 돌리고 폭포처럼 쏟아지는 뿌연 비를 바라보았다. 잠시 후 여자가 결론짓듯 말했다.

"그곳에 도착하면 10시가 넘을 것 같아요. 주소를 알려 주면 집으로 갈게요."

나는 그러고 싶지 않았다. 여자에게 집을 알려

주는 일은 정말이지 하기 싫었다. 하지만 여자는 문자로 남겨 주세요 라고 말하며 멋대로 전화를 끊어 버렸다. 나는 끊어진 전화를 들고 탁자 위에 놓인 식어 가는 커피를 바라봤다. 못된 장난에 걸려든 기분이었다.

어느새 인터뷰를 마친 선배와 남자가 나란히 걸어왔다. 가까이서 보니 선배가 평소보다 세심하게 화장을 한 것을 알 수 있었다. 선배는 자연스럽게 남자의 허리에 손을 올리고 우리 파파를 소개할게 하고 말했다. 남자는 처음으로 나를 똑바로 바라보고 고개 숙여 인사했다. 그는 자신의 본명을 말하고 희미하게 웃으며 덧붙였다.

"파파라고 부르셔도 좋아요."

"방으로 올라가면 파파가 맛있는 저녁을 사 줄 거야."

선배가 기분 좋은 목소리로 말했다. 나는 그러자고 대답하며 휴대폰을 가방 안에 넣고 다정한 그들의 뒤를 따라 또각또각 구두 소리를 내며 걸었다.

파파의 복층 스위트룸은 높은 천장부터 바닥까지 닿는 큼직한 통유리 너머로 검고 축축하게 젖어

가는 지상이 내려다보였다. 검푸른 커튼이 드리워진 창가에는 작고 반질반질한 티크 테이블과 벨벳 방석이 깔린 두 개의 등받이 의자가 놓여 있었다. 응접실 한쪽에 가지런히 놓인 폭이 좁은 간이 옷장과 서랍장, 불그스름한 콘솔, 납작한 원목 앰프, 목재로 마감된 웨인스 코팅 벽에 촘촘히 걸린 자개 장식 액자들이 부드러운 조도의 무드등 아래서 반짝였다. 그런 아늑한 방안에서 바라보는 바깥 풍경은 물 위에 번지는 한 폭의 수채화처럼 고요하고 희미했다.

커다란 코발트색 가죽 소파 주위에는 열댓 개의 구두 조각상들이 상점의 쇼윈도와 흡사한 구도로 전시되어 있었다. 조각상이 놓인 무광택의 얇은 철제 진열대는 모두 높낮이가 달랐다. 그 위에 신상품처럼 반듯하게 서 있는 하이힐도 있고, 막 벗어 놓은 것처럼 아무렇게나 끈이 풀린 옥스퍼드화도 있고, 누군가 오래 구겨 신은 것 같은 레오파드 무늬의 플랫도 있었다.

"그 플랫은 조금 클 거예요."

파파가 곁으로 다가와 진열대 상판에 음각으로 새겨진 메모를 손가락으로 가리켰다. 작품명은 슈즈 파파의 열세 번째 플랫, 소재는 범고래 등뼈, 그리고 사이즈는 7반이었다.

"아마도 사이즈 6이 조금 안 되겠네요."

내 발을 내려다보며 파파가 말했다.

"보면 알 수 있나요?"

"내가 아는 한 틀린 적이 없어."

선배가 소파 깊숙이 몸을 묻으며 말했다. 파파는 말없이 웃으며 돌아섰다. 그는 금세 와인과 과일을 내오고 느린 음악을 틀고 인터폰으로 음식을 주문했다. 내가 선배에게 다가가 무슨 사이인지 묻자 선배는 빙글빙글 웃으며 대답하지 않았다. 나는 고개를 저으며 같이 웃었다. 선배는 세련된 스타일에 단순명료한 성격을 가진 여자였다. 어떤 면에선 무심하고 냉정한 성정이 있었지만 나와는 죽이 잘 맞았다.

주문한 음식이 도착할 때까지 빠른 속도로 검붉은 와인 두 병을 비웠다. 주로 선배와 파파가 대화를 주도하며 대부분의 와인을 마셨다. 나는 그들의 내화에서 파파의 나이가 마흔이 조금 넘고 정확히는 나보다 열세 살이 많다는 것을 알았는데 나이보다 훨씬 어려 보인다는 것에 놀랐다. 선배와도 꽤 나이 차이가 났지만 선배는 파파에게 스스럼없이 반말을 했다. 파파는 나에게 자신을 편하게 대해 줄 것을 부탁했다. 처음 만난 나이 많은 남자와 친구처럼 대화하는 것은 기묘한 느낌이었는데 어쩐지 그것이 어렵거나 거북하지 않았다.

"신경 쓰이는 일이 있어 보여."

나를 보며 파파가 불쑥 말했다.

"그래 보여?"

"응. 아주 근심스러운 얼굴이야. 나는 암석이나 동물의 뼈를 보면 그 안에 놓인 조각의 형상이 보여. 지금 네 얼굴에는 까맣고 단단한 것이 있어."

파파는 검지 끝으로 내 얼굴을 가리키며 어지러운 무늬를 그렸다.

"말해 봐. 무슨 일인지."

나는 와인을 한 모금 마셨다.

"그래, 말해 봐. 이야기하고 나면 마음이 편해질 수도 있어."

선배가 내 잔에 와인을 좀 더 따라 주며 말했다.

"이건 좀 기분 나쁜 이야기인데, 분위기를 망치지 않을까?"

파파가 부드럽게 웃었다. 나는 느닷없이 걸려 온

여자의 전화에 대해, 오래전에 겨우 서너 달을 사귀었던 사람에 대해 간략하게 이야기했다. 의도하지 않았지만 그것은 객관적이고 기계적인 형태로 정리되어 전달됐다. 내 이야기를 차분히 듣고 선배가 물었다.

"죽은 사람이 남긴 물건을 전해 주려는 걸까?"

"잘 모르겠어요."

"미처 돌려받지 못한 물건이 있어?"

나는 고개를 저었다.

"만나도 괜찮을 것 같아?"

파파가 물었다.

"이상하게 들릴지 모르겠지만,"

나는 단어를 신중하게 골랐다.

"그 여자가 나를 해칠 것 같아서 좀 무서워."

파파는 골똘한 표정으로 팔짱을 끼고 까맣게 어두워진 창밖을 내다봤다. 그건 어떤 의미도 없는 행동이었지만 나와 선배도 무언가를 찾듯 창으로 시선을 돌렸다. 두터운 유리창 때문에 거의 들리지 않던 빗소리가 투두둑 두두둑 나방들이 몸을 부딪치는 소리처럼 둔탁하게 울렸다. 방 안에는 아다지오의 나른한 피아노 콘체르토가 흘러나오고 있었다.

"10시까지 얼마 남지 않았는데 주소를 알려 줄 거야?"

파파가 진지한 표정으로 내 얼굴을 들여다보았다.

"별 수 없이 그래야겠지."

나는 왜 그것이 별 수 없는 일인지도 모르면서 그렇게 말했다.

"이건 어때."

파파가 내 쪽으로 몸을 기울였다.

"이 방을 알려 주고 여기서 우리랑 같이 그 여자를 기다리는 거야."

"그건 너무 실례잖아."

나는 손사래 쳤다.

"잘 들어 봐."

파파는 가볍게 내 무릎을 잡았다.

"이 방은 언젠가 내가 떠나고 나면 다른 사람이 사용하게 될 거야. 그 사람이 떠나면 또 다른 사람이 들어오고 그렇게 사람이 끊임없이 들어오다가 가끔은 텅 비게 될 거야. 내 말 이해하겠어?"

내가 뭐라고 대답하기도 전에 선배가 손뼉을 치며 동의했다.

"그러니까 이 방은 껍데기 같은 거구나!"

"내 말대로 해. 정말 아무에게도 위험하지 않은 일이야. 알겠지?"

나는 조금 망설이다가 그러겠다고 말하고 여자에게 호텔 주소와 방 호수를 적어 보냈다. 파파와 선배는 창가의 탁자로 자리를 옮겨서 담배를 피웠다. 나란히 앉은 그들은 작은 입 모양으로 속삭이며 하얗고 둥근 연기를 뱉어 냈다. 그런 모습은 처음 보는 장면이었지만 아주 오래된 기억처럼 느껴졌다.

파파가 전화를 받으러 비즈니스 룸으로 들어간 사이 선배는 자신의 스커트 안으로 손을 집어넣고 얇은 나일론 스타킹을 벗어 구석으로 던져 버렸다. 나는 좀 당황했지만 선배가 손가락으로 내 다리에 점점이 묻은 물 얼룩을 가리키자 고개를 끄덕이며 나 역시 스타킹을 벗었다. 맨다리에 닿는 가죽 소파의 감촉은 시원하고 부드러웠다. 선배가 넌지시 파파가 통화하고 있는 사람은 그의 전처라고 일러 주었다. 그들은 조언이 필요할 때나 온기가 필요할 때 서로에게 다정하게 대해 주곤 한다는 것이었다. 나는 그렇군요 하고 대답하며 선배의 얼굴을 살폈지만 어떤 기색도 찾아낼 수 없었다.

통화를 마친 파파가 새 와인을 들고 와 비어 있던 세 개의 잔에 채웠다. 이미 우리는 꽤 많은 양의 와인을 마신 상태였다. 음식들은 차갑게 식어 있었다. 선배는 이런 걸 먹을 수 없다며 자리에서 일어나 인터폰으로 몇 가지 음식을 주문했다. 그 사이 파파와 나는 별말 없이 창밖의 비를 내다보며 와인을 한 모금씩 마셨다. 술을 삼킬 때마다 파파의 목울대가 위아래로 움직였다. 문득 파파가 물었다.

"로비에 있던 수로 봤어?"

나는 고개를 끄덕였다.

"그건 이 호텔 제일 꼭대기 층에서부터 모든 층을 돌아 내려온 물이야. 시내나 연못, 폭포처럼 여러 가지 형태로 바뀌면서 흐르도록 조성된 아주 공을 들인 조형물인데, 어떤 층은 진짜 호수처럼 한 층의 거의 모든 면적에 물이 고여 있어."

"멋지네."

"근데 그게 그렇지 않아. 물은 아주 무겁거든."

파파는 손가락으로 높은 천장을 가리키며 딱딱하게 말했다.

"그건 아주 위험해질 수 있다는 말이야."

선배는 주문을 마친 후에도 벽 근처를 오가며 누군가와 통화하고 있었다. 나는 무거운 물에 대해 생각해 보았다. 머리 위에서 흐르고 있을, 이렇게 큰 건물을 휘감을 만한 양의 무거운 물을 떠올려 보았다.

"확실히 그건 좀 불안하네."

"그렇지?"

"응. 지진이라도 나면 큰일이겠어."

"지진이 날까?"

파파가 웃었다.

"이곳이라고 오지 않는다는 법은 없지."

"어디에 지진이 났어?"

나는 차분하게 라디오에서 들었던 소식을 전해 주었다.

"먼 나라에서 지진이 났대. 큰 산이 무너지고 건물과 도로가 종이처럼 휘어서 부서졌대."

파파는 나를 물끄러미 바라보았다.

"그런 특보를 왜 나는 듣지 못했을까? 내가 아침에 들은 것은 덤프트릭과 충돌해서 누군가 죽었다는 사고 소식뿐이었는데."

순간 차갑고 무서운 기분이 들었지만 금방 고개

를 끄덕이며 말했다.

"그럴 수 있지. 지금 어느 곳에는 한 방울의 비
도 내리지 않는 것처럼 말이야."

파파도 고개를 끄덕였다. 그는 전화를 마치고 다
가오는 선배에게 지진 소식을 들었느냐고 물었다. 하
지만 선배는 대답하지 않고 창백한 얼굴로 말했다.

"미안해. 가 봐야겠어."

선배는 허둥대지 않으려 노력하며 가방과 카디
건을 챙겼다. 나는 그렇게 얼이 빠진 선배의 얼굴
을 처음 보았다. 무슨 일이냐고 물어도 선배는 입
을 열지 않았다. 파파와 내가 걱정스러운 목소리로
여러 번 묻고서야 조그맣게 대답했다.

"병원으로 가야 해."

그건 혼잣말이나 중얼거림 같았다. 선배는 방
문을 열고 떠나 버렸다. 파파와 나는 한동안 말없
이 자리에 앉아 있었다. 나는 어느 병원 하얀 침대
위에 누워 있을, 크게 다쳤거나 혹은 이미 죽었을
지도 모르는 선배의 소중한 사람에 대해 생각했다.
그건 슬프거나 무섭다기보다 아주 오래전부터 알
고 있어서 조금 지겨워진 이야기 같았다.

음식은 얼마 지나지 않아 도착했다. 게가 들어간 뜨거운 스튜와 바질을 곁들인 고등어 요리가 왔다. 와인에 졸인 윤기 나는 닭고기와 수란 샐러드, 꿀과 크리스피 시리얼에 덮인 튀긴 해산물도 있었다. 뒤이어 작고 동그란 두부 크로켓과 얇은 훈제 햄 꼬치, 그릴에 구운 감자와 시나몬 향이 좋은 사과파이, 편으로 썬 딸기와 생크림, 하얗고 바삭한 비스킷, 질 좋은 위스키 초콜릿과 과일이 든 부드러운 치즈까지 응접실 탁자 위에 차려졌다. 그건 선배가 있었더라도 다 먹을 수 없는 많은 양이어서 파파와 나는 어리둥절한 얼굴이 되었다. 어째서 이런 음식들이 주문되었는지 알 길이 없었다. 어느새 시간은 10시에 가까워졌다. 여자에게서는 아무런 연락이 없었다.

나는 손으로 비스킷을 조금 집어먹고 사과파이를 베어 물다가 본격적으로 포크를 들었다. 신선한 치즈를 맛보고 꼬치에서 뭉근하게 익은 채소를 하나씩 빼서 먹었다. 입으로 음식을 가져가며 눈으로 다른 음식을 쫓았다. 미처 깨닫지 못했던 식욕이 일었다. 파파도 서두르는 동작으로 닭고기 살을 발라 먹었다. 축축한 분홍색 뼈를 추려 접시 한

구석에 아무렇게나 쌓아 두었다. 나는 게를 껍질째 잘근잘근 씹어 달짝지근한 육즙을 빨아 먹고 남은 것을 닭 뼈 위에 뱉어 놓았다. 먹는 속도는 점점 탄력이 붙었다. 파파도 나도 끔찍한 허기에 휩싸여 음식을 자르고 쪼개 입안에 넣었다. 그것이 충분히 부드럽고 유동적인 형태가 될 때까지 따뜻한 침과 함께 굴리고 씹어서 목으로 넘겼다. 그러면서 우리는 와인을 두 병 더 비웠는데 이제는 정말 취하는 기분이 들었다.

"궁금한 게 있어."

소파에 거의 드러누운 파파가 말했다.

"네가 했던 가장 나쁜 짓이 뭐야?"

"나쁜 짓?"

"응."

"그런 건 생각해 보지 않았는데."

"그런 걸 생각해 보는 건 중요한 일이야. 그러니 잘 생각해 보고 말해 줘."

파파의 표정은 진지했다. 나는 눈꺼풀이 자꾸 감겨서 깊게 생각하지 못하고 되는대로 말했다.

"실은……."

나는 정말 그랬는지 기억을 더듬었다.

"그 사람을 사귈 때 세 명의 남자를 동시에 만나고 있었어."

"지난주에 죽었다는 그 사람 말이야?"

파파는 어이없다는 듯이 웃었다. 나는 누군가의 죽음을 말하며 웃고 있는 파파의 입을 이상한 기분으로 쳐다보며 고개를 끄덕였다.

"맞아. 하지만 그 남자들을 모두 정말 좋아했고, 그들도 나를 만날 때 행복했으니까 역시 이건 나쁜 짓이 아닌 것 같네."

나는 파파와 비슷한 포즈로 소파에 누웠다.

"파파는 어떤 짓을 해 봤어?"

파파는 잠시 주저했다.

"내가 이런 말을 하면 나를 싫어하게 되지 않을까? 그건 싫은데."

"그렇지 않을 거야."

"약속해 줄 수 있어?"

"그럼."

파파는 고개를 기울이고 나를 가만히 바라보았다. 그리고 천천히 입을 열었다.

"열다섯 살이던 해의 일이야. 나는 아버지와 단둘이 살고 있었는데 생활이 아주 비참했어. 학교에 가지도 않고 제초를 하며 돈을 벌어야 했지. 주로 무덤 위에 난 구불구불하고 질긴 풀들을 베어 내는 일을 했는데 그때마다 나는 수그린 내 얼굴을 마주 보고 반듯하게 누워 있을 죽은 사람들을 생각했어. 그런 생각은 점차 또렷한 투시의 형태로 바뀌었는 데 아마도 내가 원석에서 조각의 모양을 보는 것과 비슷한 일이었던 것 같아. 시간이 흘러 또 다시 잡 초가 무성해진 무덤에 가면 이전과 달리 그 사람들 이 나를 알아봐. 위협하거나 고약하게 굴지는 않지 만 가만히 쳐다보고 보듬어 보지. 또래 아이들과 전 혀 다른 세계에 살고 있었던 건데 그때는 미처 그런 생각도 해 볼 겨를이 없었어. 상상이 돼?"

나는 고개를 끄덕였다.

"운이 좋으면 잔디 깎기 일이 들어왔어. 잔디를 깎는 일은 정원에 잔디가 있는 좋은 집들이 있는 동네로 가야 하는 일이었어. 차비와 이동 시간을 생각해도 충분한 보수를 받았지. 주로 교외의 전 원주택가로 잔디를 깎으러 갔어. 이용객이라곤 나 밖에 없던 시외버스 터미널에 내려서 능선을 타고 꽤 먼 거리를 걸으면 나오는 조용한 부촌이었어. 어 느 날은 내가 잔디를 깎으러 간 집 정원에 작은 축구 골대가 있는 거야. 서너 살배기 아들이 있었는데 그 애의 아버지는 내가 잔디를 깎는 동안 어린 아들과 작은 공을 차며 놀았어. 빨간색과 초록색이 어지럽게 뒤섞인 가벼운 고무공을 발목 안쪽 복사뼈나 발끝으로 살살 차면서 아이가 충분히 따라올 수 있도록, 때론 작은 발로 공을 차 볼 수 있도록 해 주었어. 그 애의 어머니는 예쁘게 머리를 쓸어 넘기며 파라솔이 있는 티 테이블에 앉아 그 모습을 지켜보았지. 그건 괴상하게 불균형한 광경이었어. 그때 나는 너무 어려서 그것의 이름을 몰랐어."

파파는 기억을 더듬듯 눈을 내리깔았다.

"내가 그 애의 어머니에게 보수를 받아 정원으로 나왔을 때 그 애의 아버지가 나를 스쳐 집 안으로 들어갔어. 그는 전화기를 보여 주며 아내에게 무언가를 말하고 있었는데 정원에는 그들의 어린 아들이 혼자 공을 차며 놀고 있었지. 나는 그 아이가 의외의 방향으로 튀어 오르는 손바닥만 한 작은 고무공을 따라 정원 밖으로 나가는 것을 지켜보았어. 그때 다시 한번 부부를 돌아보았는데 그들은 조금 무표정한 얼굴로 대화를 나누고 있었어. 어느새 아이는 꽤 멀리까지, 공이 구르는 야트막한 내리막을 따라 총총총 달려가고 있었어. 그건 내가 돌아가야 하는 버스 터미널과도 같은 방향이어서 아이의 뒤를 따라 걸었어. 나는 그때 저 작고 보드라운 아이가 이토록 씩씩하게 공을 쫓는다는 사실에 놀라고 있었어. 이따금 뒤를 돌아봤지만 허겁지겁 길을 따라 달려오는 아이의 부모는 보이지 않았지."

파파는 입을 다물고 더 이상 말하지 않았다. 나를 쳐다보려고도 하지 않았다. 나는 그를 재촉하지 않고 기다렸다. 한참 후에 파파가 말했다.

"버스 터미널로 가는 길 중간에 아이는 나랑 다른 방향으로 갔어. 끝없이 펼쳐진 내리막을 따라 내려가고 있었지. 나는 그곳에 왔을 때와 마찬가지로 완만한 능선을 넘어 터미널로 돌아와서 딱딱한 플라스틱 의자에 앉아 울었어. 길을 잃은 어린애처럼 서럽게 울었지. 그날 집으로 돌아가는 버스 대신에 아무 버스나 잡아타고 그곳을 떠났어. 집으로 돌아가면 나는 결국 차갑고 딱딱하게 죽으리라는 막연한 확신이 있었지. 그 후로 집에 돌아가거나 아버지를 만난 적은 한 번도 없어. 나는 그때 내가 이전과는 다르게 살아야 한다는 것을 깨달은 거야."

불현듯 파파가 내 눈을 들여다보며 말했다.

"아이는 무사히 유복한 가정으로 돌아갔을 수도 있고 아니면 타고난 인생의 운들을 크게 잃고 비참하게 살고 있을 수도 있어. 이제 나로서는 영영 확인할 수 없는 일이야. 그런데 어쩐지 아이가 잃은 어떤 것들과 동일한 양의 축복이 나에게 옮겨졌다는 생각이 들어. 그건 전혀 논리적인 사고가 아니지만, 원칙적으로 그런 식의 영향과 교환은 있을 수 없지만, 그럼에도 불구하고 말이야."

파파가 희미하게 웃었다. 어떤 의미의 웃음일까. 짐작하기 어려웠다.

"10시야. 그 여자는 아직 연락이 없어?"

나는 고개를 주억거렸다. 파파가 손을 뻗어 내 팔을 잡았다.

"왜 걱정스러운 얼굴이야? 만나고 싶지 않던 사람이 오지 않은 건데."

"잘 모르겠어."

"아까 그 여자가 너를 해칠 것 같다고 한 말, 자세히 설명해 줄 수 있어?"

입술을 깨물고 내가 했던 말에 대해 생각해 보았다.

"그냥, 그 여자가 나에게 그 남자의 죽음에 대해 뭔가 탓하고 있는 기분이 들어."

"남자와 그럴만 한 일이 있었어?"

"전혀. 아니, 모르겠어."

나는 조금 횡설수설했다.

"문제는 내가 정말 아무것도 모르겠다는 거야."

파파의 손은 나를 다독이듯 팔에서 어깨로 그러다 등과 목으로 부드럽게 이동했다. 오래 사용해서 닳아진 가죽처럼 거칠고 딱딱한 손이었다.

"아마도 여자가 전해 주려는 것은 네가 모르는 어떤 것일 거야. 그건 기억 속에서 사라진 네가 했던 가장 나쁜 짓일 수도 있지."

나는 손끝으로 파파의 손등을 매만지며 생각도 해 보지 않고 고개를 끄덕였다.

"그렇지만 여전히 그 여자가 무섭다면 이렇게 생각해 봐. 너는 그 여자를 피해 잘 모르는 낯선 남자와 이렇게 단둘이 남겨진 거야. 어떤 게 더 무서운 것 같아?"

나는 잠시 소리 내서 웃었는데 이내 더는 웃음이 나오지 않았다.

"좀 씻고 싶은데 괜찮을까?"

파파가 내 눈치를 살피며 물었다.

"네가 불편하다면 씻지 않을게."

"이곳은 파파의 방이니까 허락 같은 건 필요 없지 않아?"

파파가 욕실로 들어가고 닫힌 욕실 문 너머에서 물소리가 나자, 그제야 공을 쫓아가는 어린아이의 뒷모습을 지켜보며 걷는 것이 아주 무서운 일이라는 생각이 들었다.

파파를 기다리며 구두 조각들을 구경했다. 취기가 돌아 몽롱해진 기분으로 와인 잔을 들고 커다란 디귿 자 소파를 따라 비틀비틀 걸었다. 등허리를 굽히거나, 낮게 무릎을 꺾고 앉아 정교하게 다듬어진 돌과 죽은 동물의 뼈를 살펴보았다. 각기 다른 종류와 상태로 남겨진 신을 수 없는 구두들은 진짜보다 더 자연스러운 주름과 부드러운 가죽의 질감을 가지고 있었다. 물결처럼 휘어진 토 오픈 힐과 반으로 접힌 토슈즈, 지퍼 열린 부티와 목 꺾인 레인 부츠, 버클과 리본과 큐빅과 태슬이 딜린 로퍼들, 끈 떨어진 슬링백, 한 짝만 남은 뮬 슬리퍼. 그것들을 계속 들여다보고 있자 어린 시절 좋아했던 책들이 떠올랐다. 운명의 사랑 앞으로 돌아온 유리 구두와 춤을 추며 세상의 끝으로 간 빨간 구두, 몸이 땅 위로 두둥실 떠오르지 않도록 열다섯 살이 될 때까지 신어야 했던 납이 달린 구두와 두 번 구르면 땅을 가르는 대지 여신의 구두에 매혹됐던 시절이 있었다. 또 요정과 구두를 바꾸고 영영 그림자의 나라로 가 버린 소녀와, 백 번째 구두를 마저 짓지 못해 집에 돌아오지 못하고 노파가 돼 버린 소녀의 이야기도 떠올랐다. 그녀들 중 누구도 구두를 신기 전에 자신의 운명을 점치지 못했다. 운명은 구두를 신는 순간 발아래서 시작되어 다시는 이전에 서 있던 곳으로 돌아가지 않았다.

어느새 구두 조각들에 빙 둘러싸였다. 구두 앞코가 모두 나를 향하고 있었다. 어쩐지 구두를 신고 꼿꼿하게 서 있는 가느다란 종아리가 눈앞에 아른거렸다. 같은 방향으로 놓인 구두들은 모두 불행하게 죽은 여자의 흔적처럼 음산한 기운을 내뿜었다. 유령이 된 그녀들이 나를 내려다보며 힐난하는 것 같아서 고개를 들 수 없었다. 차가운 공포가 밀려왔다. 오한이 일어서 양팔을 감싸 안았다. 돌연한 생각이지만 이대로 내가 죽을 것 같은, 반드시 죽을 것 같은 기분이 들었다. 누구라도 와 주길 간절히 바라는 마음으로 여자에게 전화를 걸어 봤지만 전원이 꺼져 있었다. 음악은 언제부턴가 멈춰 있었고 파파의 방은 오랫동안 아무도 머물지 않은 것처럼 고요 속에 잠겨 있었다. 나는 와인을 병째 들고 침대로 기어 들어가 몸을 떨었다. 조금씩 와인을 홀짝이며 잘 모르는 낯선 남자가 돌아오길 기다렸다.

파파는 내가 잠이 든 후에야 돌아와서 침대에 걸터앉은 채 나를 흔들어 깨웠다. 나는 파파의 목에 팔을 두르며 잠꼬대처럼 속삭였다.

"생각해 봤는데 그 여자 덤프트럭을 만난 것 같아."

"왜 그렇게 생각해?"

파파가 팔을 뻗어 내 등과 허리를 어루만지며 물었다.

"그렇게 크고 무서운 건 피해 볼 도리가 없어."

파파는 그렇겠네 하고 말하며 내게 몸을 밀착했다. 물처럼 출렁이는 침대 위에서 내 이마와 파파의 이마가 맞붙고, 파파의 가슴과 내 가슴이 맞닿았다. 파파의 성기는 바지 아래서 단단하게 부풀어 나에게로 파고들었다. 내가 숨을 들이쉬고 내쉴

때마다 따뜻한 그것이 배 아래에 조금씩 닿았다가 떨어졌다.

"그런 건 어디에서 오는 걸까. 오래된 흙먼지로 뒤덮인 거대하고 무거운 것들 말이야."

"어디로 가는지는 짐작할 수 있지."

파파의 목소리는 단조로웠다.

"그런 건 동물처럼 습성을 가지고 있으니까."

"그런 선택은 누가 하는 거지. 왜 오늘 나는 살고 누군가는 죽었을까."

나는 지그시 눈을 감으며 스스로도 이해할 수 없는 말들을 했다.

"그건 선배의 사람이 아니라 파파의 사람에게 갈 수도 있었어."

"그래. 이상한 일이지."

파파가 나를 타이르듯 말했다.

"하지만 살짝 꼬인 채 연결된 세계에서는 수평이나 수직상에서 절대로 만날 수 없는 먼 곳의 사람과도 만나게 돼. 가령 고대에 날아올랐던 새가 오늘 아침 땅 위에 짧은 그림자를 드리우는 일이나, 지구 반대편 설원의 슬픈 노랫소리를 불현듯 오래된 기억 속에서 듣게 되는 일 말이야."

여전히 빗방울은 단단한 유리창을 향해 사나운 기세로 달려들고 있었다. 나는 저 많은 물은 모두 어디로 갈까, 문득 생각했다. 물은 정말 무거울 텐데, 걱정하다가 역시 구멍은 숨겨 두는구나, 납득하며 고개를 끄덕였다. 이제 빗방울은 낙하하는 모습이나 피부에 닿는 습도가 아니라 무언가와 충돌하는 소리로만 남아 있었다. 머리 위로 무거운 물이 흐르고 언제 땅이 뒤틀릴지 모르는 호텔 방에서 나는 그런 소리들을 듣고 있었다.

파파가 내 이름을 불렀다.

"미안. 잠깐 졸았나 봐."

나는 반쯤 뜬 눈으로 기묘하게 음영이 진 파파의 얼굴을 들여다보았다. 그런 얼굴의 윤곽은 처음 본다고 생각했다.

"그래? 그럼 아무것도 듣지 못했겠구나."

파파는 웃으며 큰 손으로 내 머리를 쓰다듬었다. 손의 움직임은 딱딱한 대리석이나 범고래의 뼈를 살펴보는 것처럼 세심하고 부드러웠다. 파파가 속삭였다.

"너에게 정말 중요한 충고였는데."

조
커

그날 오후 나는 한 여자를 기다리고 있었다. 선배의 소개였다. 그녀는 손수건이나 실크 양산이 유명한 잡화 브랜드의 디자이너로 어린 나이부터 무용을 했지만 열일곱 살 때 개에게 발목을 물려 진로를 바꿨다는 것이 내가 아는 전부였다. 나는 약속 장소인 카페에 미리 가서 점심으로 커피와 베이글을 먹고 다음 주에 있을 회의 보고서를 정리하며 그녀를 기다렸다. 머릿속으로 이따금 손수건이나 실크 양산 위에 놓는 자수에 대해 떠올리며 대화해 볼 만한 흥미로운 질문들을 생각해 두고 있었다.

그러나 그날 여자는 당시 유행하던 전염성 독감에 걸렸다는 연락을 해 왔다. 괜찮다는 회신을 보내고 시원한 맥주를 주문했다. 하루 중 가장 무더운 시간에 거리로 나가고 싶지는 않았다. 카페는 콘크리트 골조가 드러난 높은 천장과 한쪽 벽이 완전히 개방된 넓은 테라스가 있었다. 한여름의 뜨거운 햇살이 혓바닥처럼 둥글게 밀려들어 와 알루미늄 테이블과 의자를 달궜지만 대부분의 자리에 사람들이 빼곡히 앉아 있었다. 일찍 자리를 잡은 덕분에 깊숙한 그늘 속에서 넓은 테이블을 차지하고 그런 카페 안의 모습을 구경할 수 있었다.

두 잔째 맥주를 주문했을 때 한 여자가 카페로 들어왔다. 키가 크고 팔다리가 가냘픈 여자였다. 무릎까지 내려오는 연회색 원피스를 입고 낮은 굽의 오픈 토 샌들을 신고 있었는데 맵시가 괜찮았다. 머리는 단정한 쇼트커트였다. 여자는 고개를 살짝 꺾어 더운 공기를 휘저으며 천천히 돌아가는 천장의 팬을 물끄러미 바라보았다. 시선을 거둬 다시 회의 자료를 훑었다. 값과 합과 차, 또는 비율이나 확률을 표시하는 단조로운 숫자들이었다. 별다른 읽을거리를 가져오지 않아 혼자 맥주를 홀짝이며 할 일이라곤 그런 것뿐이었다.

여자는 내 자리로 다가와 테이블 끝에 손을 올렸다. 손톱이 짧게 정리된 하얗고 가느다란 손가락이었다. 고개를 들어 그녀를 보자 여자는 앉아도 되나요 하고 맞은편에 비어 있는 의자를 눈짓으로 가리켰다. 내가 앉은 테이블은 양쪽에 각각 의자 세 개가 마주 놓인 6인용 자리였다. 이쪽 끝과 저쪽 끝에 사람이 앉는다면 일행처럼 보일 수도, 그렇지 않을 수도 있는 거리였다. 카페 안을 둘러보니 모든 테이블이 차 있었고 혼자서 넓은 자리를 차지하고 있는 사람은 나뿐이었다. 나는 그러시죠 하고 대답한 뒤 다시 하얗고 빳빳한 서류로 시선을 돌렸다.

여자는 병에 든 라임 탄산수와 얼음 잔을 주문했다. 얼음물도 한 잔 주문하여 단숨에 들이켰다. 아마도 여자는 3호선 역에서 내려 이곳까지 걸어온 모양이었다. 2호선 역에서는 번화한 거리를 따라 조금만 걸으면 되지만, 3호선 역에서부터 이 카페까지는 가정집과 가정집을 개조한 사무실 말고는 아무것도 없었다. 상점이나 음식점, 들어가 쉴 수

있는 작은 카페도 하나 없는 그 길은 평평해 보이
지만 아주 완만한 오르막이여서 길고 지루하게 느
껴졌다. 나는 새하얗게 올라오는 반사열을 밟으며
텅 빈 대로를 걷는 여자를 상상해 보았다. 왜 여자
에 대해 생각하고 있는 것인지 알 수 없었지만 그
리 이상한 일이라고 여겨지지도 않았다.

　여자는 거칠게 숨을 내쉬다가 이내 차분한 호
흡을 찾았다. 상기되었던 뺨도 창백하고 투명한 색
이 되었다. 나는 여자의 목과 쇄골로 이어지는 피
부가 부드럽게 들썩이다가 가라앉는 모습을 이따
금 서류 너머로 보았다. 여자는 왼쪽 손목에 찬 얇
은 가죽 시계를 자주 들여다보며 출입문 너머로 태
양광에 반사되어 아무것도 읽을 수 없는 입간판을
바라보거나 얼음 잔에 맺힌 작은 물방울들을 캐러
멜 색 티슈로 닦아 내었다. 다른 테이블의 사람들
을 구경하거나 내 쪽을 쳐다보는 일은 없었다. 시선
을 내리깔고 화장기 없는 입술을 가볍게 다물고 그
저 얌전히 자리를 지키고 있었다. 표정이 없었지만
멍해 보이지 않았다. 아무런 일도 하지 않는 여자
를 지켜보는 것은 의외로 쉽고 지루하지 않은 일이
었다.

전화를 쓸 수 있을까요 하고 여자가 물었을 때 나는 긴장하며 그녀의 얼굴을 들여다보았다. 다행히 내 시선에 대한 질책이나 경고는 찾아볼 수 없었다. 그저 부탁을 거절할 경우는 조금도 염두에 두지 않는 무심한 표정이었다.

선선히 휴대폰을 여자에게 건넸다. 여자는 자리에서 일어나 멀찍한 벽을 향해 걸어갔다. 나는 그녀가 앉았던 자리에 남겨진 작은 토트백과 멀어지는 여자를 번갈아 보았다. 이상하게도 불안한 마음이 들었다. 여자는 파이프가 노출된 회갈색 기둥 곁에 서서 어디론가 전화를 걸었다. 받지 않는지 한 번도 입술을 떼지 않았다. 여자는 짤막하게 문자를 보내고 다시 자리로 돌아와 휴대폰을 돌려주었다.

"누굴 기다리나요?"

여자가 물었다.

"네. 그런데 오지 못한다는 연락을 받았습니다."

머릿속에 있던 질문을 받아 나는 조금 놀라며 대답했다.

"일어날 건가요?"

"그래야죠. 마저 마시면요."

반쯤 남은 맥주잔을 들어 보이며 나는 여유로운
체했다.

"그럼⋯⋯."

여자는 조금 망설였다.

"제가 한잔 더 살게요. 그 전화로 연락이 올 때
까지 잠시만 기다려주세요."

이번에도 여자의 얼굴에는 거절할 리 없다는 단
정이 떠올라 있었다.

"하지만 읽을거리가 다 떨어져서요."

곤란한 투로 말했다.

여자는 내 앞에 놓인 숫자로 가득한 서류를 가
만히 보다가 싱긋 웃었다.

"금융사에서 일하나요?"

"비슷합니다."

실은 정확했다.

"숫자에 대해 좀 아시겠네요."

여자가 가볍게 팔짱을 꼈다.

맥주를 한 모금 마시며 머리를 굴렸다.

"복잡해 보이지만 답은 시시하다는 것?"

"시시해요?"

여자는 놀라는 표정을 지었다.

"습성을 안다면 다루기 쉽죠."

"동물처럼 말하네요."

나는 고개를 끄덕였다.

"숫자들은 불규칙한 방식으로 나열되지만 결국엔 규칙적인 방향으로 움직이니까요. 올라가거나, 내려가거나. 시시한 습성이죠."

여자는 웃는 듯 웃지 않는 듯 아리송한 표정으로 나를 바라봤다. 그리고 손을 살짝 들어 내게 묻지 않고 맥주 한 잔과 차가운 히비스커스를 주문했다. 나는 남은 맥주를 단숨에 들이켜고 물었다.

"모태 신앙인가요?"

여자는 빤히 나를 쳐다봤다.

"보낸 문자 페이지가 열려 있었어요. 일부러 보려는 의도는 없었습니다."

'기다리고 있을게. 성경.' 간략한 내용이었다.

"어릴 때 개명한 이름이에요."

여자는 고개를 끄덕였다.

"몸이 아팠거든요. 덕분에 부모님은 신실한 신자가 되셨죠."

여전히 뜨거운 햇살이 카페 안으로 들치며 노란 기름처럼 벽과 바닥을 덮고 있었다. 부드러운 역광이 그녀의 둥근 귀와 목덜미에 닿는 짧은 머리칼 아래로 흐르며 완만한 어깨와 탄력 있게 당겨진 허리선을 지나 한쪽 무릎 위에 가볍게 얹은 종아리 윤곽까지 스며들었다. 좀 마르긴 했지만 균형 잡힌 몸이었다. 여자의 몸 어디가 아팠던 건지 짐작할 수 없었다.

"종교가 있나요?"

여자가 물었다.

"아뇨. 보이지 않는 것을 잘 믿지 못합니다."

"무서운 것이 없는 모양이군요."

여자는 시시해진 표정으로 의자 등받이에 등을 기댔다. 나도 부러 편안한 자세를 잡았다.

"개를 무서워합니다."

목소리를 가다듬고 덧붙였다.

"어릴 때 발목을 지독하게 물렸거든요."

여자의 표정에서 무언가가 빠져나갔다. 근육이 움직이거나 안색이 바뀐 것도 아닌데 어딘가 달라졌다는 것을 분명하게 느낄 수 있었다. 사라진 것은 몸속에 스며 있던 따뜻한 물기 같기도 했고 부드럽게 피부 위를 흐르던 체온 같기도 했지만 그 어느 것도 아니었다. 무슨 실수를 했는지 곰곰이 생각하고 있을 때 여자가 물었다.

"어떤 개였죠?"

이상한 질문이었다.

"크고 지저분한 개였습니다. 끊어진 목줄이 목을 바싹 조이고 있는 떠돌이 개였죠. 꼬리가 뭉뚝하고 여기저기 털이 빠진 자리마다 붉은 살이 드러난 병든 개였습니다."

나는 놀랍도록 차분하게 말했다. 정말 나의 기억이라고 착각할 정도로 거침없이 대답이 떠올랐다.

"아팠나요?"

여자가 조금 누그러진 태도로 물었다.

"너무 어릴 때여서 잘 기억나지 않아요. 개의 모습도 전해 들어서 알고 있는 거니까요."

그리고는 고개를 꺾어 내 오른쪽 발목을 바라봤다. 여자의 시선이 따라 내려오는 것이 느껴졌다. 통이 좁은 검은색 슬랙스 밑단이 복사뼈를 반쯤 덮고 있었다.

"하지만 힘줄과 인대 위에 남은 딱딱하고 누르스름한 이빨 자국을 보면 벌레가 기어가는 것처럼 그 자리가 간지러워집니다. 가끔은 홧홧하게 열이 나거나 마비가 된 것처럼 얼얼해지기도 하고요. 부드러운 살을 헤집고 들어와 검붉은 맥박 위에 닿았던 서늘한 이빨의 감촉이 불현듯 떠오르는 겁니다."

으스스 몸을 떨며 속삭였다.

"이런 무더운 날에 어울리는 얘기죠?"

그제야 여자는 조금 웃었다. 마침 점원이 긴 잔에 든 에일 맥주와 둥근 얼음을 가득 띄운 붉은색 히비스커스 차를 가져다 주었다. 그는 사용한 티슈와 빈 잔들을 은색 트레이에 옮기고 테이블을 간단히 정리한 뒤 상냥한 표정으로 더 필요한 것이 있는지 물었다. 나도 여자도 고개를 저었다. 점원이 테이블에서 멀어지자 여자가 입을 열었다.

"난 개에게 물린 사람을 또 한 명 알고 있어요."

여자가 작은 티스푼으로 찻잔을 휘젓자 투명한 얼음들이 부딪히며 맑은 소리가 났다. 찻잔을 들여다보는 여자의 얼굴에서 어떤 기색을 찾아보려 했지만 아무것도 발견할 수 없었다.

"그게 누구죠?"

내가 물었다.

"우리 오빠요. 그리고 나는 지금 오빠를 기다리고 있어요. 이상한 우연이죠?"

"정말 그렇네요."

고개를 끄덕이며 맥주를 한 모금 마셨다. 슬쩍 여자의 시선이 테이블 위에 놓인 내 휴대폰을 향했다. 아직 그녀의 오빠에게선 아무런 회신도 오지 않고 있었다.

"이렇게 해요."

여자가 작게 숨을 내쉬며 말했다.

"나도 무서운 이야길 하나 해 볼게요. 이야기를 듣는 동안만 연락을 기다려 줘요."

"좋습니다."

나는 즉시 대답했다. 서류를 정리해 멀찍이 밀쳤다.

"비명을 질러도 이해해 주세요."

여자는 작게 웃으며 찻잔을 들어 한 모금 마셨다. 붉고 차가운 히비스커스가 여자의 입안에 잠시 고였다가 천천히 목 뒤로 넘어갔다. 입술을 뗀 여자는 이렇게 이야기를 시작했다.

"이건 내 병이 사라지게 된 이야기예요."

"서너 살 무렵에 그 병이 생겼어요."

잠시 뒤 그녀는 정정했다.

"그때쯤 발견한 것일 수도 있고요."

그녀의 아버지는 어느 날 아침 조간신문을 읽다
가 문득 블록 놀이를 하고 있는 어린 딸을 돌아보
았다. 그러곤 다정하게 딸의 이름을 부르며 물었다.

"왜 어깨를 들어 올리고 있니? 어디가 불편하니?"

어린 그녀는 고개를 저었다. 그녀의 아버지는 신
문을 반으로 접어 내려놓고 딸에게 다가왔다. 잠시
어린 딸에게 고개를 기울이고 있던 그는 아내를 불
렀다.

"여보, 이리 좀 와 봐. 쌕쌕 바람 빠지는 소리가 나."

의사는 작은 흡입약을 주었다. 누르면 액상 성분
이 수증기처럼 미세한 입자로 분사되는 플라스틱
기구였다.

"간단한 증상입니다. 때때로 기관지가 수축해서
숨이 가빠지는 건데 그럴 때마다 이 약을 흡입시켜
주세요."

기관지를 이완시키기만 하면 해결되는 병이어서
약을 흡입하면 증상은 즉각적으로 사라졌다. 하지
만 약을 조금 늦게 흡입하거나 수면 중에 발작하
여 처치가 더 늦어지면 무호흡 상태에 빠졌다. 일
단 의식을 잃으면 작고 보드라운 몸은 신기하게도
수축한 기관지 대신 늑골의 뼈를 움직여 폐를 펌프

질했다. 뒤늦게 병원으로 옮겨져 응급 처치를 받고 깨어나면 갈비뼈가 모두 뒤틀려 있었다. 어린 그녀가 처음 수면 중에 숨이 멎은 후로 그녀의 부모는 매일 밤 30분마다 교대로 일어나 딸이 숨을 쉬는지 확인했다.

그들 가족 중에 그런 병을 앓았던 사람은 아무도 없었다. 딸이 배 속에 있을 때나 자라는 과정에서 그런 병에 걸릴 만한 환경에 노출된 적도 없었다. 그녀의 부모는 그 병의 경로를 짐작할 수 없었다.

"기관지가 수축할 뿐인데 온몸이 아팠어요. 쇄골과 어깨가 항상 긴장으로 올라붙어 모든 뼈의 균형이 어긋나 있었고 등허리는 비쩍 마르고 얼굴은 새까맸죠. 입을 벌리고 숨을 쉬었기 때문에 입술은 늘 부르터 있었어요. 발작을 피하기 위해 줄어든 활동량과 만성적인 수면 부족으로 나는 아주 신경질적인 아이가 되었죠. 그건 악순환이 되었는데, 내 병은 감정 변화에 민감했거든요. 너무 화가 나거나 놀라거나 혹은 자지러지게 웃길 때도 어김없이 후두 니머에서 바람 빠지는 소리가 올라왔죠. 그건 내 기도로 공기가 드나들 수 있는 구멍이 거의 닫혔다는 거예요. 몇 분 안에 약을 흡입하지 않으면 죽을 수 있다는 말이죠."

그녀는 단조롭게 말했다.

"단지 주먹만 한 장기가 쪼그라들 뿐인데도 사람은 죽는 거예요."

해가 지날수록 병세는 악화되었다. 의사는 그녀의 몸이 약에 내성을 갖게 되어서라고 했다. 내성이 생긴 기관지는 두 번, 세 번 약을 흡입해야 비로소 이완되며 폐부 깊숙이 공기를 빨아들였다. 발작도 잦아져서 하루에 서른 번을 웃돌았다. 그녀의 어린 몸은 병균이나 바이러스가 아니라 자신의 몸 일부와 싸워야 했다. 틈만 나면 숨통을 조이는 힘센 근육은 늘 그녀의 몸 안에 있었다.

"부모님은 아직 상용되지 않은 다른 나라의 치료법이나 잘 알려지지 않은 전통 민간요법에 정통하게 됐어요. 꼭 같은 증상이 아니더라도 몸에 좋다는 음식이나 약이라면 모두 써 봤죠. 연꽃 뿌리나 사슴 뿔, 기와에서 자라는 버섯이나 가을 은행같이 주로 돌기처럼 돌출되고 단단한 것들을 달여 먹였어요. 결국 그분들이 신앙을 찾게 된 것은 조금 뻔하고 자연스러운 수순이지 않나요?"

그녀는 농담하듯 물었다. 충분히 그럴 만하지요

하고 나는 대답했다.

"부모님은 조금 다른 지점에서 해결책을 찾고 싶으셨던 것 같아요. 식단이나 운동, 거주 환경과 같은 인과적 접근이 아니라 눈에 보이지 않지만 연관이 있으리라 짐작되는 어떤 것들에 주목하기 시작했죠. 가령 신에게 스스로도 잘 알지 못하는 죄에 대해 용서를 구하거나, 봉사와 기부로 전혀 모르는 누군가를 돕거나, 단순하게 딸의 이름을 바꿔 보는 일들이 병을 낫게 할지도 모른다고 생각했어요. 그런 종류의 믿음은 환자와 환자 가족들에게 정말 활력을 주기도 해요. 그들이 무력감에 빠져서 멈추지 않도록 늘 분주하고 고단하게 만들어 주죠."

거기까지 말하고 그녀는 차를 한 모금 마셨다.

"어때요. 뭔가 이상한 걸 발견했나요?"

"오빠 이야기가 없군요."

"오빠는 부모님이 후원하던 수도원에 살았어요. 부모가 없는 다른 아이들과 같은 그릇에 담긴 밥을 먹고 같은 이불 위에서 같은 시간에 잠을 자며 느리게 자라고 있었죠. 그곳의 아이들은 자연스럽게 수도원의 수사가 되곤 했어요. 수도원은 침실 창문에서 내다보이는 해안 절벽 위에 있었어요. 육안으로 볼 수 있는 것은 검은색 암석 절벽 위에 펼쳐진 듬성듬성한 잡목림과 쇠락해 가는 한 무더기 인가뿐이었지만, 나는 그곳에 한 번도 가 본 적이 없었지만, 그 자리에 수도원이 있다는 것을 알고 있었어요. 조금 떨어진 곳에 하얀 바닷물이 밀려드는 만의 입구가 해안 도시로 발달하기 전부터 거기 있었죠. 어두운 밤 숨이 차올라 깨면 언제나 길게 펼쳐진 해안의 알록달록한 빛무리 사이에 단단하게 박혀 있는 새까만 어둠이 있었어요. 그곳을 바라보고 있으면 마음도 호흡도 잔물결처럼 찰랑이다가 잠이 왔어요. 부모님은 그 수도원에 커다란 소나무를 기증했어요. 후원금을 보내 주는 지역 유지들이 그것을 기념하는 관상용 나무나 석상을 하나쯤 세워 두는 것은 흔한 일이었죠. 소나무는 절벽 아래서 올라오는 짠 바닷바람을 맞으며 너울거리는 회갈색 그늘을 드리웠어요. 구불구불하고 단단한 가지에 줄이 긴 그네를 매달아 아이들은 그네를 탔대요. 부모님은 그곳에서 그네 타는 오빠를 본 거예요. 한낮의 더운 공기를 가르고 치솟아 오른 그네 위에서 민첩하게 몸을 말고 뛰어내린 오빠를요.

뜨겁게 달궈진 바닥을 구르고 일어나 어깨와 팔뚝에 묻은 흙을 툭툭 털어 내는 남자아이의 유연하고 단단한 몸을 본 거예요."

나는 고개를 끄덕였다.

"오빠의 짐이라곤 귀퉁이가 뜯어진 노란색 종이 상자 하나뿐이었어요. 상자 안에는 손잡이가 달린 스틸 컵과 검은색 볼펜, 작은 성경책과 적록색 줄무늬가 있는 고무공, 사탕이 든 유리병과 볼록한 가죽 주머니 등이 단출하게 들어 있었어요. 오빠는 나와 벽 하나를 사이에 둔 똑같은 크기의 방을 썼는데, 방 한편에 덩그러니 그 상자를 놓아두었죠. 이제 오빠 이름은 성찬, 내 이름은 성경이라고 부모님은 단단히 일렀어요. 이름과 함께 무언가 바뀔 거라고 믿고 계셨죠. 우리는 다른 이름이 있었지만 서로를 그 이름으로 불렀어요. 그때 오빠의 나이는 열 살이었고 나도 열 살이었죠. 오빠는 몸이 왜소한 나보다 한두 살은 더 많아 보였어요. 모두가 아주 쉽게 성찬을 오빠로, 성경을 동생으로 정했어요. 나중에 오빠는 우울한 목소리로 자기 나이는 수도원에 온 날 수녀님이 네 살로 어림잡아 셈한 것이라고 고백했어요. 나보다 어려서 오빠가 아닐지도 모른다고, 무거운 죄책감을 느끼는 얼굴로요. 오빠와 나는 까만 얼굴과 깡마른 체형이 비슷했지만 전혀 다르게 보였어요. 우리가 다르다는 것을 나는 금세 알게 되었죠. 불과 몇 달이 지나자 햇볕에 그을렸던 오빠의 거친 살갗 아래서 뽀얀 피부가 올라왔어요. 까까머리에서는 결 좋은 검은색 직모가 자랐고요. 오빠는 골격도 좋았고 희고 고른 치아를 가지고 있었어요. 건강한 부모님과 오빠는 잘 어울렸죠. 난 오빠의 하얀 피부가 부러웠어요. 부러워서 울면 오빠가 손을 뻗어 내 볼을 살살 문질렀어요. '자, 봐. 내가 이렇게 만지면 네 얼굴이 하얘져.' 나도 손을 뻗어 오빠의 뺨과 광대와 눈썹을, 둥글고 차가운 코와 폭이 좁은 턱을 어루만졌어요. '어때, 내 얼굴이 까매졌지?' 하고 오빠가 물으면 나는 끄덕끄덕 그렇다고 했어요."

"사이가 좋았군요."

내가 끼어들었다. 그녀는 잠시 골똘히 생각에 잠겼다.

"확실히 친했어요. 오빠는 다정한 성격이었고 나는 외로움을 많이 타는 여자애였으니까. 이제는 잘 만나지 않아요. 사실 마지막으로 본 게 6년 전이에요. 가족 행사 때에야 드문드문 얼굴을 보다가 이렇게 되어 버렸죠."

"무슨 일이 있었나요?"

"별다른 사건이 있었던 건 아니에요. 오빠와 여동 생이 자라면서 서먹해지는 건 흔한 일이잖아요. 오 빠는 기숙사가 있는 사립 중학교에 갔고, 고등학교 도 대학교도 먼 곳으로 다닌 뒤, 영영 우리 가족의 생활권으로 돌아오지 않았어요. 부모님은 불안과 슬픔에 휩싸여 오빠를 붙잡고 다그치기도 했는데 그때마다 오빠는 난처한 얼굴로 그런 게 아니에요, 정말 아무 문제없어요 하고 말했어요. 하지만 나는 오빠가 우리 가족을 미워하고 있다고 생각해요."

"왜 그렇게 생각하죠?"

내가 놀라서 물었다.

그녀는 부드럽게 눈을 내리깔고 내 발목을 바라 봤다. 그건 영영 확인할 수 없는 흉터를 신중하게 투시하는 일처럼 보였다.

"그땐 해가 지고 있었어요. 수도원이 있는 절벽 뒤로 크고 붉은 해가 수평선을 길게 물들이며 가 라앉고 있었죠. 아주 무더운 날이었고 나는 창틀에 턱을 기댄 채 한낮 동안 덥혀진 해변의 모래가 식어 가는 모습을 바라보고 있었어요. 사실은 오빠를 보고 있었죠. 오빠는 또래 아이들과 공놀이를 하고 있었어요. 부드러운 은회색 모래 위를 맨발로 밟으며 공을 차고 있었죠. 1년 만에 키가 한 뼘 정도 자란 오빠는 다른 아이들 속에서도 유독 눈에 띄었어요. 나는 공을 따라 어지러이 움직이는 오빠의 까만 머리통을 어렵지 않게 쫓아갈 수 있었죠. 입으로는 작게 찬송을 불렀어요. 오늘 이 축복이 모두와 함께 한다면 난 기뻐 노래해 노래해. 하늘에서와 같이 땅에서도 영원한 영광 노래해 노래해. 그런 노래였어요."

그녀가 리듬감 있게 말했다.

"공은 오빠의 상자 안에 들어 있던 고무공이었어요. 적록색 줄무늬가 있는 손바닥만 한 공이었죠. 낡고 색이 바랬지만 쓸 만했어요. 오빠는 곧잘 그 공을 가지고 놀았죠. 나중에 알게 된 것이지만 오빠는 적록 색약이 있었어요. 그러니까 그 공은 오빠의 눈에 그저 동그란 단색 공으로 보였던 거예요. 개는 분명히 그 공을 향해 달려들었어요. 오빠가 아니었죠. 적색과 녹색을 구분하지 못하는 개의 눈에도 그것은 그저 작은 단색 공이었을 텐데 이상한 일이죠. 오빠는 공을 한쪽 발로 밟은 채 그 자리에 우뚝 서 있었어요. 다른 아이들처럼 개를 피했다면, 공을 그 자리에 놓고 재빨리 뒤로 물러났다면 물리지 않았을 거예요. 나는 창틀 너머로 그 모습을 내려다보며 분명히 그렇게 생각했어요. 개는 저 멀리 해변 끝에서 나타났어요. 나는 그것이 까만 점에서 위협적인 짐승으로 변하는 모습을 가만히 지켜봤어요. 그것은 아무것도 짐작하지 못하는 순진한 아이들 틈으로, 오빠의 등 뒤로 다가오고 있었어요. 내가 어, 어, 입을 벌리고 놀랐을 때는 이미 그것이 광폭한 개가 되어 오빠를 문 뒤였죠. 처음에는 정강이를, 오빠가 넘어진 뒤에는 어깨를 물어뜯었어요. 그 개는 오빠 위에 올라타 포식자처럼 이리저리 고개를 처박았어요. 오빠는 팔을 휘둘러 주먹질을 했죠. 개에게 말이에요. 개의 눈이나 귀가 있는 자리를 북처럼 두들겼어요. 나는 두 손으로 창틀을 잡고 일어나 그 믿을 수 없는 난투극을 지켜봤어요. 사실 그것은 실루엣으로만 보이는 거리 밖에서 벌어지고 있는 일이었고, 네모난 프레임으로 바라보는 무성의 그림자극 같았어요.

꿈틀거리는 개의 윤곽은 어딘지 불균형했죠. 등 위로 뿔이나 혹처럼 솟은 기형의 골격이 보였는데, 그것 때문에 개의 몸은 이상한 방식으로 움직였어요. 이리저리 뒹구는 개와 오빠의 모습은 한 몸의 불구처럼 보였어요."

그녀는 얼음이 모두 녹아 엷어진 찻물을 잠시 들여다보았다. 나와 함께 한낮의 카페에 마주 앉아 있었지만 그녀는 저 멀리 해안 절벽이 보이는 석양의 바닷가로 가 버린 것 같았다.

"그래서 어떻게 되었습니까?"

내가 물었다.

"어른들이 달려왔고, 개는 도망갔어요."

그녀가 말했다.

"온몸에 약을 덧칠한 오빠는 끔찍하게 보였지만 실은 모두 경미한 상처였죠. 의사는 흉이 좀 남을 거라고 했어요. 흉터는 살아 있는 몸 위에 생긴다는 말로 위로했죠. 부모님은 거기서 불운이 그쳤음에 감사했어요. 오빠의 머리 위에 두 손을 얹고 감사 기도를 드렸죠. 그건 내가 위험한 고비를 넘긴 새벽, 머리맡에서 듣던 길고 지겨운 기도였어요. 오빠는 손들의 무게만큼 고개를 수그리고 다 큰 어른처럼 웃고 있었죠. 한 번도 내 쪽을 쳐다보지 않았어요. 평소처럼 흥얼흥얼 찬송을 불렀죠."

그녀는 목소리를 낮췄다.

"그러고 나서 내 병에 차도가 생긴 거예요. 나는 한 번도 그런 세계에 속하지 않았던 몸처럼 자연스럽게 어른이 되었죠. 부모님은 오빠가 축복을 가지고 왔다고 여겼지만, 글쎄요. 언제나 우리 머리 위를 떠다니며 내려앉을 곳을 선택하는 것은 불운이죠. 나는 불운이 피해 간 자리에 겨우 서게 된 거예요. 그리고 어쩌면, 오빠는 만날 필요 없는 개를 만난 거죠. 나의 어떤 마음이 수평선 끝에서 까만 점을 끌어와 사나운 개로 만들었을지도 몰라요. 그날 창가에 기대서서 오빠를 바라보던 내가 어떤 마음이었는지, 이제는 정말 기억나지 않으니까요."

"정말 병이 사라졌습니까?"

"말끔히."

그녀가 말했다.

"부드러운 살처럼 부풀다가 하얀 파도 거품처럼 사라졌죠. 그렇게 분명한 형태도 없는 무언가가 사람의 몸을 아프게 했던 거예요."

카페 안은 입을 크게 벌리고 죽은 짐승의 뱃속

처럼 더운 공기에 싸여 있었다. 그녀는 입으로 부
패하는 열기를 조금씩 들이마시며 나를 바라봤다.

"왜 병이 사라졌는지 아무도 몰라요. 그게 내게
온 이유를 몰랐던 것처럼요. 내가 당신에게 해 준
이야기 어딘가에 그 이유가 있을 지도 모르죠. 그
래서 내 병에 대해서라면, 그리고 오빠에 대해서라
면 이런 식으로 밖에 설명할 수 없는 거예요. 이해
할 수 있나요?"

그녀가 웃었다.

선배가 소개했던 여자와는 흐지부지 끝나 버렸
다. 일이 밀려들었고, 그녀의 개인적인 여러 사정
은 우리가 만나기로 한 날들과 겹쳤다. 나는 우연
의 축적이 유도하는 지점으로 떠밀려 정해진 것처
럼 그 자리에서 기다리고 있던 미래로 흘러들어 왔
다. 개에게 발목을 물려 잡화 디자이너가 된 여자
에 대해서는 까맣게 잊고 지냈다.

어느 날 아내가 양가죽으로 된 연회색 앵클부츠
를 사 와 내게 어떤지 물었다.

"당신 스타일이 아닌데."

나는 어린 딸과 도넛을 나눠 먹으며 무신경하게

대답했다.

"내가 신을 게 아냐."

친구에게 줄 송별 선물이라고 했다. 몇 번이나 본 적 있는 아내의 친구였다. 그들 부부는 근린공원을 사이에 두고 마주 보는 아파트에 살았다. 함께 술을 마시거나 서로의 집에서 다과를 먹은 적도 있었다. 그녀의 남편이 전근을 가게 되어서 곧 먼 도시로 떠난다는 것이었다. 친구가 송별 인사를 하고 싶어 하니 그녀의 집에서 주말에 저녁을 먹자고 아내는 말했다. 나는 그러겠다고 했다.

"하지만 그 부츠는 더워 보여."

아내는 단호하게 고개를 저었다.

"부츠를 좋아해. 발목에 개한테 물린 흉터가 있거든."

놀랐지만 아내에게 이것저것 캐묻는 실수를 하지는 않았다. 퍼즐의 중요한 조각은 아내가 무심히 건네주었다. 아내의 친구는 새 도시에서 작은 무용 교실을 열 것이라고 했다.

주말에 아내와 나는 그 집에서 살이 통통한 민어 요리를 먹었다. 아내의 친구가 직접 만든 레몬 버터 소스를 모두의 접시 위에 조금씩 덜어 주었다. 와인도 괜찮았다. 누군가의 잔이 비기 전에 그녀의 남편이 부드러운 동작으로 잔을 채워 주었다. 저녁을 먹으며 나는 새삼 그녀를 자세히 뜯어보았다. 그녀는 뼈대가 가는 체형에 대칭이 완벽한 두상을 갖고 있었다. 등과 어깨에 붙은 군살이 보였지만 한때는 마르고 유연한 몸이었을 것이다. 그녀는 몸에 붙지 않는 올리브색 셔츠와 통이 넓은 검은 색 팬츠를 입고 있었다. 발목 흉터를 보고 싶었지만 그림자에 가려 잘 보이지 않았다.

아내와 그녀가 다정하게 마주 앉아 이야기하는 모습은 아주 이상한 광경이었다. 그녀들은 이따금 서로의 팔이나 무릎을 건드리며 웃음을 터트렸다.

그녀의 남편이 내게 트럼프를 하자고 해서 그와 나는 앉은뱅이 탁자로 자리를 옮겼다. 거실에는 깨끗한 리넨 커튼과 새것처럼 윤이 나는 가죽 소파가 있었다. 블랙우드로 통일된 서랍과 협탁, 독특한 각도로 기울어진 폭이 좁은 선반이 눈에 들어왔다. 이제 보니 전체적인 가구 배치에 제법 신경을 쓴 집이었다. 하지만 무언가 설치했다가 뗀 듯한 못과 고리가 벽 곳곳에 남아 있었고 오랫동안 한자리에 있던 가구를 치웠을 때 생기는 벽지의 변색이 보였다. 그것들이 집 안의 공기를 붕 띄워 올려 사람이 머무는 곳에 생기는 안락함을 훼손시켰다.

"금융사에서 일한 지는 얼마나 됐습니까?"

그녀의 남편이 물었다. 두 손으로 카드를 섞고 있었다.

"한 6년?"

"나도 그쯤 됐습니다. 이번 전근으로 생활 공간이 크게 바뀌겠죠. 일상에 변화를 주고 싶다는 생각은 없습니까?"

"기회가 오지 않는군요."

그는 고개를 끄덕였다. 우리는 말없이 카드에 집중했다. 내리 두세 게임을 했다. 트럼프를 하면서 그는 빠른 속도로 와인을 마셨다. 덩달아 나도 많이 마셨다. 그녀와 아내는 식탁에 앉아 작은 무드등만 켜 둔 채 이야기를 나누고 있었다. 말소리는 거의 들리지 않았다.

"얼마 전에 당신을 봤습니다."

그가 말했다.

"근린공원에서 아이와 놀고 있었죠. 깜깜한 밤이었습니다."

그런 기억이 잘 떠오르진 않았지만, 가끔 가족

들과 공원에서 산책을 한다고 대답했다. 그때 나는 슬쩍 그의 표정을 살폈는데, 그는 별다른 기색 없이 다시 자신의 카드를 들여다보고 있었다. 그는 나와 비슷한 키에 좀 더 다부진 체격을 가지고 있었다. 회사가 같은 방향인지 출근할 때 나보다 앞서 진입로를 빠져나가는 그의 차를 자주 보았다. 가끔은 집으로 돌아오는 시간도 똑같았다. 그와 나는 서로의 차를 알고 있었지만 차창을 내리고 인사를 건넨 적은 한 번도 없었다.

카드를 내려놓으며 게임을 끝내자 그가 투덜거렸다.

"늘 내가 지는군요."

그도 손에 있던 카드를 내려놓았다.

"역시 숫자를 잘 아시네요."

잠시 그를 바라봤다. 그는 새 와인을 따고 잔을 채웠다.

카드를 섞었다. 같은 무늬와 가까운 숫자가 겹치지 않도록 여러 번 풀어 뒤섞었다. 쉰세 장의 카드는 무수한 조합과 순서를 만들었다. 작은 우연이 의외의 패를 만든다는 것을 나는 알고 있었다. 굉장한 패가 너무 많이 나오면 게임이 시시해졌다.

"새로 일하게 될 곳은 어떻습니까?"

내가 물었다.

"아주 멋진 바다가 있습니다."

그가 말했다.

"우리는 해변이 내려다보이는 새로 지은 맨션에서 지낼 예정입니다. 그곳은 새우나 굴이 아주 좋더군요. 아내와 나는 그런 음식을 좋아합니다. 여행을 가면 항상 바다로 가죠. 드넓게 펼쳐진 물을 보는 건 정말이지 질리지 않는 일이니까요. 사람은 가끔 그렇게 거대한 것 속에 파묻히는 시간이 필요한 것 같습니다. 우리한테는 그런 변화가 필요했어요."

나는 고개를 끄덕였다. 손에 아주 좋은 패가 들어와 있었다.

"알고 계실지 모르겠네요."

그가 말했다.

"제 아내는 아이를 유산한 적이 있습니다."

그랬나요 하고 나는 모르는 척을 했다. 아내에게 이미 들은 이야기였다.

"얼마 전에 두 번째 아이를 유산했죠. 이번에는 3개월도 채 못 살았습니다."

그건 처음 듣는 이야기였다. 뭐라 대답할 말을

찾지 못하고 그를 쳐다봤다. 그는 손에 들린 카드를 신중히 문지르며 와인을 입안에 털어 넣었다.

"아내와 그 아이들은 모두 건강했습니다. 이번에는 특히 더 조심했죠. 세심한 주의와 보호 속에서 아무런 문제가 없었는데도 우리는 두 아이를 잃은 겁니다. 이상한 일이지 않습니까?"

정말 이상한 일이라고, 나는 생각했다.

"아내에게는 살면서 그런 일들이 많이 일어났습니다. 이해할 수 없는 불운들이었죠. 세상의 법칙과 순서에서 동떨어져 작용하는 운들이 있습니다. 사소한 변수일 때도 있고, 삶의 방향을 완전히 틀어 버리는 순간일 때도 있죠. 이제 아내는 스스로를 어떤 구멍처럼 여기게 됐습니다. 자칫 발을 헛디디면 나락으로 떨어지는 구멍 말이죠. 그 구멍은 아내 스스로가 빠질 수도 있고, 곁에 있는 사람, 가령 나 같은 사람이 빠질 수도 있다더군요."

그가 물었다.

"이런 얘기가 불편한가요?"

"전혀."

내가 말했다.

"공원에서 당신을 본 날, 나는 아내와 싸우고 혼

자 술을 마시고 있었습니다."

"싸우기도 하는군요."

"물론입니다."

그가 웃었다.

"무수히 많은 전투를 치렀죠."

우리는 남은 와인을 털어 넣고 다시 한 잔씩 가득 채웠다. 그녀와 나의 아내는 여전히 오렌지색 무드등 불빛에 반쯤 모습을 드러낸 채, 작고 기묘한 입 모양으로 소곤거리고 있었다.

"그날은 품에 얇은 과도를 하나 숨겨 나왔는데, 그 술을 다 먹으면 돌아가서 아내를 죽일 작정이었습니다."

그가 붉어진 얼굴로 말했다.

"정말입니까?"

"그때는. 남자들은 가끔 터무니없는 객기를 부리죠. 내게는 바로 그날이 그랬습니다."

나는 고개를 끄덕였다.

"술을 거의 다 먹었을 즈음, 당신이 딸을 목마 태우고 부러 비틀비틀 걸어오더군요. 비틀거리는 시늉을 했지만 넘어지지는 않았습니다. 아이도 그걸 아는지 즐거워 보였습니다. 나는 당신과 아이가 내 벤치 바로 앞까지 다가왔다가 슬쩍 빈 술병들을 피해 어두운 길 끝으로, 당신의 집이 있는 방향으로 사라지는 모습을 지켜봤습니다. 그리고 남은 술을 마저 마신 뒤 그 길의 반대편으로 걸었죠. 불꺼진 이 집으로 돌아온 겁니다. 자, 그리고 상상해 보세요. 이제 무슨 일이 생길지."

모르겠다고, 나는 말했다. 그때 나는 그가 등진 벽에 불규칙한 간격으로 걸린 액자들을 보고 있었다. 부부의 자연스러운 일상이나 어린 시절 사진들이었다. 가장 작은 액자 속에 몸매가 아름답게 드러나는 크림색 레오타드를 입고 기도하듯 두 손을 모은 어린 그녀가 있었다.

"아내는 잠들어 있었습니다. 자는 척했던 것일지도 모르지요. 내가 다가가자 아내는 천천히 돌아눕더군요. 나는 혼란스러웠습니다. 그것이 나에게 화가 나 등을 돌린 것인지, 아니면 내가 누울 자리를 내어 준 것인지 알 수 없었죠. 술을 너무 많이 마신 탓도 있었습니다. 그런 고민을 하다 보니 아내를 죽이고 싶은 기분이 사라지더군요. 결국 하얗고 포근한 이불 속으로 기어 들어가 잠이 들었죠. 그걸로 끝이었습니다. 싱거운 이야기죠."

그가 말했다.

그들은 사흘 후에 떠났다. 해가 뜨지 않은 새벽 그들의 세간을 기묘한 모양으로 실은 트럭이 근린 공원을 돌아 그 도시가 있는 방향으로, 어두운 회색 도로로 빠져나갔다. 분리된 소파와 텅 빈 침대 프레임이, 식탁과 엇갈려 겹쳐 놓은 등받이 의자들이, 이상한 방향으로 빛을 반사하는 화장대 거울과 옷장이, 거꾸로 뒤집힌 앰프와 상아색 식기가 든 장식장이, 차곡차곡 쌓인 균일한 크기의 상자들이 하나의 길고 튼튼한 끈으로 묶여 있었다. 한쪽에는 질긴 천으로 덮인 울퉁불퉁한 더미가 있었다. 중요하거나 부서지기 쉬운 물건들일 터였다. 그 안에서 어린아이 키만 한 것이, 끝이 뭉뚝하고 대중없이 아무 방향으로나 꺾인 도무지 용도를 짐작할 수 없는 물건이, 어긋난 뼈처럼 솟아 있었다. 나는 그 집의 모든 것이 불구의 형태가 되어 멀어지는 모습을 창틈으로 지켜보았다. 트럭은 서서히 작아지다가 까만 짐이 되어 사라졌다.

나는 담배를 마저 피우고 아내가 깼는지 확인했다. 부드러운 이불 속에 잠긴 아내의 눈꺼풀은 도

자기 인형처럼 단단하게 감겨 있었다. 나는 딸의
방으로 가서 작고 낮은 침대를 향해 귀를 기울이고
아이가 들이쉬고 내쉬는 호흡을 확인했다. 아이의
입에서는 달고 따뜻한 냄새가 났다. 모두가 주문에
걸린 것처럼 잠들어 있었다. 나는 몽롱한 기분으로
불 꺼진 거실에 앉았다.

　사실은 그 집 벽에 걸려 있던 크고 작은 크기의
액자들을 생각했다. 흔하고 단순한 무늬의 투박한
나무 액자들. 이상한 일이지만, 그 액자들 사이에
내 사진이 있었다. 멋지게 그을린 얼굴로 처음 보
는 셔츠를 입고 이름 모를 해안을 등진 채였다. 어
쩌면 그것은 내 머릿속의 상상이었다. 그녀가 나의
아내가 되고 그가 전혀 상관없는 사람이 되는. 그
곳에서 그녀는 독감에 걸리지 않고 나는 마음껏
손수건이나 실크 양산에 대한 어설픈 농담을 늘어
놓는다. 대화는 의외의 방향으로 흘러 우리는 해
가 질 때까지, 지독한 열기가 모두 식을 때까지 그
자리에서 일어날 생각을 하지 못한다. 그날을 떠올
리면, 아내와 나는 얼마간 행복한 기분에 사로잡
혔다가 천천히 일상으로 내려오는 것이다. 한 번쯤
은 어두운 공원에서 그를 만난다. 삶의 여유가 있

고, 바로 그런 점 때문에 배가 불룩해진 그를. 그는 목에 어린 아들을 태운 채 어슬렁어슬렁 걸어온다. 얼굴이 새하얀 그의 아들이 가끔 마른기침을 하지만 그는 대수롭지 않게 아이의 배를 간지럼 태운다. 아이는 숨이 넘어갈 듯 웃는다. 그들은 유유히 내 곁을 지나친다. 마치 내가 전혀 보이지 않는다는 듯이. 처음 보는 낯선 남자와 그의 아이를 따라 나도 꿈을 꾸듯 멍하니 고개를 돌린다. 아무런 의미 없이, 품 안에 든 작고 딱딱한 과도를 만지작거리며.

얼굴 없는 딸들

오로로 이사하던 날 눈이 왔다. 그것이 오랫동
안 기억에 남았다.

　이삿짐을 실은 용달차는 라디오도 틀지 않고 달
렸다. 나는 용달차를 모는 남자와 엄마 사이에 어
깨를 끼우고 앉아 성큼성큼 다가오는 천변의 어두
운 새벽 공기를 졸린 눈으로 바라봤다. 엄마는 피
곤한 얼굴로 차갑게 식은 꺼진 히터에 무심히 눈길
을 두고 있있다. 이따금 나이 많은 남자가 이모저
모 참견하며 말을 걸어도 엄마는 못 듣거나 못 들
은 체했다.

엄마는 그때 트럭에 짐을 실으며 예기치 않게 버려두고 온 물건들, 늘 거실 구석에 놓여 있던 목이 긴 스탠드와 흔들의자, 도자기 화분들, 아빠가 야심 차게 사 왔지만 사용한 적 없는 6인용 텐트, 전기 그릴, 싸구려 찬합과 아이스박스, 내가 어릴 때 가지고 놀았던 고무 그네와 지구본, 부피가 큰 동물 인형들, 한쪽 다리가 흔들리던 엄마의 오래된 화장대를 떠올리고 있었을지도 모른다. 모두 언젠가는 내다 버리려고 벼르던 물건들. 이제 어두운 길 위에 있는 그것들 때문에 엄마는 기운이 없었다.

한동안 입을 꾹 다물고 있던 남자가 창밖을 슬쩍 가리키며 눈이 온다고 알려 주었다. 이번에는 엄마도 고개를 들고 창밖을 내다봤다. 나는 남자의 작고 거무스름한 손을 봤다. 손금이 거의 사라진 반질반질한 손바닥과 자수정처럼 검붉은 손톱. 손가락은 여섯 개였다.

그날 남자는 여섯 손가락으로 핸들을 잡고 낯선 집으로 나를 데려다주었다. 그것이 오랫동안 기억에 남았다.

내가 오로에 있는 오로중학교로 전학 수속을 밟

앉을 때는 1학년 겨울 방학 직후였고, 짧은 봄 방학이 끝나면 2학년이 될 거였다. 담임은 만삭의 여자로 나에게 아무런 관심도 없었다. 교실 뒷자리에 걸상을 마련해 준 뒤 한 번도 내 이름을 부르지 않았다. 반 애들도 내게 말을 걸지 않는 방식으로 텃세를 부렸다. 앞자리에 앉은 남자애가 나를 돌아보며 뒤로 좀 가라고 한 것이 내가 그 교실에서 들은 말의 전부였다. 다들 하나같이 쭈글쭈글하고 소매에 때가 낀 교복을 입고 다녔다. 엄마가 다려 준 내 교복이 어쩐지 촌스럽게 보였다. 그곳에서 내가 할 수 있는 유일한 일은, 봄 방학이 될 때까지 내 몫의 책상을 끌어안고 잠을 자는 것뿐이었다.

엄마는 오로의 애들을 모두 질 나쁜 애들로 단정했다. 내가 학교에서 돌아오면 후진 애들하고 놀면 안 된다고 주의를 주었다. 오로는 엄마 아빠가 신혼을 시작했던 곳으로, 나는 오로의 작은 방에서 걸음마를 떼고 홍역을 앓고 매해 성탄절 산타클로스의 선물을 받으며 별 탈 없이 자랐다. 촌스러운 벽지를 배경으로 찍은 어릴 적 사진들을 보면 그 시절이 떠올랐다. 내가 일곱 살이 되던 해 우리 가족이 다목으로 훌쩍 넘어간 것은 오직 내가 좋은 환경에서 좋은 애들과 함께 공부해야 한다는 엄마 아빠의 확고한 의지 때문이었다. 다목과 오로는 차로 고작 10분 거리로, 폭이 좁고 물이 흐리멍덩한 보리천을 경계로 나뉘어졌다. 겨우 7년을 버티고 다시 오로로 튕겨져 나왔다고, 엄마는 표현했다.

엄마는 동네에 외국인이 많이 산다며 해가 지면 집 밖으로 나가지 못하게 했다. 우리가 이사 온 다세대 주택 옆집에도 초콜릿색 피부의 젊은 외국인 남자가 살았다. 나는 그저 바다를 건너왔을 뿐인 이국의 사람들이 어째서 위험한지 알 수 없었지만 그냥 엄마 말을 잘 들었다. 속을 썩이는 자식이 되기엔 집안 분위기가 별로 좋지 않았다. 엄마와 아빠는 밤마다 내가 잠들었다고 믿고 소리 죽여 다퉜다.

그 당시 아빠는 회사에 가지 않고 늘 소파에 누워서 티브이를 봤다. 내가 아침에 일어나기 전부터 잠자리에 든 이후까지도 부지런히 정치 뉴스와 야구, 축구, 농구 중계를 챙겨 보고, 거의 똑같은 화면의 낚시와 바둑 방송을 몇 시간이고 멍하니 들여다봤다. 그것이 엄마를 늘 화나게 했다. 엄마는 설거지를 하다가도 핑크색 고무장갑을 탁 소리 나

게 벗어 던졌고, 냉수를 들이켜다가도 반쯤 물이
남은 컵을 탁 소리 나게 식탁에 내려놓았다. 아빠
는 엄마의 분노를 대체로 심드렁하게 무시하곤 했
는데, 나는 아빠의 그런 태도를 보고 그가 마음에
상처를 입고 크게 낙심한 상태라는 것을 짐작할 수
있었다.

  개학을 며칠 앞두고 경진이를 만났다. 햇님 슈
퍼에서 콩나물을 사고 있을 때 마르고 까무잡잡한
여자애가 다가와 내 어깨를 툭 쳤다. 손이 매워서
나는 기분이 상한 채로 그 애를 봤다. 그 애가 자
신을 경진이라고 밝히고도 한참 동안 경진이가 누
구인지 떠오르지 않았다. 경진이. 건넛집 살던 경
진이. 엄마 친구 경진이 엄마 딸 경진이. 후진 벽지
를 배경으로 찍은 옛날 사진에 가끔 찍혀 있던 경
진이. 얇고 하얀 내복을 입고 입가에 찐득한 무언
가를 묻힌 채 카메라 렌즈를 아리송하게 바라보던
어린 경진이. 그런 경진이가 다 떠오르고도 경계심
이 사라지지 않았다. 이미 멀고 아득한 곳으로 밀
려난 친구였다. 반면 경진이는 어색한 기색도 없이,
유달리 반가워하는 기색도 없이 내게 멜론 맛 아이

스크림을 사 주었다. 우리는 햇님 슈퍼 평상에 앉아 차디찬 바람을 맞으며 아이스크림을 먹었다.

찬찬히 들여다보니 경진이 얼굴은 오동통했던 볼살이 빠지긴 했지만 윤곽은 그대로 남아 있었다. 처진 눈매와 웃을 때 콧잔등에 생기는 잔주름, 의외의 자리에 있어 시선이 가는 볼 위 작은 점과 찬물 밖으로 막 나온 사람처럼 언제나 검푸른 입술이 선연히 떠올랐다. 금세 알아보지 못한 게 이상할 정도였다. 경진이는 쭉 오로에서 살았다고 했다. 집도 호두나무 집 아래 그대로라고. 너희 집은 작년에 헐렸어. 나는 고개를 끄덕였다. 새로 이사 온 집 방향을 대충 가리키며 그쪽에 산다고 말했다. 경진이가 고개를 끄덕이자 더 할 말이 없었다. 우리는 한동안 단단하게 언 멜론 맛 아이스크림만 이가 시리도록 베어 먹었다. 그때 한 남자애가 누나하고 불렀다. 변성기 목소리로 끝이 미묘하게 갈라졌다. 나는 그 애가 내 이마에 돌을 던져 안개꽃처럼 작고 하얀 흉터를 남긴 경진이 동생임을 바로 알아봤다. 그 애는 돌을 던져 놓고 자기가 더 놀라서 서럽게 울었다. 동생이 울자 경진이도 울었다. 여섯 살의 나는 그 애들을 달래기 위해 이마에 흐르는 빨간 피를 맨손으로 닦아 내고 또 닦아 내야 했다. 경진이도 딱 그 기억이 떠오른 눈으로 나를 바라봤다. 문득 즐거워졌다.

경진이와 경진이 동생은 나처럼 콩나물 500원어치를 사서 돌아갔다. 또 보자는 말도 없이 부푼 검은 봉지를 흔들며 어슬렁어슬렁 멀어졌다. 경진이 동생이 나를 한 번 돌아보며 고개를 꾸벅 숙여 인사했다. 집에 돌아와 경진이를 봤다고 말하자 엄마는 시큰둥하게 그렇구나 했다. 아빠는 뉴스 소리를 키웠다. 지난겨울 현상금을 걸고 공개 수배했지만 결국 잡지 못한 연쇄 살인범의 수법과 유사한 방식이라고 앵커는 전했다. 피해자인 젊은 여성의 사체는 망치와 칼로 난자당해 훼손이 심하다고. 신원을 알 수 없도록 얼굴과 지문을 다 도려냈다고. 엄마는 들기름과 참깨, 고춧가루를 넣고 콩나물을 무치며 빠르게 뒤바뀌는 모자이크 화면을 미동도 없이 쳐다봤다.

2학년 교실에서 경진이를 또 만났다. 경진이는 1분단 맨 뒷자리에 앉아 창틀에 머리를 기대고 꾸벅꾸벅 졸고 있었다. 뒷문으로 들어오는 나를 실눈으로 발견하곤 별로 놀라지도 않으며 옆자리를 탁탁 쳤다. 나는 얼떨결에 그 자리로 가서 책상 고리에 가방을 걸었다. 경진이는 곧장 엎어져서 담임이 들어와도 일어나지 않았다. 담임은 학교에 처음 발령받은 어린 여자로, 푸들처럼 곱슬곱슬한 긴 머리는 개학날을 위해 멋을 낸 것이 분명해 보였다. 손수 포장해서 우리에게 나눠 준 초콜릿에는 한 명, 한 명의 이름이 깔끔한 손 글씨로 씌어 있었다. 애들은 거기서 초콜릿을 빼 먹고 나머지는 구겨서 아무 데나 버렸다.

개학식이 끝나자 경진이 친구들이 하나둘 우리 반으로 몰려들어 나도 자연스럽게 그 애들을 따라갔다. 애들은 학교 앞 김밥집으로 들어가더니 테이블 위에 가지고 있는 돈을 다 꺼내 놓았다. 2000원, 1500원, 3000원, 1700원. 나도 슬그머니 1000원짜리 두 장을 올려놓았다. 세희가 돈을 쓸어 모았다. 애네 집이 제일 잘 살아. 누군가 말해 주었다. 나는 그런 식으로 말하는 애를 다목에서 본 적이 없었다. 다목의 애들은 아무도 자신이 잘 산다고 생각하지 않았다. 세희는 지갑 속에 돈을 구겨 넣고 심드렁히 메뉴판을 훑어봤다. 우리는 치즈 라면, 참치 김밥 두 줄, 쫄면, 돈가스, 알밥, 참치 김치찌개에 라볶이까지 주문했다. 찌개에 딸려 나오는 푸석한 조밥을 라면 국물에도 말아 먹고 라볶이에도 비벼 먹었다. 세희는 지갑에서 만 원짜리 세 장을 꺼내 계산했다.

학교에서 멀지 않은 골목에 세희 집이 있었다. 마당이 있고 윤기 나게 옻칠된 대청마루가 있는, 크고 오래된 집이었다. 우리는 그 집 거실에서 티브이를 틀고 드러누워 과자를 먹었다. 모두가 양말과 스타킹을 벗어 방구석으로 던졌기 때문에 무엇이 누구 것인지 구별할 수 없었다. 몇몇은 아예 교복 치마를 벗고 세희 옷장에서 추리닝이나 땡땡이 파자마를 찾아 입었다. 다들 한시도 휴대폰을 손에서 놓지 않고 누군가와 문자를 했다. 휴대폰이 없는 건 나뿐이었다. 세희 방에 있는 컴퓨터에는 돌아가면서 앉았다. 의자에 앉은 애 무릎 위로 다른 애가 올라타면 허리를 끌어안아 주었다. 메신저에 로그인하면 쉴 새 없이 쪽지가 날아들었다. 주로 시답지 않은 말을 거는 남자애들이었다. 우리는 누구의 프라이버시랄 것도 없이 그 쪽지들을 같이 보며 아무런 맥락 없이 욕을 하고 요란하게 깔깔 웃었다. 세희와 경진이는 가끔 창문을 열고 담배를 폈다. 빈 오렌지 주스 캔을 사이에 두고 번갈아 재를 털었다. 내가 곁눈으로 경진이를 훔쳐보다 눈이 마주치면 경진이는 콧잔등에 주름을 만들며 웃었다. 애들과 있을 때 경진이는 조금 무심하고 나른해 보였다. 우리는 골목 모퉁이마다 오렌지색 가로등 불이 들어온 뒤에야 벗어 놓은 양말과 스타킹을 아무렇게나 나눠 신고 각자의 집으로 돌아갔다.

그날 밤 엄마는 내 방문에 기대서서 차분한 목소리로 누구랑 놀다 왔는지 물었다. 나는 순진하게도 손가락을 하나씩 접으며 세희, 승은이, 주란이, 봄이, 경진이 하며 줄줄 일러 주었다. 그날 이후 엄마는 그 애들의 이름을 두고두고 기억하며 나를 몹시 괴롭혔지만, 나는 처음 발음해 보는 서로 다른 어감의 이름들을 들뜬 기분으로 계속 불러 보았다. 소리 내서 부르자 그 이름들은 꽤 근사하게 들렸고, 동떨어져서 존재할 수 없도록 유기적으로 연결해 놓은 리듬 같았다. 엄마는 물끄러미 서서 그 이름들을 듣고, 다시는 해가 진 뒤 들어오지 말라고 못을 박았다.

쉬는 시간이 되면 애들은 약속이나 한 것처럼 우리 반으로 몰려와 창틀이나 책걸상 위에 걸터앉 았다. 나와 경진이에 더해 승은이까지 세 명이 우 리 반이었기 때문에 자연스럽게 그렇게 되었다. 승 은이는 웬만한 남자애들보다 키가 커서 짓궂게 장 난을 거는 남자애들을 종종 단단한 시멘트 바닥으 로 고꾸라트렸다. 일단 엎어지면 고추를 걸어차려 들었기 때문에 남자애들은 잽싸게 다리를 오므리 고 도망쳤다. 도망가다 잡히면 으레 매점까지 끌려 가서 소시지 빵과 사과 주스를 사 줘야 했다. 승은 이는 친한 남자애들과 다정하게 팔짱을 끼거나 서 로의 어깨와 허리에 팔을 두른 채 복도를 걸어 다 녔다. 다른 애들도 마찬가지였다. 어디서나 스스럼 없이 남자애들의 몸을 만졌고, 그 애들이 자신의 몸을 만지도록 내버려 두었다.

남자애들은 종종 우리가 지나갈 때 허리를 끌어 당겨 무릎 위에 앉히고 재빨리 딸딸이 치는 흉내 를 냈다. 다리를 달달달 떨며 신음 소리를 내면 다 른 남자애들이 주먹을 머리 위로 흔들며 난리 법석 을 떨었다. 그러면 여자애들은 엄중하게 그 남자애 의 고추를 바지 위로 움켜쥐고 교실을 빙빙 돌아다

녔다. 이것을 자르겠다느니 이렇게 터뜨리겠다느니
하는 말로 잔뜩 겁을 주었지만 순전히 웃기려고 하
는 말이었다. 모두가 그 모습을 보고 손뼉을 치며
좋아했다. 남자애들은 고추를 잡히면 사색이 돼서
놓아 달라고 사정했지만 얼마 못 가 똑같은 짓을
또 했다. 남자애들은 늘 우리 가슴이 작은 것을 걱
정했고, 물론 우리도 그 애들의 크기를 걱정했다.

우리는 가끔 똥을 눕혔다. 그 애가 왜 똥인지 물
었을 때, 경진이는 그 애가 1학년 때 교실에서 똥을
싼 적이 있다고 알려 주었다. 모든 애들이 그 애를
똥이라고 불렀다. 똥은 세희와 주란이네 반 남자애
로, 바보는 아니었지만 말이 어눌하고 얼굴이 새까
맣고 머리를 자주 감지 않았다. 우리는 그 애가 교
실 바닥에 드러누우면 양쪽 다리를 잡고 들어 가
랑이를 벌리고 그곳을 발로 문질렀다. 가끔은 빗자
루나 대걸레를 썼다. 세희가 청소함에서 대걸레를
꺼내 오면 주란이가 받아서 자루 끝을 똥의 가랑
이 사이에 대고 살살 비볐다. 그러면 지켜보던 다
른 애들이 이 새끼 꼴린다, 꼴린다, 소리를 질렀다.
정말 똥의 바지는 서서히 부풀었다. 처음 그 광경
을 보았을 때, 멍하니 똥의 성기가 발기하는 것을

바라보다가 나도 모르게 헛웃음을 터뜨렸다. 모두가 머리를 맞대고 점점 커지는 남자의 성기를 지켜보는 것은 정말이지 어처구니없는 일이었다. 똥은 필사적으로 몸을 비틀어 간신히 거기서 빠져나왔다. 우리를 향해, 꺼져 발정 난 년들아 하고 소리쳤다. 우리는 그게 재밌어 계속 웃었다.

학교가 끝나면 그날 비는 집으로 갔다. 세희와 승은이 집이 자주 비었다. 세희 엄마는 불규칙하게 나가서 하루나 이틀쯤 집을 비웠고, 언니가 있었지만 잘 들어오지 않았다. 노래방을 하는 승은이 엄마는 늦은 밤까지 일했고, 가끔 몸이 아플 때만 가게 문을 닫고 집에 있었다. 세희와 승은이 둘 다 아빠는 없었다. 나중에 알았지만, 승은이가 엄마라고 부르는 여자도 사실은 고모였다. 승은이는 엄마라고 부르다가 고모라고 부르다가 또 엄마라고 불렀다.

가끔은 봄이 집에 갔다. 봄이 집은 연립 주택의 반시하로 방 하나와 빙처럼 쓰는 부엌 겸 거실이 있었다. 캄캄한 안쪽 방에는 늘 봄이 아빠가 누워 있었다. 자는 듯 누워서 한 번도 나와 보거나 우리에게 말을 거는 일이 없었다. 봄이 엄마는 늘 일을 나가서 얼굴을 본 적도 없었다. 우리는 건넛방에서 컴퓨터 스피커로 노래를 틀고 커다란 냄비에 라면을 끓여 먹었다. 고기만두나 기름에 여러 번 튀겨 반투명해진 튀김을 사다 먹기도 했다. 봄이는 종종 서랍장 위 동전을 모아 놓는 유리병에서 500원짜리 동전을 꺼내 썼다. 짤그랑 소리가 나지 않도록 조심조심 꺼내던 것이 나중에는 대담하게 한 움큼씩 가져다 썼다. 그러다 하루는 그것을 들켜 아빠한테 얻어맞고 학교에 왔다. 우리가 싹 다 도둑년이래. 나는 시체처럼 누워 있던 봄이 아빠가 그런 말을 하는 것을 상상할 수 없었다. 내가 그 새끼 죽여 버릴 거야. 봄이가 노란 햇살이 깔린 운동장 바닥에 침을 뱉으며 말했다. 무언가 입안에 더러운 게 있다는 듯이 계속 침을 뱉었다. 이따금 늦은 밤 자려고 눈을 감으면 봄이가 정말 아빠를 죽이면 어쩌나 겁이 났다.

4월 무렵엔 학교 근처 보드게임 카페에 자주 갔다. 주란이가 그곳 알바 아저씨와 사귀기 시작했기 때문에 체리콕과 크림소다를 공짜로 먹었다. 나중에는 게임비도 받지 않아 온갖 게임을 실컷 했다. 여러 게임이 있었지만 모두가 열을 올리던 게임은 단순한 부루마블이었다. 우리는 온종일 돌아가면서 파산했다. 모든 재산을 잃으면 심각한 얼굴로 부루마블 지도의 형세를 들여다보며 자기 인생이 어떻게 끝나 버린 것인지 고찰했다. 하지만 결국엔 모두가 돌아가면서 파산하는 것이 그 게임의 룰이었다. 부루마블로 잔뜩 성이 나면 마지막엔 젠가를 했다. 무너지는 나무 블록에서는 상쾌한 물소리가 났다. 우리가 게임에 푹 빠지면 주란이는 살짝 뒤로 빠져서 알바 아저씨와 카운터 뒤에 앉아 손을 잡고 놀았다. 주사위를 던지다가 슬쩍 돌아보면 둘이 입을 맞출 때도 있었다. 우리는 고작 스물한 살의 그를 아저씨라고 불렀다.

　나는 해가 지기 전에 집에 가야 했기 때문에 늘 먼저 일어났다. 그러면 가끔 경진이도 나를 따라 나왔다. 경진이와 나란히 집으로 걸어가는 길엔 조금 다른 이야기를 했다. 우리는 둘만 남으면 자연스럽게 어린 시절 이야기를 꺼냈고 서로가 가지고 있는 기억의 퍼즐들을 제법 그럴싸한 그림으로 맞춰 나갔다. 그러면 희뿌연 안개 속에서 윤곽조차 보이지 않던 그날의 전경들이 하나둘 선명한 색채로 떠오르기 시작했다. 어쩌면 그 기억들은 은밀하고 특별한 비밀을 공유하고 싶었던 경진이와 내가 열에 들떠 만들어낸 이야기일 수도 있지만, 그럼에도 불구하고 우리는 그런 대화를 질리지도 않고 나누었다.

큰 우산 두 개 겹쳐서 텐트 만들었던 거 기억나? 기억나지. 그 안에서 온종일 예쁜 바비 인형 옷을 벗기고 입히고 벗기고 입혔잖아. 개미집은? 기억나. 세상에. 개미집을 헤집어서 개미들을 몽땅 죽였지. 나는 십자드라이버를 쥐고 너는 흰 숟가락을 쥐고. 축축한 흙을 다 파냈어. 개미가 다 죽었어. 맞아. 다 죽였어.

하지만 어떤 것들은, 간혹 경진이가 말하는 토끼를 묻었던 구덩이는 도무지 생각나지 않았다. 차바퀴에 깔려 죽은 토끼를 묻어 주며 내가 엉엉 울기까지 했다는데 아무리 떠올려 봐도 토끼에 대한 기억은 전혀 없었다. 반면 경진이는 한쪽 배가 터진 토끼의 축 늘어진 모습과 구덩이의 크기, 그날의 덥고 습한 날씨와 귓가를 때리던 시끄러운 매미 소리까지 똑똑히 기억하며 내가 그 일을 이토록 까맣게 잊은 것을 이상하게 여겼다.

죽은 토끼와 흙으로 덮은 구덩이는 어디에 있을까. 한번 어두운 땅속에 숨긴 기억은 다시 떠오르지 않았다.

우리는 햇님 슈퍼에서부터 길이 갈라졌지만 경진이가 나를 집 앞까지 자주 데려다주었다. 옆집 외국인 남자와 몇 번 마주쳐 우리는 헬로 하고 인사했다.

중간고사를 보고 푸들이 나를 따로 불렀다. 모두가 담임을 푸들이라고 불렀다. 그사이 푸들은 오로 애들에게 질릴 대로 질려 있었고 우리도 푸들에게 완전히 질려 버렸다. 푸들은 언제나 그 날인 것처럼 굴며 사소한 일 하나하나에 매번 상처를 받았고, 울음을 터뜨렸고, 툭하면 교실을 뛰쳐나갔다. 우리는 그 모습을 신기하게 바라보다가 이내 지겨워했다. 한번은 남자애들이 휴대폰 카메라로 푸들의 팬티 사진을 찍어 돌려 봤다. 푸들은 그 애들이 엄청난 범죄를 저질렀고 결코 가볍지 않은 대기를 치를 기라고 겁을 주었지만 아무도 그 밀을 믿지 않았다. 그 애들은 학생 주임실에서 볼기짝을 좀 두들겨 맞고 모두 집으로 돌아갔다.

시험 보느라 고생했다고. 내가 전교 5등을 했다고. 그런 말을 건네는 푸들의 눈빛은 오묘했다. 유대감을 표하는 듯한, 유대를 기대하는 듯한 눈빛이었다. 그 애들 말야……. 푸들은 경진이와 다른 애들의 이름을 말하며 자연스럽게 한숨을 쉬었다. 너와 나는 그 애들과 다르지 않냐고, 너도 힘들지 않냐고 미심쩍게 동조를 구하는 한숨이었다. 푸들은 학교생활과 진로, 취미, 건강 따위를 에두르며 내게 괜찮은지 물었다. 나는 경멸과 우월감을 담아 모든 게 다 괜찮다고 말해 주었다.

애들은 나를 '오등이'라고 부르며 놀렸다. 내가 공부를 잘하는 것이 모두를 걱정스럽게 했다. 5등은 만만해 보일 수 있어. 머리를 맞대고 고민하던 애들은 우선 내 교복을 벗겨 수선집에 맡겼다. 두 평짜리 수선집 할머니가 대충대충 핀을 꽂아 줄여 준 교복은 팔을 들 때마다 몽땅한 조끼 아래로 셔츠가 삐져나왔고, 좁은 치마폭이 터지지 않도록 앉으나 서나 다리를 꼬아야 했다. 내 교복을 본 엄마는 단숨에 세탁소에서 교복 단을 모두 뜯어 늘려 왔다. 늘릴 구석이 없었는데 귀신 같은 솜씨였다. 어정쩡하게 늘어난 교복을 보자마자 애들은 웃겨서 팔짝팔짝 뛰었다. 하복을 입을 때까지 두고두고 나를 놀렸다.

　가끔 다른 애들과 떠들다가 돌아보면 경진이가 나를 보며 조용히 웃고 있었다.

　그때쯤 엄마와 경진이 엄마가 종종 만나기 시작했다. 학교가 끝나고 집에 가면 이따금 식탁 위에 소쿠리 가득 미나리와 쪽파를 쌓아 두고 다듬는 엄마와 경진이 엄마를 볼 수 있었다. 둘이 고향 친구라는 것 외에 나는 아는 것이 별로 없었다. 엄마는 경진이 엄마를 그냥 경진이라고 불렀고, 나도 경진이 아줌마라고 불렀다. 경진이 아줌마는 경진이보다 눈이 크고 얼굴선이 여성스러운 미인이었다. 나를 보면 짓궂게 옆구리나 가슴을 쿡 찔러 보며 웃었다. 한번은 방금 내 옷 속으로 거미가 들어갔다고 호들갑을 떨어 옷을 홀딱 벗겼다. 속옷 바람으로 발을 동동 구르는 나를 보며 경진이 아줌마는 바닥을 치며 웃었다. 가끔 마주치는 아줌마의 갈색 눈동자는 얇은 유리막이 덮인 것처럼 투명했다. 버스 운전을 하는 경진이 아빠가 퇴근길에 아줌마를 데리러 오기도 했는데, 늘 현관 앞까지만 들어오는 그에게 나는 안녕하세요 하고 인사했다.

경진이는 집 이야기를 잘 하지 않았다. 애들을 집에 데려가는 일도 없었다. 나만큼 경진이 가족에 대해 아는 애가 아무도 없다는 생각을 하면 조금 이상한 기분이 들었다.

반면 다른 애들은 늘 집 이야기를 했다. 항상 가족 중 누군가를 미워했고, 언제나 집에 들어가기 싫어했다. 집에 늦게 들어가려고 학교와 집 사이를 빙빙 돌았다. 막 담배를 피기 시작한 승은이가 고모에게 담뱃갑을 들킨 날엔 매를 맞을 거라고 걱정하는 승은이를 데리고 오로의 골목들을 하염없이 걸었다. 길 위에는 예쁘거나 살아 있는 것이 하나도 없었다. 다목에서 흔하게 보이던 화단과 손질된 나무가 오로에는 없었다. 매는 어차피 맞을 일이었고, 우리도 다 알았지만, 그래도 신발을 느리게 끌며 가장 먼 가장자리로 돌아갔다. 그날 우리는 상고 언니들에게 돈을 뺏겼다. 따뜻한 봄비가 내리기 시작했고, 비를 맞는 우리에게 언니 세 명이 다가와 우산을 씌워 주었다. 무슨 문방구가 어디 있는지 묻다가 이리 와 봐, 이리 와 봐 하며 인적 없는 골목으로 끌고 갔다. 젖은 댓돌 위에 우리를 세워 놓고 언니들은 돈을 달라고 했다. 언니들보다 머리 하나는 더 솟은 승은이가 훌쩍훌쩍 울었다. 나는 주머니를 털어 고작 500원짜리 동전 하나와 100원 짜리 세 개를 꺼내 주었다. 언니들은 난감하게 웃 었지만 그 돈을 받아 주머니에 쑤셔 넣었다. 가면 서 찢어진 우산 하나를 댓돌 위에 놓고 갔다.

시간을 때우기 좋은 곳은 역시 보드게임 카페였 다. 날이 더워지자 에어컨을 마음껏 틀기에 이만한 곳이 없었다. 우리는 게임이 따분해지면 테이블을 닦고 바닥을 쓸었다. 손님은 거의 없었다. 아주 드 물게 여자애들 서너 명이 들어왔다가도 우리를 흘 끔흘끔 보다 나가 버렸다. 알바 아저씨는 될 대로 되라지 하며 우리와 놀았다. 근처 패스트푸드점에 서 햄버거와 프렌치프라이를 사다가 게임 테이블 위에 늘어놓고 우리를 먹이는 것이 그의 주된 일이 되었다. 한번은 아저씨와 내가 햄버거를 사러 나갔 다. 주란이는 훌라를 내리 져서 잔뜩 독이 올라 있 었기 때문에 누가 나가든 신경 쓰지 않았다. 나를 데리고 걸으며 아저씨는 더운 날씨에 대해 이야기 했다. 나는 더위를 안 탄다고 말했다. 그는 내가 여 름에 태어나지 않았느냐고 물었고, 내가 그렇다고,

얼마 남지 않은 내 생일을 알려 주었다. 그러자 그는 선물을 사 주겠다고 했다. 됐어요, 아저씨. 나는 장난인 줄 알고 웃었다. 하지만 아저씨는 정말 나를 화장품 가게에 데리고 들어가 코럴색 립밤을 사 주었다. 나는 얼떨결에 그것을 치마 주머니 속에 넣고 카페로 돌아왔다. 햄버거를 입에 넣고 씹으며 곰곰이 그것에 대해 계속 생각했다. 그날도 나는 해가 지기 전에 먼저 일어났다. 애들은 게임 테이블에 둘러앉아 내게 손을 흔들었다. 나는 카페를 나가면서 카운터에 앉은 아저씨에게 립밤을 돌려주었다. 그가 민망해할까 봐 걸음을 서둘렀다. 계단을 다 내려갔을 때 아저씨가 따라 내려와 내 이름을 불렀다. 나는 그가 오해했을지도 모르는 행동에 대해 변명하려 한다고 생각했다. 그는 다가와 내 눈높이로 고개를 조금 숙였다. 네가 뭐라도 되는 줄 알지. 나는 거의 움직이지 않고 말하는 그의 입 모양을 보았다. 걸레 같은 년이. 그는 숙였던 고개를 꼿꼿이 들고 가만히 내 눈을 들여다봤다.

쉬는 시간이 되면 남자애들이 주야장천 말뚝박기를 하자고 졸랐다. 피가 팽팽 돌아 잠시도 몸을 가만두지 못하는 애들이었다. 우리는 체육복 바지를 입거나 그냥 교복 치마를 걷어 입고 말뚝박기를 했다. 모두가 기세 좋게 달려들었기 때문에 말뚝을 박은 온풍기 겸 에어컨은 구부린 등 모양으로 움푹 찌그러졌다. 있는 힘껏 달음박질쳐 척추와 어깨뼈가 툭 튀어나온 딱딱한 등에 올라타면 땀이 난 이마로 가늘고 차가운 에어컨 바람이 날아왔다.

한번은 말뚝박기를 하다가 세희와 주란이가 싸웠다. 시작은 뒤에서 달려온 주란이가 세희 머리를 들이받은 것인데 불똥이 이상한 데로 튀었다. 하여튼 졸라게 돌대가리야. 세희가 신랄하게 말하자 주란이가 발끈했다. 세희는 아랑곳하지 않았다. 머리가 멍청하니까 좆도 아닌 새끼한테 따먹히지. 주란이가 세희 블라우스 옷깃을 잡았다. 그게 무슨 말이야. 세희도 주란이 멱살을 잡아 올렸다. 그 새끼나한테 존나게 찝쩍댄다고. 주란이는 코웃음 쳤다. 좆 까네 씨발년이. 우리는 세희와 주란이 팔목을 잡고 끌며 말렸지만 화가 난 두 사람 다 힘이 굉장했다. 세희가 악을 썼다. 골빈 년. 젖탱이만 큰 년. 집에 가서 니 병신 새끼나 챙겨. 그때였다. 어느 순간 다가온 경진이가 세희 가슴을 걷어챘다. 세희를 잡고 있던 주란이도 놀라서 세희를 놓쳤다. 바닥에 나동그라진 세희의 하얀 하복 블라우스에 까만 발자국이 났다. 그 자리에 있던 모두가 멍하니 세희 가슴을 바라봤다. 경진이는 바닥에 침을 한 번 뱉었다. 그것으로 끝이었다.

주란이 오빠는 자폐 증세가 있었다. 나는 시간이 조금 지나고 그것을 알게 되었다. 오로 공원에서 오빠와 함께 있는 주란이를 봤다. 커다란 덩치의 오빠는 어린아이 같은 표정으로 공원 한쪽에 서 있는 동상들의 얼굴을 뚫어지게 쳐다보고 있었다. 손을 뻗어 어루만지기도 했다. 나나 다른 사람에게는 아무런 관심도 없어 보였다. 순하고 착해. 주란이는 두툼한 오빠 손을 꼭 붙들고 나를 보며 어른스럽게 웃었다. 그 애들과 잠시 산책을 했다. 주란이는 오빠가 가는 방향으로 걸으며 날아드는 작은 날파리들을 손으로 휘휘 쳐 냈다. 나는 그 뒤를 따라 걸으며 주란이가 교실 콘크리트 바닥에 드러눕혔던 똥의 얼굴을 내내 떠올리고 있었다.

세희와 주란이는 다음 날 팔짱을 끼고 매점에 갔다. 그 둘은 전보다 더 서로에게 다정하게 굴며 모두를 깊이 안도하게 했다. 오히려 어색해진 건 경진이와 세희였다. 예전과 다름없이 다 함께 웃고 떠들어도 미묘하게 경진이와 세희는 말을 섞지 않았다. 우리는 모두 그것을 눈치챘지만 모르는 척했다. 경진이와 세희가 서로 말하지 않아도 우리가 함께 지내는 데는 아무런 문제가 없었으니까. 한동안 세희와 주란이는 우리 교실로 넘어오지 않고 그 애들 반에서 놀았다. 경진이는 조금도 신경 쓰지 않는 눈치였다. 그사이 주란이는 알바 아저씨와 헤어졌다. 내가 뚱뚱해서 그래. 예쁘지 않아서 그런 거야. 엉엉 우는 주란이를 세희가 안아 주었다. 야, 야, 괜찮아. 넌 가슴도 크잖아. 얼마 후 보드게임 카페는 피시방으로 바뀌었다.

그 후로도 우리는 계속 말뚝박기를 했다. 온몸에 땀이 흐르는 찜통 속에서 서로의 등뼈 위로 지치지도 않고 올라탔다. 하루는 말뚝박기를 하던 우리 반 남자애 하나가 집에 돌아가서 풀썩 쓰러졌다. 말뚝을 서다가 등 뒤에 있는 에어컨에 뒤통수를 세게 부딪힌 것이 원인이었다. 점심시간과 나머지 수업 시간 내내 그 애 머릿속에서 조금씩 피가 새고 있었을 것이라고 의사는 말했다. 조금 어지럽고 구토가 났을 거라고. 나는 그날 그 애가 급

식으로 나온 감자 수제비를 먹는 것을 보았다. 그 애는 몇 번 숟가락을 놓쳐 하얀 수제비 떡을 바닥에 흘렸다. 푸들은 그 애가 아직 의식이 없으며 앞으로 교내에서는 누구도 말뚝박기를 할 수 없다고 말했다. 푸들은 스스로도 어떤 일이 벌어졌는지 아직 이해하지 못하는 표정으로 우리 얼굴을 멍하니 들여다봤다. 우리는 얼마간의 성금을 모아 보냈다. 큰 수술을 끝내고 양호한 상태로 회복 중이라는 소식을 몇 주 간격으로 전해 들었지만 그 애는 영영 교실로 돌아오지 않았다.

그동안 두 번의 연쇄 살인이 더 일어났다. 살인범은 두 여자의 두개골에 모두 무쇠 정을 똑바로 대고, 망치로 쳐서 죽였다.

봄이 반에 영건 언니가 전학 왔다. 다니던 학교에서 사고를 치고 이전 퇴학 처분을 받은 언니는 이미 1년을 유급한 상태였다. 성격은 의외로 털털하고 유쾌해서 유급생 티를 내며 겁주는 일 없이 모두와 잘 어울렸다. 봄이와 단짝처럼 붙어 다니며 금세 우리와 친해졌다.

언니는 혼자 사는 나이 많은 외삼촌 집에 얹혀

살며 학교를 다녔다. 1층에 고깃집이 있고 그 위에 검도 학원이 있는 4층짜리 상가 건물 옥탑방이었다. 외삼촌이 이따금 막일을 나가면 우리는 소풍을 온 것처럼 영건 언니네 쨍한 초록색 옥상 바닥에 은색 돗자리를 깔고 누워서 큰 소리로 야한 얘기를 했다. 우리 중에 남자와 자 본 사람은 영건 언니뿐이었다. 언니는 가끔 현기증 나는 야한 말을 내뱉어서 누워 있던 우리를 벌떡벌떡 일어나 앉게 했다. 기겁하는 얼굴을 보며 목이 쉰 것처럼 걸걸한 소리로 웃었다.

처음 잔 새끼는 변태였어. 쌀 때가 되니까 내 목을 조르는 거야. 처음이었으니까 이렇게 하는 게 맞나 일단 가만히 있었지. 목을 조르면서 씨발년, 이 씨발년 하더라. 머리가 핑 돌았어. 토할 거 같았지. 그냥 개를 죽이고 싶더라고. 이 손만 떼 봐라. 배때기를 쑤셔 버릴 거다 생각했지. 까무러치기 직전에 놓아줬어. 야 이 씨발년아! 내가 소리쳤지. 그 새끼도 내 머리를 끌어안으면서 하 이 씨발년, 하더라. 다시 나도 씨발년, 개도 씨발년, 둘이 한참을 그렇게 씨발년이라고 부르는데 그게 좀 이상한 거야. 뭐랄까. 어쩐지 다정한 기분이 들더라고. 언니는 희미하게 웃었다. 사랑받는 느낌 말이야.

그 옥상에 누워 있으면 달고 기름진 양념 갈비 냄새가 올라왔다. 냄새는 창틀과 문틈 사이로 스며들어 장판과 커튼, 장롱 문짝과 식탁, 싱크대, 소금 종지, 양은 주전자, 물컵 따위의 표면에 찐득하게 달라붙었다. 우리는 그늘도 없는 여름 태양 아래서 땀에 흠뻑 젖었다가 고무호스로 목욕을 했다. 옷을 홀딱 벗고 초록색 옥상 바닥에 맨발로 서서 물을 맞았다. 피부와 머리카락에 스며든 기름진 고기 냄새가 모두 씻겨 나갈 때까지 서로의 몸에 물을 뿌려 주었다. 서로의 젖가슴을 보고, 등허리와 배에 붙은 살의 굴곡을 보고, 물이 뚝뚝 떨어지는 가랑이 사이를 봤다. 이따금 서로의 머리를 죽도로 내리치는 어린 남자애들의 기합 소리가 아득하게 들려왔다. 영건 언니는 우리가 귀엽거나 사랑스러울 때마다 씨발년들아 하고 불렀다.

아빠는 어딘가 일을 나가기 시작했다. 아침에 나가서 해가 지면 돌아와 엄마가 차려 주는 저녁밥을 남기지 않고 먹었다. 아빠가 소파에서 사라지자 엄마는 은근히 깔보며 어울리지 않던 동네 아줌마들과 가끔 거실에 모여 앉아 믹스 커피를 마셨다. 알이 굵은 포도 몇 송이를 쟁반에 담아 놓고 하루 종일 수다를 떨 때도 있었다. 엄마와 노는 아줌마들은 대개 동네 쌀가게, 의상실, 햇님 슈퍼 아줌마들이거나 경진이 아줌마와 그 옆집 윗집 아줌마들이었다. 나도 얼굴을 익혀 오다가다 마주치면 안녕하세요 하고 인사를 했다.

손이 큰 엄마가 요리를 하면 집집을 돌며 음식을 나르기도 했다. 엄마가 붉은 팥을 한 솥 쑤어 팥죽을 끓인 밤, 뜨끈뜨끈한 팥죽 대접을 쟁반에 받쳐 몇 집을 돌고 마지막으로 경진이네에 갔다. 경진이네 오렌지색 철문 앞에 경진이 아줌마가 쭈그려 앉아 있었다. 아줌마는 먹은 것을 토하는 사람처럼 지저분한 회벽을 향해 끙끙 앓는 소리를 냈다. 아줌마 하고 불러도 돌아보지 않았다. 잠시 뒤 내 목소리를 듣고 나온 경진이가 아줌마를 부축했다. 취해서 그래. 경진이는 대수롭지 않게 아줌마를 호두나무 아래로 데려다 앉히고 다시 나와서 고맙다고, 잘 먹겠다고 말하며 팥죽을 받아 갔다. 나는 경진이가 한 번도 뒤돌아보지 않고 들어간 오렌지색 철문을 잠시 바라보다가 빈 쟁반을 들고 돌아왔다.

그즈음 경진이와는 별로 대화를 나누지 않았다. 경진이는 대체로 피로하고, 이따금 예민해 보였다. 학교에서 엎드려 자는 시간이 유난히 많아졌고 놀다가 내가 먼저 일어날 때도 따라 나오는 일이 없었다. 교실에서 다른 애들과 웃다가 문득 돌아보면 경진이는 덩그러니 혼자 앉아 아무것도 없는 빈 벽이나 먼 곳의 빛을 보고 있었다.

영건 언니는 특유의 친화력으로 상급생 오빠들과도 친해졌다. 우리도 덩달아 그들과 어울려 다녔다. 오빠들은 쉬는 시간에 2학년 교실로 내려와 우리를 부르기도 했다. 오빠들이 뒷문에 서서 우리와 떠들면 반 애들은 그 주위로 오지 않고 슬슬 피해 다녔다. 세희는 그중 한 명과 사귀기 시작했다. 축제 때 드럼을 쳐서 유명한 오빠였다. 세희는 원래도 예쁘장한 외모로 인기가 많았다. 영건 언니와 세희를 중심으로 우리는 오빠들과 노상에서 술을 마셨다. 주로 오로 공원 정자 위에 봉지 과자와 컵라면, 어묵, 핫바, 과일 통조림을 늘어놓고 종이컵에 소주와 맥주를 섞어 마셨다. 나는 여전히 해가 질 즈음, 그러니까 술자리가 막 시작되기 전에 집으로 돌아가야 했다. 나오면서 돌아보면 경진이는 별로 내키거나 싫은 기색 없이 거기 앉아 있었다. 그 후에 그곳에서 일어난 일에 대해서는 나는 잘 알지 못했다. 그래서 영건 언니가 경진이를 싫어하게 된 계기도 짐작할 수 없었다. 등굣길에 만난 봄이가 그런 낌새를 넌지시 일러 주기 전까지 나는 까맣게 모르고 있었다.

영건 언니는 종종 반 애들의 휴대폰을 빌려 썼다. 길면 반나절에서 이틀까지도 쓰고 돌려줬다. 봄이와 세희도 휴대폰을 빌리기 시작했다. 제한 요금을 다 사용하면 수신자 부담 전화를 받았다. 얼마 뒤 휴대전화 전화 요금이 수십 만 원 나온 것을 수상하게 여긴 한 학부모가 학교에 신고를 했다. 그러자 비슷한 피해자가 수두룩하게 쏟아져 나왔다. 더불어 영건 언니와 애들이 100원씩 500원씩 빌려 가서 갚지 않았다는 얘기가 나왔다. 조서로 작성해 보니 심각하게 보이는 그 돈들에 대해 나는 새삼 기억을 띠올려 보았다. 땅콩비디 샌드위치는 600원인데 100원이 부족할 때, 300원짜리 코코아를 먹으려는데 100원밖에 없을 때, 주변 애들에게 손을 벌리던 것이 시작이었다. 나중에는 그냥 매점에 가서 보이는 아무 애들, 때마침 간식을 사고 거스름돈을 받는 애들을 지켜보다가 돈을 받아 냈다. 그 돈으로 한가득 사 온 과자를 나도 늘 먹었다. 술을 먹기 시작하면서는 더 큰 액수를 과감하게 요구했다. 그런 요구를 받은 애들은 못 이기는 척 돈을 꺼내 주며 스스로의 기분을 위해, 친근함을 과장했다. 야야 빨리 갚아라. 옜다, 옜다, 그지 새끼들. 그렇게 말해 놓고 남자애는 눈을 굴리며 경진이와 승은이 눈치를 살폈다. 이 모든 말이 장난이고 적의는 조금도 없다는 표시로 하하 웃었다. 경진이와 승은이는 그 애 입가에서 웃음기가 완전히 사라질 때까지 무표정하게 서 있었다.

옆 반에서 내 이름이 나오기도 했다. 내 이름을 언급했던 여자애는 잘 생각해 보고 한 말인지, 금방 갚은 돈을 엉뚱하게 기억한 건 아닌지 세희와 주란이가 쏘아붙이자 그 말을 취소했다. 곰곰이 생각해 보니 나는 정말 그 애에게 돈을 빌린 적이 있었다. 봄이가 1000원이 필요하다며 우리 교실까지 올라왔을 때 나는 빌려줄 돈이 없었다. 때마침 복도에서 마주친 그 여자애에게 아무런 생각 없이

1000원이 있느냐고 물었던 기억, 그 애가 흔쾌히 봄이에게 1000원짜리를 건네주던 기억이 떠올랐다. 봄이는 그 돈을 갚지 않았다.

징계 위원회가 열린 날 점심시간에 엄마가 학교로 왔다. 나는 징계자 명단에 올라가지 않았지만 푸들이 내 친구들의 상황을 엄마에게 전했다. 엄마는 교문 앞으로 나를 불러 학교가 끝나면 바로 집으로 오라고 신신당부했다. 나는 알겠다고 대답했지만 속으로는 그러지 않으리라 다짐했다. 애들이 조사를 마치고 오면 만나야 했다. 그마저도 빠지는 것은 비겁하니까.

우리는 오로 공원 정자에서 이 사태에 대해 잠시 걱정하다가 소주와 과자를 사 와서 먹었다. 할아버지들이 머리를 맞대고 바둑을 구경하다가 가끔 우리를 건너봤다. 나는 해가 지고도 자리를 뜨지 않았다. 애들을 거기 남겨 두고 가지 않을 작정이었다. 일단 술을 먹기 시작하자 모두가 걱정을 잊고 신이 났다. 내가 술을 처음 먹어 보고 어지러워하자 엉긴 언니가 옆으로 와 머리를 이께에 기대도록 해 주었다. 언니 몸에서는 빨래방에서 꺼낸 수건 냄새가 났다. 푸근한 살결에 뺨을 비비며 나는 자꾸 졸았다. 그날 영건 언니는 오로에 오기 전에 살았던 해안 도시 이야기를 했다. 벌레 많은 흙벽과 이따금 찾아와 슬레이트 지붕을 날려 버리는 어떤 여름의 태풍에 대해. 잠결에 세희가 우는 소리도 들었다. 더러워. 더러운 년. 세희 엄마가 술집에 나간다는 이야기는 처음 듣는 것이었다. 여기저기서 취한 애들이 훌쩍였다. 영건 언니는 세희의 등을 손으로 쓸어 주며 다정하게 다른 애들을 챙겼다. 봄이에게 물을 먹이고 주란이와 승은이에게 장난을 걸었다.

그날을 떠올리면 이상하게도 경진이가 떠오르지 않는다. 우리 사이 어디쯤 앉아 있었을 텐데 경진이가 누군가와 이야기하는 모습을 한 번도 보지 못했다. 경진이는 정말 거기에 있었을까. 그날 영건 언니는 단 한 번도 경진이를 부르지 않았다.

영건 언니가 푸들을 때렸다. 징계 위원회에서 금품 갈취에 대한 징계 수준을 결정하기도 전이었다. 나는 출석부를 가지러 교무실에 갔다가 우연히 바닥에 무릎을 꿇고 앉은 영건 언니를 보았다. 푸들은 언니를 비스듬히 등진 채 책상에 앉아 있었다.

안경이 벗겨진 푸들 얼굴의 콧등과 턱이 울긋불긋했다. 이제 파마는 거의 풀려 푸들이 아니고 시추처럼 보였다. 마음대로 해요. 언니는 흘러내린 머리카락 사이로 푸들을 쳐다보며 중얼거렸다. 또 전학을 보내든 퇴학을 시키든 마음대로 하라고. 푸들은 돌아보지 않고 책상 위에 놓인 과학책과 참고서, 탁상용 달력, 삼각자, 연두색 메모지, 지우개가 달린 연필 따위를 찬찬히 바라봤다. 나는 이제 초졸이에요. 언니가 빙글빙글 웃었다. 인생 조진 거라고요.

봄이가 전해 준 전말에 따르면, 수업 도중 푸들이 화가 났고 비아냥거리는 영건 언니 눈앞까지 걸어와 삿대질을 했다. 영건 언니가 피식 웃으며 푸들의 손을 툭 쳐 내자 푸들이 언니의 뒤통수를 내리쳤다고. 봄이는 고개를 휘휘 저었다. 용수철처럼 튀어 오르더라. 언니는 용수철처럼 튀어 올라 푸들의 안경을 날려 버렸다. 삽시간에 언니와 푸들이 서로에게 달려들어 얼굴과 목, 가슴을 잡아 뜯고 닥치는 대로 주먹질을 했다. 정말? 내가 놀라서 묻자 봄이가 웃었다. 그 언니 또라이야. 다른 애들도 웃었다. 나는 웃고 있는 애들의 얼굴을 이상한 기분으로 바라봤다. 이 애들은 왜 웃고 있을까. 문득 알 수 없어졌다. 웃지 않는 건 경진이뿐이었다. 경진이는 늙은 여자처럼 무심한 눈동자로 우리를 바라보고 있었다.

징계는 교외 봉사 100시간으로 정해졌다. 영건 언니는 100시간을 추가로 더 받았다. 그렇게 폭행 사건도 마무리되었다. 2학년 남자애들 열댓 명이 패싸움으로 강제 전학을 간 상황에서 나온 솜방망이 처벌이었다. 일을 키우지 말자는 게 학교의 결론이었다. 그리고 여름 방학이 되었다.

그 방학에 일어난 일들은 무엇이었을까. 아주 단조로운 일상 같았던 그 여름, 모두에게 찾아온 이상하고 비밀스러운 기미들을 우리는 어떻게 지나왔을까. 그때를 떠올리면 딱히 의미 없는 전경들이 먼저 떠오른다. 엄마는 등을 만 채 발톱을 자르고 아빠는 베란다에서 하얀 면장갑을 끼고 다년생 식물 화분들을 닦는 주말 아침의 모습. 햇님 슈퍼 평상에 앉아 폭이 넓은 치맛자락 사이로 다리를 드러내고 회색 식혜를 나눠 마시는 동네 아줌마들. 벽지에 곰팡이 냄새가 밴 지하 노래방에서 노래를 틀어 놓고 각자의 휴대폰으로 문자를 보내는 애들.

몇 명이 볼일을 보러 나가고 다른 몇 명이 들어와 작은 방의 자리를 또 그만큼 채우는 지난한 모습들이 눈앞에서 다시 부드럽게 펼쳐지는 것이다. 그런 기억들 속에서 이미 자리하고 있었을 전조를 하나둘 짐작해 보면 가슴 안쪽이 서늘해졌다.

엄마는 방학 동안 나를 집에만 묶어 두려 했다. 징계를 받은 애들 모두로부터 나를 격리시킬 수 있다고 믿었다. 나는 그때까지도 휴대폰이 없었고, 엄마는 이따금 집으로 걸려 온 전화를 받으면 내가 뻔히 옆에 있는데도 이모 집에 갔다고 했다. 물론 아무도 그 말을 믿지 않았다.

승은이와 봄이는 집을 나왔다. 나는 메신저 쪽지로 겨우 그 소식을 들었다. 승은이는 고모에게 새로 생긴 애인이 문제였다. 고모가 없는 한낮에 잔뜩 취해서 찾아와 승은이를 안으려 했다는 것이다. 승은이는 그 남자를 밀쳐 변기를 깨뜨렸다. 산산조각 난 변기를 보자 혼날까 봐 겁이 나 집을 나왔다고. 봄이는 승은이를 따라 나왔다. 늘 집을 나오고 싶었는데 잘되었다며 집에 들이가지 않았다. 승은이와 봄이는 아는 친구들과 동생, 언니, 오빠들 집까지 전전했고, 마땅히 잘 데가 없으면 피시방이나 찜질방, 돈이 없으면 그냥 길거리를 돌아다니며 아침이 오길 기다렸다. 봄이는 메신저로 칫솔과 속옷을 좀 달라고 했다. 나는 티브이를 보는 엄마를 살피며 자연스럽게 검은 봉지에 물건들을 챙겼다. 칫솔 두 개와 팬티 네 장, 양말 두 켤레, 컵라면과 식빵, 사과 두 알, 생수 한 통, 로션과 손거울, 머리 끈까지 꼼꼼하게 담았다. 만 원짜리 두 장은 두 번 접어 양말 속에 넣었다. 나는 그 봉지를 옆집 외국인 남자에게 맡겨 두었다. 그는 한국말이 서툴렀지만 내 말을 이해하고 부드럽게 웃으며 고개를 끄덕였다. 승은이와 봄이는 내가 맡겨 놓은 검은 봉지와 납작한 초콜릿바를 그에게서 받아 갔다.

며칠간 틈을 보다가 몰래 빠져나와 세희 집으로 갔다. 세희와 승은이, 봄이, 영건 언니가 있었고 안쪽 방에서는 세희네 언니가 헤어드라이어로 머리를 말리고 있었다. 곧 주란이도 왔다. 내가 경진이를 찾자 다들 고개를 저었다. 걔 우리 연락 안 받아. 옷 좀 빌리러 갔는데 이걸 던져 주고 그냥 들어가더라. 승은이는 입고 있던 감색 카디건을 손끝으로 잡아당기며 말했다. 방학을 하고 다들 경진이를 거의 보지 못했다고 했다. 세희네 언니가 나가자

세희는 요새 만나는 오빠가 있다고 털어놓았다. 다른 애들은 이미 알고 있는지 키득키득 웃었다. 드럼 오빠와 헤어졌냐고 묻자 세희는 그건 아니라고 했다. 드럼 오빠와 보지 않는 날 가끔 보는 오빠라고. 나이가 많긴 한데 차도 있고 착하다고. 돈줄이지 뭐. 세희가 머리를 쓸어 넘겼다. 그사이 세희는 화장이 옅고 세련돼져서 아주 예뻐 보였다. 애들은 한동안 각자 만나고 있는 남자들에 대해 떠들었다. 내가 모르는 이름이 종종 튀어나왔지만 이미 서로의 연애에 대해 모르는 것이 없어 보였다. 근데 경진이는 혹시 레즈 아냐? 누군가 꺼낸 말에 모두 깔깔 웃었다. 그치, 그년은 남자한테 영 관심이 없지. 도통 뭘 말해 주질 않으니까. 가볍게 한마디씩 거들었다. 걔는 가끔, 영건 언니가 소곤거렸다. 우리가 남자랑 놀면 더러운 거 보듯 쳐다봐.

애들은 그날 밤 기차로 영건 언니가 살던 도시에 갈 거라고 했다. 내일 아침이면 그 도시의 해변을 밟고 서 있을 거라고. 나도 집으로 돌아갈 시간이 돼서 우리는 함께 밖으로 나왔다. 앞서 걸어가는 승은이와 봄이는 못 본 새 살이 많이 빠져 선이 예전과 달라 보였다. 그 애들의 몸이 어쩐지 낯선 방식으로 움직이고 있다고, 나는 생각했다. 갈림길에서 애들은 내게 손을 흔들며 이제 막 어둠이 내려오기 시작한 골목 모퉁이 뒤로 천천히 사라졌다.

사실 나는 방학 동안 종종 경진이를 봤다. 경진이는 자주 햇님 슈퍼에 채소와 달걀을 사러 왔고 나를 마주치면 커피 맛 아이스크림을 사서 둘로 나눠 줬다. 조금 야윈 듯했지만 그런대로 괜찮아 보였다. 우리는 햇님 슈퍼 평상에 나란히 앉아 시시콜콜한 잡담을 나눴다. 넌지시 다른 애들 얘기를 꺼내면 경진이는 표정 없는 얼굴로 뜬금없는 이야기를 했다. 저 멀리 벽돌집을 가리키며 저 집은 언제 헐릴까 묻거나, 우르르 달려가는 어린애들 뒷모습을 눈으로 좇으며 저 애들도 오로에서 애를 낳겠지 하고 중얼거리는 식이었다. 나는 경진이가 속마음을 잘 표현하지 않는 게 실은 섬세하고 조심성 있는 성정 때문이며 상대에게 무해하다는 것을 알고 있었지만, 그런 비밀스러운 기질이 다른 애들에게는 상처를 주고 있다고 생각했다. 그래서 미움을 산다고. 상처와 미움의 연쇄에 대해 골똘히 생각하면 답답해졌다.

그 여름, 엄마와 아빠가 크게 싸웠다. 목이 부러진 선풍기와 그림 액자, 바닥에 널린 깨진 화분 조각과 거름흙. 고꾸라진 티브이 위로 시큼한 냄새의 액체가 흩뿌려져 있었다. 휘발유일 거라고, 나는 생각했다. 그런 모습은 처음이었다. 엄마와 아빠는 늘 집요하게 말씨름을 하다가도 밥 때가 되면 식탁에 앉아 밥을 먹는 사람들이었다. 그들은 내가 들어온 것을 알았지만 여전히 서로를 노려보며 서 있었다. 우유 좀 사 올래. 엄마가 말했다. 나가서 우유 좀 사 와. 나는 매고 있던 가방을 현관 앞에 내려놓고 밖으로 나왔다.

하늘 가장자리에서 붉은 노을이 지고 있었다. 하나둘 노란 불이 들어오기 시작한 가로등 아래에는 수거 딱지가 붙은 앉은뱅이책상과 비스듬히 기울어진 쓰레기 봉지가 있었다. 상하고 무른 과일 냄새가 났다. 그대로 걸어 경진이네로 갔다. 경진이네 집 오렌지색 철문 앞에 설 때까지 나는 무엇을 바라고 거기에 갔는지 몰라 당황하고 있었다. 그 앞을 잠시 서성이다가 문을 밀고 들어갔다. 현관문 옆 2층과 3층으로 이어지는 돌계단 가까이서 여자 웃음소리가 새어 나왔다. 누군가가 끈질기고 집요하게 배를 간지럽히는 듯 자지러지는 웃음소리였다. 경진이 아줌마가 경진이를, 경진이가 경진이 아줌마를 그렇게 할 수 있을까. 나는 호두나무에 기대서 오랫동안 잦아들지 않는 그 웃음소리를 귀 기울여 들었다. 일렁이던 내 안의 수면이 어느새 차갑고 잔잔하게 가라앉았다. 이상하게도 서운한 마음이 들어 나는 도망치듯 등을 돌려 경진이네 집을 빠져나왔다.

애들은 오로 공원에 있었다. 모르는 오빠들도 몇 명 보였다. 승은이와 봄이가 아르바이트를 시작한 주유소에서 같이 일하는 오빠들이었다. 그즈음 승은이와 봄이가 그 오빠들 집에서 잔다는 얘기를 얼핏 들은 적이 있었다. 나는 거기서 조금 떨어진 구석에 앉아 물을 마셨다. 주란이가 팔각정 기둥에 머리를 기대었다. 저 봐라 저. 주란이는 턱 끝으로 애들을 가리켰다. 세희와 승은이가 오빠들과 다정하게 기대선 채 담배를 피고 있었다. 봄이와 영건 언니는 취해서 풀린 눈으로 서로를 부둥켜안고 있었다. 개판이야. 주란이가 속삭였다. 아주 개판이라고. 너도 쟤들이 한심하지? 나는 그런 생각을 해본 적이 없었다. 고개를 돌려 주란이를 봤다. 주란이는 스스로가 어른이 되었다고 믿는 얼굴로 천천히 고개를 저었다. 순간 아주 서늘하고 기묘한 기분이 들었다. 그때는 몰랐지만, 그건 어떤 예감에 가까웠다. 저 애들과 나 그리고 경진이를 서로 다른 곳으로 데려갈 작은 비틀림. 틀어진 방향과 시간의 동력이 만들어 내는, 전혀 다른 공간에 대한 직감 말이다.

그날 엄마와 아빠는 내가 사 온 우유에 말없이 시리얼을 말아 먹었다. 깨지고 날카로운 것만 대충 추려 치운 거실은 여전히 난장판이었고 약간 화면이 흔들리는 아날로그 티브이는 한구석에 지워지지 않는 하얀 얼룩이 생겼다. 티브이에서 나오는 개그 프로그램을 보며 나도 시리얼을 먹었다. 웃긴 장면이 나오면 엄마도 아빠도 서로의 눈치를 보며 조금 웃었다. 사실 뻔하고 수준 낮은 개그였다. 여장을 한 개그맨들은 지루한 표정으로 서로의 뺨을 때렸다. 그때였다. 미니스커트를 입은 남자들의 검은 다리 위로 노인과 여자 등 스무 명을 살해한 연쇄 살인범이 검거되었다는 속보가 떴다. 엄마와 아빠는 무슨 말을 꺼내려다가 우스꽝스러운 탄식을 흘리며 도로 입을 다물었다. 우리는 이상한 침묵

속에서 아주 오랫동안 화면 위에 떠 있는 속보를 잠자코 바라봤다. 시간이 흐르고 그날에 대해 애기해 볼 기회가 있었을 때, 엄마와 아빠는 서로 눈을 피하며 겸연쩍게 웃었다. 그러다 곰곰이 생각에 잠긴 표정으로 그날의 기억을 떠올렸다. 그날의 기분과 생각, 불확실한 마음과 그 속에 품고 있던 다가올 미래에 대한 복잡한 예감들. 한 줄의 속보가 되어 눈앞에서 조금씩 일렁이던 그것은 대체 무엇이었을까.

경찰들은 승은이와 봄이가 일하는 주유소까지 들이닥쳤다. 그 애들은 한번 잠기면 안에서 문을 열 수 없는 경찰차를 타고 각자의 집으로 돌아갔다. 기나긴 방학이 끝난 것이다.

쉬는 시간이 되면 애들은 여전히 우리 반으로 몰려왔다. 책상과 창틀, 교탁, 사물함 아무 데나 다리를 꼬고 걸터앉았다. 그러고는 뒷자리에 앉은 경진이를 그제야 발견했다는 듯, 안녕, 오랜만이야 하고 인사했다. 처음에는 진짜 경진이를 어떻게 대해야 할지 몰라 고민했던 것이었고, 나중에는 순전히 비아냥거리기 위해 그랬다. 그마저도 경진이가 시큰둥한 반응을 보이자 더는 하지 않았다.

나는 다른 애들처럼 경진이를 노골적으로 적대하지는 않았지만, 오다가다 눈이 마주치면 인사를 할 뿐 다른 애들이 불편할 만큼 경진이와 살갑게 지내지도 않았다. 경진이에게 느끼는 냉담한 마음은 나로서도 놀라웠다. 어쩌면 경진이에게 조금 화가 난 것 같기도 했다. 이런 내 마음에 대해 깊게 생각하고 싶지도 않았다. 경진이는 오히려 모두가 자신에게 관심을 꺼 주기를 바라는 것처럼 굴었다. 누군가 어쭙잖게 손을 내밀었다면 도리어 싸늘한 눈길로 무안을 주었을지도 모르겠다. 우리는 경진이가 원하는 대로 그 애를 완전히 자유롭게 내버려 두었고, 혼자가 된 경진이는 편안해 보였다. 어찌되었든 경진이의 행동은 분명 우정을 저버리는 행위고, 배신의 태도라고, 나는 생각했다.

엄마는 이따금 요새 경진이는 어떠냐고 물었다. 경진이와 어울리는 것 역시 달가워하지 않던 엄마가 안부를 묻는 게 이상했다. 그즈음 엄마는 거실에서 동네 아줌마들과 소곤소곤 이야기를 나누다가도 내가 들어오면 입을 꾹 다물었다. 나는 엄마가 무슨 이야기를 들었는지, 무엇을 알고 있는지 단

서를 발견하려고 경진이 안부를 묻는 엄마 얼굴을
찬찬히 들여다보았다. 하지만 그때마다 엄마다운
걱정과 염려, 별 뜻 없이 건네는 인사치레라는 인상
이외에 아무것도 찾아낼 수 없었다. 나는 경진이야
늘 똑같고 그냥 잘 지낸다고 대충 대답했다.

사실 그 당시 나는 전혀 다른 것들, 나에게 부쩍
부쩍 다가오는 여러 가지 새로운 일들에 정신이 팔
려 있었다. 그즈음 남자애들은 한 명씩 좋아하는
여자애를 정했다. 어떤 남자에게나 좋아하는 여자
가 있었다. 나를 좋아하는 남자애도 하나 있었다.
그런 건 요란한 소문으로 먼저 들렸다. 그 애는 앞
반 남자애들 중 하나였다. 앞 반 남자애들은 화장
실 가는 길 복도나 매점 앞에서 나와 마주치면 흘
끔흘끔 쳐다보고 부자연스럽게 주위를 얼쩡거렸다.
나중에 알고 보니 그 애는 햇님 슈퍼집 아들이었
다. 예전에 오로에서 그 애와 나는 친구였다. 다시
돌아온 후에는 거의 모르는 사이로 지냈지만 그
애가 어릴 때 햇님 슈퍼 평상에 앉은 할머니와 엄
마 곁에서 떼를 쓰던 모습을 나는 여전히 기억하고
있었다. 그래서 그 애가 우리 반 뒷문에 서서 나를

불렀을 때 나는 정말 의아한 기분으로 그 애에게 갔다. 그 애는 안녕, 저기, 이거, 같은 단어들을 웅얼거리다가 보라색 편지 봉투와 아직 따끈따끈한 유자차를 주고 갔다.

그 후로 나는 그 애가 우리 반 뒷문으로 찾아와 주는 선물들을 주는 대로 다 받았다. 나중에 그 애와 마주 보고 고백을 거절할 때에도 나는 그것들을 왜 받았는지, 어떤 기분으로 받았는지, 잘 몰랐다. 내가 싫은 거야? 그 애가 물었다. 싫다기보다는. 그럼 좋긴 한 거네? 나는 고개를 저었다. 잘 모르겠어. 마음에 걸리는 게 뭔지 말해 봐. 걸리는 건 없어. 그냥 별로 생각해 보지 않았어. 지금 생각해 보면 되잖아. 급기야 그 애는 조금 초조하게 말했다. 나는 급하게 생각해 보는 시늉을 했다. 음, 아무래도 안 되겠어. 왜, 이유가 뭔데? 나는 슬퍼져서 고개를 절레절레 흔들었다. 모르겠어. 좋은지 싫은지 나도 잘 모르겠다고. 그 애가 붉어진 얼굴로 내게 따졌다. 그럼 넌 아는 게 뭔데? 그날 그 애는 내게 완전히 질려서 다시는 말을 걸지 않았다. 마지막에 그 애는 딱 한번 돌아서 내게 물었다. 근데 너 경진이한테 그래도 되냐? 내가 뭘? 나는 날을

세워 물었다. 한참 동안 물끄러미 내 얼굴을 바라
보던 그 애 눈에 놀라움이 일렁였다. 너, 아무것도
모르는구나? 그 애는 입을 꾹 다물고 더는 한마디
도 하지 않았다. 그날 이후 그 반 남자애들은 복도
에서 나를 마주치면 냉랭하게 지나쳤다.

　한번은 경진이가 내 손목을 잡고 나를 화장실로
끌고 갔다. 승은이와 놀러 와 있던 세희, 주란이가
우리를 따라 천천히 시선을 옮겼다. 나는 교실에서
경진이와 말하지 않은 지 꽤 오래되었고, 그런 생
활에 익숙해진 상태여서 당혹감을 감추지 못했다.
내 표정과 태도 때문에 경진이는 마음이 상했을지
도 모른다. 내가 처음으로 경진이에게 보인 부정의
표시로 보였을지도 모른다. 하지만 경진이는 아무
렇지 않게 내 손을 잡고 인적 없는 교사용 화장실
로 갔다. 이거 벗어. 경진이는 내 치마를 손가락으
로 가리켰다. 여기, 이거. 치마 뒷자락 옅은 체크무
늬 위로 빨간 피가 엄지손톱만큼 배어 나와 있었
다. 나는 고요한 화장실 칸막이에 들어가서 치마
를 벗어 문 너머로 경진이에게 건네주었다. 차가운
변기 뚜껑 위에 앉아, 세면대에서 경진이가 흐르는

물에 내 치마를 적시고 손으로 조금씩 피 얼룩을 문질러 빠는 소리를 가만히 들었다. 화장실 안에 투명한 햇살이 들어와 안개처럼 퍼졌다. 나는 컴컴하고 좁은 칸막이 안에서 문 밖의 빛과 빛 속을 떠다니는 작은 먼지들을 올려다봤다. 그 빛무리 속에서 경진이가 무슨 생각을 하고 있을지 짐작도 되지 않았다.

그날 이후 경진이는 예전처럼 나에게 말을 걸지 않았다. 나도 이해나 고민이 필요 없는 단순한 생활로 다시 흘러 들어갔다. 그것은 방향이나 속도를 염려하지 않고 물이 흐르는 대로 떠다니는 표류에 가까웠다. 일상은 조금도 변하지 않았고 모든 것이 그대로였다. 그러니까, 어쩌면 그때가 경진이와 내가 함께한 마지막 기억이었다. 경진이가 영 학교를 나오지 않게 된 건 좀 더 나중 일이었고, 우리는 같은 교실에서 하루의 대부분을 함께 보냈지만, 또 어렵지 않게 서로의 모습을 지나가는 눈길로 볼 수 있었지만, 그 당시의 경진이를 떠올리려 하면 선명하게 기억나는 것이 없다. 경진이는 늘 책상에 엎드려 잠을 잤고, 아주 가끔 물속을 유영하는 사람처럼 조용히 교실을 걸어 다녔다.

나는 여전히 동네에서 경진이 아저씨를 마주치
면 안녕하세요 하고 인사를 했다.

　경진이가 일주일째 결석을 하고, 아무런 의욕 없
이 출석을 부르던 푸들도 경진이가 학교에 오지 않
는 이유를 아는 사람이 있느냐고 물었던 날, 나는
경진이네 오렌지색 철문 앞에 서 있었다. 엄마 아빠
가 다투었던 날 이후로 처음이었다. 그때 경진이를
만났더라면 어땠을까 하는 생각을 하며 문을 열지
못하고 운동화 끝으로 바닥만 툭툭 찼다. 해가 짧
아진 하늘의 어둑어둑한 가장자리로 거꾸로 누운
초승달이 떠올라 있었다. 결국 내일 다시 올 요량
으로 뒤돌아서려는데 철문 안쪽에서 누가 내 이름
을 불렀다. 너니? 너구나. 목소리는 나를 불렀다.
들어와. 이리 들어와. 나는 벌어진 철문을 밀었다.
경진이 아줌마였다. 아줌마는 호두나무 아래 쭈그
려 앉아 나를 올려다봤다. 머리를 하나로 낮게 묶
고 얇은 하늘색 반팔 티를 입고 있었다. 소매 아래
드러난 아줌마의 팔뚝은 하얗고 앙상했다. 날씨는
완연한 가을이어서 나는 춘추복 위에 카디건을 하
나 더 입고 있었다. 뭐 하세요, 아줌마? 아줌마는

대답하지 않고 웃으며 내게 손짓했다. 나는 아줌마 옆으로 다가가 그 곁에 앉았다.

호두나무 얘기 해 줄까. 아줌마가 말했다.

내가 고향에 살 때 말이야. 너희 엄마도 오로에 오기 전에 살았던 시골에서 말이야. 우리 부모님이 뒤뜰 배추밭을 엎고 호두나무를 몇 그루 심기로 한 봄에 말이야. 내가 딱 너만 했을 거야. 아버지는 나한테도 잎이 무성한 호두나무 묘목을 한 그루 주셨어. 나는 새의 날개깃 같은 잎사귀가 다치지 않도록 품에 꼭 끌어안고 흙이 부드럽고 볕이 좋은 자리를 찾아 이리저리 돌아다녔지. 꼭 알맞은 자리가 있었어. 연한 들풀이 깔린 근처에 구릉이었는데 수로에 흐르는 시냇물 소리가 거기까지 들렸어. 나는 묘목 뿌리를 감싸고 있던 종이와 거즈를 조심스레 풀어내고 파내야 하는 땅의 깊이를 어림잡아 보았어. 한두 뼘 파면 되겠다고 생각했지. 노란색 플라스틱 손잡이가 달린 모종삽으로 땅을 파기 시작했어. 땅은 겨우내 얼었다가 녹아 잘 지은 쌀밥처럼 구슬구슬 부풀어 있었어. 그런 흙을 파내는 건 조금도 어렵지 않았지. 나는 그때까지도 아무런 낌새를 채지 못했어. 토끼가 나타났다는 걸 말이야.

토끼는 갑자기 내 곁에 다가와 있었어. 검은 초승
달 같은 귀 끝을 제외하면 온통 새하얀 토끼였지.
태어난 지 얼마 안 된 어린 토끼가 분명했어. 토끼
는 까만 눈으로 내가 파 놓은 구덩이를 가만히 가
만히 바라보고 있었지. 마치 그곳에 내 눈에는 보
이지 않는 무언가가 있다는 듯이 말이야. 그 순간
신기한 일이 벌어졌어. 토끼가 조금 달라 보이는 거
야. 작고 연약한 귀, 빠르게 심장이 뛰는 둥근 등,
하얀 털 속에 숨긴 투실투실한 뒷다리가 어쩐지
달라 보였어. 마치 잘라 낼 수 있는 하얀 덩어리처
럼 보였어. 나도 모르게 손에 든 모종삽을 토끼 등
에 꽂아 넣었어. 삽은 아무런 저항 없이 토끼의 몸
속으로 빨려 들어갔어. 꼭 부드러운 두부 같았어.
털도 뼈도 없는 기름덩이를 휘젓는 느낌이었어. 삽
은 내 손에서 칼이 된 거야. 나는 나무를 심으려고
했는데 베고, 자르고, 도려내는 칼이 된 거야. 토끼
몸에서 따뜻한 피가 흘러나왔어. 그제야 토끼가
죽었다는 걸 알았지. 눈물이 났어. 너무 무서웠지.
나는 덜덜 떨리는 손으로 토끼를 구덩이 속에 넣고
호두나무 묘목과 함께 묻었어. 토끼는 내 옆에서
가만히 가만히 구덩이 속의 자기 영혼을 보고 있었

던 걸지도 몰라.

아줌마는 갑자기 내 존재를 잊은 것처럼 입을 꾹 다물고 아무것도 없는 빈 땅을 내려다봤다. 내가 굳은 몸을 일으켜 천천히 뒷걸음질 치고, 마당을 완전히 벗어날 때까지.

경진이한테는, 문제가 있었어.

오랜 시간이 흐른 뒤에도 엄마는 여전히 아줌마를 경진이라고 불렀다. 아주 오랜 후에, 엄마는 불현듯 경진이 아줌마 이야기를 꺼냈다. 엄마가 기억하는 아줌마의 어린 시절 모습부터, 그곳에서 시작된 어떤 기미들이 그녀의 삶 전체로 퍼져 나갔던 과정을 두서없이 이야기했다. 내가 경진이와 함께 학교를 다니던 무렵에 생겼던 아줌마의 문제, 그때 엄마가 내게 숨기려고 애썼던 비밀들이었다. 엄마는 경진이 아줌마에게 오랫동안 내재된 문제가 있었고, 그것이 사라지지 않고 이따금씩 삶의 터무니없는 순간순간 수면 위로 떠올랐다고 생각했다. 집 안 곳곳에 새카만 구멍을 내고 가족들의 마음까지 텅 비게 만들었다고. 그것을 가여워했다. 그건 어떤 연유도 죄도 없이 생긴 깊고 어두운 구덩이였다.

경진이가 가만히 가만히 들여다보던 미래였다.

너는 그때 경진이랑 어떻게 된 거니?

엄마는 의심하거나 비난하는 기색 없이 내게 물었다. 기울어진 이마에 손을 얹고 생기가 모두 빠져나간 고단한 눈길로 나를 바라봤다. 순간 엄마는 아주 늙고 볼품없어 보였다. 갑자기 엄마가 이렇게 늙은 여자가 되어 버렸다는 사실에 나는 당혹스럽고 슬퍼져 한참 동안 그 얼굴을 거울처럼 들여다봤다.

그해 겨울이 오기 전에 두 사람이 죽었다.

한 사람은 영건 언니였다. 나는 그 소식을 뉴스로 먼저 봤다. 오토바이를 타고 해안 다리를 건너던 중학생 남녀. 헬멧을 쓰지 않고 달리다가 덤프트럭과 충돌. 남자아이는 사고 현장에서 팔과 목이 부러진 채로 달아났다. 면허가 없어 겁이 났다고 후에 진술했다. 뒤에 타고 있던 여자아이는 그대로 날아가 가로등 기둥에 머리를 박고 즉사했다. 내일 아침 날씨는 맑고 화창하겠다는 일기 예보가 연이어 나왔다. 학교에 가서야 죽은 여자아이가 영건 언니라는 것을 알았다. 영건 언니는 어린 여자아이

가 되어 죽었다. 까진 여자애가 남자랑 놀다 죽었
다고 사람들은 수군거렸다. 아무도 우리에게 영건
언니의 빈소를 알려 주지 않아 우리는 조문도 하지
못했다. 그냥 자기 몫의 의자나 차가운 길 위에서
잠시 언니의 죽음에 대해 생각했다.

얼마 뒤 푸들이 죽었다. 푸들은 차가운 바람이
부는 일요일 아침에 창문을 활짝 열어 두고 방에
서 목을 매달았다. 푸들의 부모님은 교회에서 아침
예배를 드리고 돌아와 천천히 바람에 흔들리는 딸
의 시체를 발견했다. 남기는 말도 편지도 없는 차
가운 죽음이었다. 물론 신호는 있었다. 그 주말을
앞둔 금요일에 푸들은 우리에게 초콜릿을 나눠 주
었다. 정갈한 글씨로 한 명, 한 명의 이름을 모두
적은 초콜릿이었다. 푸들의 유서가 되어 버린 우리
의 이름을 우리는 구겨서 아무 데나 버렸다. 푸들
은 과학고를 조기 졸업하고 대학을 3년 만에 졸업
한 고작 스물두 살짜리 여자였다. 그때 처음 그것
을 알고 조금 놀랐던 기억이 난다.

옆집 외국인 남자는 겨울이 오기 전에 그의 나
라로 돌아갔다. 그의 나라에는 겨울에도 눈이 오
지 않는다고 했다. 이곳은 너무 춥고 조용한 나라

라고 했다. 그는 떠나기 전에 내게 전자 키보드를 주고 갔다. 상한 데 없이 깨끗해서 소중하게 관리한 것이 분명해 보였다. 건반을 누르면 정확하고 아름다운 소리가 났다. 벽 너머에서 그런 소리가 들려온 적은 한 번도 없었다. 낯선 나라의 작은 방에서 연주하지 않는 건반을 바라보는 것은 어떤 기분이었을까. 다정하고 잔잔한 눈길로 세상을 보던 이국 남자의 이름을 나는 끝내 알지 못했다.

그리고 경진이.

경진이가 교실 안에서 너무나 희미하게 존재하다가 사라졌기 때문에 우리는 한참 시간이 흐른 후에야 경진이가 완전히 떠났다는 것을 알았다. 그때쯤 우리는 경진이가 어떤 사람이었는지, 우리와 어떤 사이였는지 잘 떠올리지 못했다. 불과 몇 달 전까지 경진이와 함께했던 시간들을 머나먼 시절처럼 아득하게 기억했다.

어떻게 그럴 수 있었을까.

경진이에 대한 생각을 나는 어떻게 멈추고 외면할 수 있었을까. 어떻게 도망쳤을까.

어쩌면 대수롭지 않은 일이었다. 그 시기에는 누구나 아무 노력 없이 몸이 자랐고, 이해하지 않아

도 조금씩 어른이 됐다. 매일 모르는 사이에 무언
가를 잃어버리고 그것을 잃었다는 사실도 쉽게 잊
었다. 친구의 이름. 얼굴. 어제의 즐거움. 두려움.
화답을 기대하는 마음. 슬며시 생겨난 앙심. 단순
하게 반복되는 폭력. 결별. 지난 계절의 더위. 추
위. 꿈. 불가해한 죽음. 지속되지 않는 다짐. 너를
버린다는 말. 그 모든 것들이 기억 너머로 가라앉
는다. 아래로 더 아래로 가라앉아 깊은 구덩이 속
에 고이고, 바로 거기, 잔잔한 수면이 생긴다.

경진이는 우리 세계에서 훌쩍 나가 버렸다. 추운
겨울에 남겨진 건 우리뿐이었다.

다만 눈이 오던 날, 경진이 동생을 한 번 봤다.

우리는 오로 공원 팔각정에 앉아 있었다. 몸을
좀 녹이려고 따뜻한 핫초코 캔을 손에 쥐고 홀짝
였다. 오로 공원 구석에 있는 동상들은 하얀 눈을
맞고 있었다. 키가 작고 허리가 굽은 다섯 노인들
이었다. 늙은 여자들 같기도 했고, 늙은 남자들 같
기도 했다. 오로에는 다섯 노인이 살았대. 그래서
오로라고 부른대. 주란이가 아는 체를 했다. 우리
는 그것이 무슨 의미일까 생각해 봤지만 아무도 그

럴 듯한 해석을 내놓지 못했다. 후진 동네라는 거지. 다 같이 하하 웃을 때 봄이가 손을 뻗어 누군가를 가리켰다. 저기. 우리는 고개를 돌려 긴 그림자를 달고 공원 가장자리로 느릿느릿 걸어가는 뒷모습을 보았다. 경진이 동생이야. 경진이 동생은 그새 키가 조금 컸고 머리를 짧게 잘랐다. 밤톨처럼 둥근 머리가 걸음걸이에 맞춰 천천히 흔들렸다. 저 너머 어딘가에 반드시 그 애가 가야 할 곳이 있는 것처럼, 단조롭고 일정한 속도로 우리 시야에서 멀어지고 있었다. 소름 끼쳐. 승은이가 팔을 감쌌다. 애들은 경진이 동생에 대한 소문을 다시 떠올리며 경멸의 눈빛을 보냈다. 나도 그 소문을 들어 알고 있었다. 경진이 동생은 남자애들 몇 명과 함께 같은 반 여자애를 때렸다. 여자애는 사흘 만에 혼수상태에서 깨어났다. 여자애는 경진이 동생이 자기 옷을 벗기고 헤어드라이어 전선으로 손발을 묶었다고 진술했다. 나는 콩나물이 든 검은 봉지를 들고 수줍게 뒤돌아 인사하던 경진이 동생을 여전히 생생하게 떠올릴 수 있었다. 경진이네 가족이 모두 도망치듯 이사 가 버렸기 때문에 그 애가 아직 학교에 다니고 있는지 아닌지 알 수 없었다. 경진이네가 떠나고 그 집에는 동쪽 담벼락을 향해 크게 휘어진 호두나무 한 그루만 남아 있었다.

나는 앞머리를 쓸어 올려 애들에게 이마의 흉터를 보여 주었다. 경진이 동생이 남긴 거라고 하자 애들은 신기해하며 눈꽃처럼 작게 패인 자리를 구경했다. 세희는 치마를 걷어 올려 허벅지 뒤쪽 살을 보여 주었다. 초등학교에 들어갈 즈음 자전거를 타는데 어떤 남자애가 자전거 꽁무니를 확 잡아당겨 회전하는 뒷바퀴에 다리 살이 빨려 들어갔다고 했다. 주변에는 누군지 잘 몰라도 가끔 어울려 놀던 동네 꼬마들이 여럿 있었다. 세희는 걔들 중에 누가 그 남자애인지 여전히 몰랐다. 승은이는 조금 은밀한 목소리로 소곤거렸다. 나는 장을 요만큼 잘라 냈어. 어릴 때 급성 탈장이 왔는데 시간을 지체해서 장기를 절제할 수밖에 없었다고 했다. 그때는 승은이 부모님이 아직 이혼하지 않았던 때였지만, 승은이는 홀로 남겨진 집에서 먹은 것을 토하며 밤이 올 때까지 울었다. 주란이도 수술을 했다. 주란이는 혀를 길게 내밀어 우리에게 보여 주었다. 나는 태어났을 때 혀가 두 개였어. 자세히 보니 주란이 혀는 조금 울퉁불퉁하고 색깔이 검었다. 돌

이 될 때까지 두 개의 혀로 살다가 수술을 했다고
했다. 뱀처럼? 애들이 깔깔 웃었다. 주란이 부모님
은 주란이가 말을 더듬으며 살까 봐 매일 밤 식탁
에 마주 앉아 손을 모으고 기도했다. 봄이는 양말
을 벗고 발바닥에 있는 화상 자국을 보여 주었다.
세 살 때, 방바닥에 부주의하게 놓인 뜨거운 찻주
전자를 밟았다고 했다. 색이 어둡고 쭈글쭈글한 흉
터는 이국의 해안 지도처럼 보였다. 봄이는 자신이
평생 밟고 살아갈 그 해변의 나라, 어쩌면 봄이가
영원히 갈 수 없을지도 모르는 땅의 단서를 다시
양말 속으로 감췄다.

고요한 눈의 바다 아래로 모든 것이 가라앉고
있었다. 불현듯 언젠가는 오로를 떠나야 한다는 생
각이 들었다. 벽에 그림 액자가 한 점도 걸리지 않
은 초라한 집들과 다룰 줄 아는 악기가 하나도 없
는 딱한 아이들이 없는 곳으로. 하지만 당장 우리
눈앞에 보이는 것은 세상과 함께 눈 속에 파묻히는
다섯 노인들이었다. 상처와 흉터마저 주름에 파묻
힌, 모두 똑같은 얼굴을 하고 있는 노인들 말이다.

미래와 밤

무엇을 만드는지 물었을 때, 계나는 빙긋 웃으며 가르쳐 주지 않았다. 계나는 자르지 않은 생닭의 내장과 불순물을 맨손으로 손질하고 있었다. 우리와 가족이 된 후로 그녀는 가끔 서프라이즈 선물을 준비하듯 요리를 만들었다. 요리사 남편이 죽고 까다로운 입맛만 남았다고, 그래서 요리가 늘었다고, 계나는 자주 농담했다.

딸이이는 의지 위에 올라가 계나의 요리를 구경했다. 아이는 계나의 모든 말과 움직임에 매번 감탄했다. 이제 다섯 살이 된 어린 여자아이의 눈에 계나는 그 아이가 한 번도 닿아 본 적 없는 머나먼 세계의 사람이었다. 계나의 말투에서 느껴지는 독특한 억양과 늙은 사람이 가지게 되는 뻑뻑한 거죽의 감촉을 아이는 신비롭게 여겼다. 할머니가 아니라 놀라울 만큼 부드러운 털을 가진 강아지나 어디로 날아갈지 짐작할 수 없는 파랑새가 생긴 것처럼 즐거워했다.

계나가 만든 음식은 닭을 통째로 오븐에 구워 낸 바비큐 요리였다. 계나는 그것을 먹기 좋게 잘라 제일 먼저 딸아이의 접시 위에 올려 주었다. 그녀는 아이를 늘 사랑스러워했다. 남편과 내 접시에도 닭고기를 올려 주며, 이제 맛을 보라고 우아하게 말했다. 아직 60대인 그녀는 여전히 밝은 피부와 대체로 검은 머리칼을 가지고 있었다. 몸매도 별로 흐트러지지 않아 맵시가 괜찮았다. 내가 맛이 아주 좋다고 하자 계나가 말했다.

"이건 칠면조 맛을 흉내 낸 거야. 칠면조를 먹어 본 적 있니?"

나는 고개를 저었다. 칠면조는 내가 딸아이만큼 어릴 때 멸종했다. 칠면조가 아직 이 땅에 살아 있을 때에도 딱히 먹을 일이 없었을 것이다.

"칠면조는 정말 눈 깜짝할 사이에 멸종해 버렸지. 병이 돈다 싶더니 수천 만 마리의 칠면조가 괴사하고 몇 년 만에 조류학회에서 공식 멸종을 선언했어. 순식간이었지. 칠면조가 사라지지 않았다면 추수 감사절도 사라지지 않았을 거라고, 우리 때는 자주 농담했단다."

남편은 이미 계나에게 수도 없이 들은 농담이라고 속삭여 나를 웃겼다.

"그냥 닭고기 맛인데요?"

딸아이가 입안의 살코기를 오물거리며 말했다.

"아니야. 이건 아주 칠면조와 흡사한 맛이란다."

아이 입가에 묻은 번들거리는 기름을 닦아 주며 계나가 말했다.

"하지만 별로 다르지 않다고 느끼는 것도 당연하지. 칠면조가 멸종한 건 어쩌면 닭이 칠면조를 대신할 수 있어서니까. 꼭 필요한 종(種)이었다면 치료제든 백신이든 만들어서 어떻게든 살렸을 거야."

딸아이는 골똘한 표정으로 고기를 씹으며 이미 세상에서 사라져 버린 새의 맛을 찾아내려 애썼다. 하지만 단 한 번도 칠면조와 공존한 적 없는 아이에게 그건 거의 불가능한 일이었다.

"물론 추수 감사절은 한국의 명절이 아니니까 상관없는 일이지만 말이다."

계나가 칠면조 맛 닭고기를 음미하며 말했다. 남편과 나는 뜨악한 얼굴로 서로를 바라봤다. 딸아이가 까르륵 웃으며 말했다.

"할머니 한국은요……."

할머니에게 물을 한 잔 가져다 드리라고, 내가 재빠르게 말했다. 아이는 착하게 고개를 끄덕이고 물 잔을 가지러 갔다. 남편은 걱정스러운 표정으로 계나의 얼굴을 들여다보고 있었다.

계나의 상태가 나빠진 것을 처음 안 건 나였다. 나는 그녀의 예순 번째 생일파티를 상의하기 위해 지구 남반구로 전화를 걸었다.

"환갑이라니. 내가 말이니?"

계나는 믿기지 않는다는 듯이 웃었다.

"아가. 너 만한 나이일 때 나는 쉰쯤에 은퇴하고 제주도에서 10년쯤 살다가 예순에 죽고 싶었어. 바다로 둘러싸인 섬에서 직접 만든 반찬으로 밥을 먹고 커피를 마시고 책을 읽는 거야. 해안선을 보면서 달리고 수영과 몇 가지 악기를 배우며 사는 거지.

상추도 키울 생각이었어. 물을 주면 쑥쑥 자라는 정직하고 부드러운 풀들 말이야. 그렇게 살다가 예순이 되면 자살하는 삶을 꿈꿨었어. 그런데 내가 벌써 예순이라니, 우습지 않니? 감기에도 벌벌 떠는 할머니가 되리란 걸 그때는 짐작도 하지 못했지."

꿈 한번 쿨하네요 하고 나는 대답했다. 그때 나는 정말 그렇게 생각했다. 계나의 삶이 움직여 온 방식을 존중하고 있었다.

"그런데 정말 웃기는 건, 내가 단 한 번도 제주도에 가지 못했다는 거야. 세상에서 제일 큰 섬에서 30년을 넘게 살았는데, 한국의 작은 섬이 뭐라고, 그게 뭐 어려운 일이라고, 나는 아직까지 그 땅을 밟아 보지도 못했어."

거긴 이제 한국 땅이 아니지 않느냐고, 그래도 정 마음이 쓰이면 이번 생일에 그 섬에 가자고, 해안선을 보고 수영을 하고 상추도 먹고 오자고, 나는 계나를 타일렀다.

"한국 땅이 아니라니?"

계니는 재미있어하는 투로 물었다.

"그럼 거긴 누구 땅이니?"

델몬트가 샀잖아요 하고 대답하는 동시에 나는

이상한 직감에 휩싸였다. 그건 거의 확신에 가까운 무서운 예감이었다. 수화기 너머에서 계나는 한동안 말이 없었다.

"과일 주스 브랜드를 말하는 거니? 한국 땅을 델몬트가 샀다고?"

나는 눈을 질끈 감았다 떴다. 거실에서는 남편과 딸아이가 하얗고 단단한 복숭아 조각을 베어 먹고 있었다. 그들에게, 아무것도 짐작하지 못하는 계나의 직계 가족들에게, 이 일을 어떤 방식으로 전해야할지 아득해졌다. 그런 시간 속에서도 계나는 천진하게 내 대답을 기다리고 있었다. 나는 계나에게, 결국 이렇게 말해 줄 수밖에 없었다.

한국은 이제 없잖아요.

계나는 깜짝 놀라다가, 몇 번 되묻다가, 곰곰이 생각해 보다가, 힘없이 수긍했다.

"아 그랬지. 맞아. 이제 한국은 없지."

한국이란 국가가 공식적으로 사라진 건 5년 전이지만, 이미 내가 초등학교를 졸업할 무렵엔 한 조각의 땅도 남김없이 팔린 상태였다. 한국뿐 아니라 전 세계 모든 나라가 너덜너덜한 주식처럼 팔려

나갔고, 결국 모조리 팔렸다.

시작은 그리스의 파산이었다. 2020년대에 기상 이변으로 생겨난 새로운 재난 '뇌운'이 그리스의 복잡한 산맥을 타고 내려와 수많은 도시를 폐허로 만들었다. 번개의 신 제우스를 가진 나라에게 그건 의미심장한 멸망의 징조였다. 재정 상태가 나빴던 그리스는 가장 피해가 적은 아테네를 팔아야 했다. 정확히는 디즈니가 정식으로 그리스 정부에게 아테네 인계를 제안했다. 대지 매매가 아니라 모든 권한을 포함한 영토 매매였다. 당시 외신들은 그 상황에 황당함을 감추지 못했지만 머지않아 놀라운 광경을 마주했다. 결과적으로 아테네 인수에 천문학적인 돈을 지불한 디즈니가 어떤 나라도 손쓰지 못했던 망가진 도시들을 구제해 냈다. 아테네는 기업에게 팔린 최초의 도시가 됐다. 그곳은 국가 없이 자족할 수 있는 것은 들짐승이거나 신일 거라고 장담했던, 아리스토텔레스의 나라였다.

그 사건은 어떤 해답처럼 퍼져 나갔다. 어느 나라에나 크고 작은 재난이 찾아왔고, 질병이 돌았다. 전쟁도 일어났고 단순한 파산일 때도 있었지만 모든 나라가 팔리기 시작했다. 도시와 길이 팔렸고, 군대와 시장이 팔렸다. 학교와 문화재까지 팔렸다. 나라를 산 기업은 부자가 되어 더 많은 나라를 샀다. 한국은 너무 늦지도 이르지도 않은 때, 적당한 값에 팔렸다.

"그냥 좀 얼떨떨했어. 그런 식으로 나라가 망할 수도 있구나. 부도가 나면 나라도 사라지는구나."

멀쩡한 정신일 때의 계나는 한국이 사라진 것에 대해 별로 충격을 받지 않은 것처럼 보였다. 오히려 무심하고 냉소적인 태도에 가까웠다.

"100년 전에 한국은 식민지에서 해방됐어. 그때 사람들은 나라를 되찾으면 세상이 뒤집힐 거라고 생각했지. 모든 것이 바뀔 거라고 믿었던 것 같아. 하지만 사실 크게 변한 건 없었거든. 사람 사는 게 다 비슷해. 그러니 한국이 없어졌다고 해서, 나라로부터 해방됐다고 해서 달라지는 건 별로 없어."

가끔은 이런 농담도 했다.

"동해물과 백두산이 마르고 닳도록 하느님이 보우하사 우리나라 만세. 이건 사라진 노래야. 동해물과 백두산과 하느님과 우리나라도 모두 사라지고 없는 것들이지."

하지만 정신이 온전치 못할 때의 계나는 어김없

이 한국이 사라진 것을 잊었다. 매번 한국이 없다
는 것에 깜짝깜짝 놀라곤 했다.

계나는 나와 같은 한국어족으로 한국에서 호주
로 이민을 간 뒤, 그곳에서 남편을 낳았다. 그 시절
나라와 나라 간의 이민은 아주 복잡한 절차와 조
건이 필요했다. 계나는 행복하게 살기 위해 그 모
든 과정을 통과했다고, 한국 국적을 포기하고 호주
시민권을 얻어 냈다고, 어린 시절 남편에게 자주
말했다.

계나의 시대는 전 세계 노동 시장이 어설픈 과
도기를 겪고 있었고, 복지와 노후와 물가가 조금도
안정되지 않은 시대였다. 그 당시 사람들이 입을 모
아 말하듯, 삶에 대한 질문을 잃어버린 시기였고,
노력한 만큼 잘 살지 못하는 것이 당연하던 시절
이었다. 필요에 의해 나라를 선택한 계나는 시대를
앞선 세련된 사고방식의 여자였다. 나는 남편에게
그런 계나의 이야기를 전해 들을 때마다 감탄하고,
조금은 감동받기도 했다.

호주에서는 페라리와 람보르기니가 접전을 벌이
다가 페라리로 흡수 합병되었다. 페라리는 도시와

도시 사이의 간격이 멀고, 도로의 자동차 유동량이 적어 과속 운전이 가능한 호주 시장을 장악하며 '슈퍼 기업'으로 성장했다. 모든 슈퍼 기업이 그러하듯 지금 페라리는 수많은 계열사를 가지고 있는데, 향수와 잡화 브랜드가 유명하고, 호텔과 외식 산업에서도 크게 영향력을 발휘하고 있으며, 특히 베이스 지역인 호주 농장에서 전 세계 농산물의 30퍼센트를 수확하고 있다.

"페라리가 밀가루 브랜드가 될 줄 누가 알았겠니?"

당시에 계나가 일하던 어학원도 페라리에 인수되어 계나는 페라리 어학원 회계사가 되었다. 일하던 건물의 층수도 책상 위치도 바뀌지 않았다. 슈퍼 기업은 모든 분야에 계열사를 만들고 그 회사의 상품들만으로도 자급자족이 가능한 시스템을 구축했다. 그 과정에서 더 큰 기업이 작은 기업을 먹고, 더 거대한 기업이 되었다.

물론 슈퍼 기업도 살 수 없는 것이 있었는데, 그중 하나가 종교였다. 그러자 대부분의 기업이 종교인, 특히 크리스천을 사원으로 받지 않겠다고 표명했다. 국가도 세금도 없는 세상이 되자 교회로 흘러들어 가는 헌금이 막대했기 때문이다. 그로 인해

수천 년 역사의 기독교가 사라지고, 부활절과 성탄절이 사라졌다. 추수 감사절이 사라진 건 칠면조의 멸종 때문이 아니었다. 그건 더 이상 신이 일용할 양식을 주지 못했기 때문이다. 식량은 기업에서 나왔다.

호주는 거의 독점되었지만, 전(前) 한국 지역과 대부분의 지역은 여러 회사 사람들이 혼합되어 살았다. 회사마다 급여와 복지와 혜택에 장단점이 있었다. 그 회사가 제휴를 맺고 있는 타사가 어딘가에 따라서도 많은 것들이 달라졌다. 가령 페라리 사원은 주거와 식료품에서 큰 혜택을 보지만, 자사 계열사도 제휴처도 없는 의료 분야에는 취약해 맹장에만 걸려도 몇 개월 치 생활비를 지불해야 했다. 반면 남편과 내가 소속된 카카오는 의료 분야에서 독보적이었다. 알츠하이머 증세가 있는 계나는 치료를 위해 페라리에서 사직하고 남편에게 의탁했다. 슈퍼 기업은 사원의 부양가족에게도 동일한 혜택을 주었다.

한때 한국이었던 땅으로 다시 돌아온 날, 계나는 말했다.

"좋은 세상이 되었지 뭐니? 필요에 따라 회사를

고를 수 있잖니."

정말이었다. 사원은 회사의 자산이었다. 사원은 곧 소비자였고, 시장이었고, 경쟁력이었다. 모든 사람은 자유롭게 자신이 원하는 조건의 회사로 이직할 수 있었다. 사원들의 이직을 막기 위해 회사들은 경쟁적으로 좋은 조건을 내걸었다. 이제 전 세계 대부분의 사람들은 주 4일 동안 하루 6시간을 일한다. 많아진 여가 시간엔 기업의 상품을 소비한다. 이러한 선순환 속에서 사원은 최대 행복을 얻을 수 있는 최선의 회사를 고른다. 물론 모두가 정직원이다.

하지만 계나는 정신이 흐릿해지면 문득 묻는다.

"아무 회사에도 소속되지 못한 사람들은? 그 가족들은?"

나는 계나의 입에서 흘러내리는 맑은 침을 닦아 준다. 그러면 계나는 곧 대화에 흥미를 잃고 어린아이처럼 딸아이와 논다. 가끔 계나는 무용하고 무가치한 의문에 오랫동안 골몰했다.

이제 국경과 정부는 사라졌다. 일본과 미국, 터키, 체코, 노르웨이, 아르헨티나라고 불렸던 그 어디라도 자유롭게 갈 수 있다. 어디에나 기업이 있고, 기업은 모든 소비자에게 공평하다. 소비자는 태어난 땅과, 인종, 성별, 언어, 신념에 따라 차별받지 않는다. 세금도, 제한도 없다. 치안은 기업이 의탁한 전문 치안 업체에서 관리하고 법규가 사라졌지만 사칙과 엄격한 '매너', 확실한 신분이 도시를 유지한다. 모두가 어딘가의 사원이기 때문이다.

"기업사(史)를 배운다고? 역사처럼 배운단 말이니?"

계나는 재미있어했다. 딸아이가 어린 아이들을 위한 교육 만화에서 맥도날드와 코카콜라의 합병 과정을 보고 온 참이었다. 맥콕(Mcoc)의 탄생은 기업사에 빠질 수 없는 사건이었다.

"맥도날드랑 코카콜라라니. 나는 아직도 웃음이 난다. 카카오도 그래. 그건 원래 메신저 어플 회사였어. 카톡, 카톡, 귀여운 알림음과 함께 불현듯 세상에 나타났지. 카카오 종합 병원이 전 세계에 생길 줄 누가 알았겠니?"

이제 계나에게는 이따금 나이 든 여자의 모습이 보인다. 무엇이든 둔하게 반응하며 주위 사람들보다 조금 큰 목소리로 말한다. 그녀는 알고 있는 추억을 되새기며 대부분의 시간을 보냈고, 몇 가지 농담을 자주 반복했다. 병원에 가는 길이면 차창 밖으로 거리의 모습을 하염없이 내다봤다. 더 이상 한국이 아닌 그곳에서, 씨제이와 현대와 하리보와 멀버리와 한화와 와이지와 카카오가 남은 그곳에서, 세상이 움직이는 방식을 볼 수 있다는 듯이, 지혜로운 여자의 얼굴로 그것들을 바라봤다.

어쩔 때는 계나가 내게 묻는다.

"삼성은 사라졌니?"

네. 여기저기 흩어졌어요.

"애플은?"

호가든에 흡수됐어요. 이제 호가든 폰이 나와요.

"정말 이상하지."

계나는 고개를 갸웃거린다.

"무언가는 그대로 남고 무언가는 사라지는 일말이야."

나는 그건 자연스러운 일이라고, 필요와 수요가 없는 건 모두 사라졌다고, 계나에게 말해 주지 않는다. 계나가 한국이 없다는 걸 잊을 때마다, 왜 한국이 사라졌냐고 물을 때마다 조금은 고민한다. 그녀에게 거짓말을 해 줄까. 그녀가 기쁘도록 어르고 달래 줄까. 한번은 그런 적이 있다. 아직 한국은 있다고, 아무 걱정하지 말라고, 계나에게 다정하게 말해 주었다. 예상과 달리 계나는 웃지 않았다. 입을 꾹 다물고 한마디도 하지 않았다. 늙고 병든 여자를 동정하는 마음을 알고 있다는 듯이, 계나는 내 말을 믿지 않았다.

딸아이는 계나의 품으로 파고들어 자는 것을 좋아했다. 계나가 딱딱한 손으로 머리와 등을 쓸어 주며 가만가만 들려주는 이야기를 재밌게 들었다. 계나는 아이에게 신이 세상에 관여하고, 왕자와 공주가 사랑하고, 영웅이 악당을 무찌르던 세계의 이야기를 들려주었다. 그리고 그런 옛날이야기를 말하듯, 사라진 나라의 이야기를 들려주었다. 곰과 호랑이가 동굴에서 마늘을 먹던 이야기나, 날개 달린 말이 품던 알에서 사내아이가 나오는 이야기였다. 사람들이 지형이나 종교와 같은 이유로 무리를 짓고 시시때때로 싸우던 시절의 이야기였다. 수십 년간의 휴전 상태 그대로 사라진 나라의 이야기였다. 나라를 빛낸 자랑스러운 사람의 이야기도 있었고, 나라를 팔아먹은 매국노의 이야기도 있었다.

어떤 강의 기적과, 어떤 배의 침몰도 있었다. 아이
는 그 모든 이야기를 신화와 전설처럼 듣는다. 단
한번도 나라를 가져 본 적 없는 아이는 이야기에
푹 빠져 황홀한 얼굴이 되지만, 절대로 그런 세계
를 이해하지 못한다. 그건 아이의 세상에서 영원히
사라진 세계였다.

그럼에도 계나는 아이의 침대 맡에서 아이 쪽으
로 몸을 기울이고, 어두운 방에 켜 둔 오렌지색 스
탠드 불빛에 반쯤 모습을 드러낸 채, 나직하고 조
용한 목소리로 그 시절을 이야기한다. 그런 세상이
있었다고, 모두가 그렇게 살았다고. 서운하지도 노
하지도 않은 얼굴로 말한다. 그 순간 아이에게 계
나는, 전설처럼 보인다.

기분에 이르는 유령들

현철 씨가 딸의 지갑을 열어 본 것은 딸이 죽기
나흘 전의 일이었다. 딸은 친구들과 점심을 먹은 후
면접용 구두를 사기 위해 다니던 대학교 인근의 백
화점 엘리베이터를 탔다. 그 엘리베이터 안에는 딸
말고도 두 명의 여자가 더 있었지만 느닷없이 검은
비닐봉지를 들고 달려든 괴한에게 pH 2.1의 염산을
얼굴에 맞은 사람은 딸뿐이었다. 경찰은 현장에서
제포된 30대 남성의 자백을 토대로 그 사건을 불특
정 여성에게 반감을 품은 묻지 마 범죄로 결론지었
고, 딸은 병원으로 이송된 지 아홉 시간 만에 깨진

손거울로 손목을 여러 차례 그었다. 봉합수술을 받았지만 출혈량이 많아 곧 혼수상태에 빠졌다. 현철 씨는 그 모든 일이 일어난 후에 연주의 연락을 받았다. 딸의 병실 앞에서 만난 연주는 탈수 증세가 있어 보였지만 침착하게 입을 열었다.

"아내와 어린 아들이 있대. 아내는 편집증이 심해서 잠든 사이에 휴대폰을 뒤지거나 외출 후에 벗어 놓은 속옷에 코를 대고 냄새를 맡아 보기도 했대. 한번 의심이 시작되면 감정이 극도로 불안정해져서 자해를 하기도 했나 봐. 그런데 그 여자가 아주 예민해졌을 때 젖을 먹던 아이가 그만 젖꼭지를 세게 깨문 거야. 아주, 운이 나쁘게도 말이야."

연주는 물어뜯던 손을 무릎 위에 내려놓으며 잠시 숨을 골랐다. 그리고 마치 퀴즈를 내듯 물었다.

"아이가 어떻게 되었을 것 같아?"

물끄러미 바라보는 연주의 눈동자는 충혈되어 있었다. 이미 현철 씨는 병원으로 오는 길에 통화한 담당 형사로부터 범인의 진술 내용을 전해 들은 후였다. 그 여자는 아이의 얼굴에 샤워기로 뜨거운 물을 부었고, 어린 아이의 연한 피부는 온수의 온도를 견디지 못하고 녹아내렸다. 그 여자의 남편은 여자에 대한 증오심에 휩싸여 백화점 한복판에서 염산을 뿌렸고, 딸은 그 염산을 얼굴에 맞았다. 그러나 현철 씨는 남자가 무차별 염산 테러를 벌인 것보다 딸이 동맥이 끊어질 때까지 자신의 손목을 위아래로 긁었다는 사실에 더 큰 충격을 받았다. 딸이 그런 난폭한 행동을 할 수 있다는 것을 믿을 수 없었다. 현철 씨는 연주에게 뭐라 대꾸하지 못하고 그저 그녀의 무릎 위에 가지런히 놓인 차가운 손을 잡았다. 그런 현철 씨의 손등을 보며 연주가 기운 없는 목소리로 물었다.

"그 아이가 젖꼭지를 깨물지 않았다면 우리 아이는 괜찮았을까?"

이혼 이후 처음 듣는 '우리 아이'라는 말에 현철 씨는 가슴이 두근거렸다. 내색하지 않으며 연주의 손을 더 세게 움켜잡았다. 무엇을 해야 할지 몰랐지만 무엇이든 할 수 있을 것 같은 기분이었다. 현철 씨에게는 다른 여자가 없었고 몇 년 전 박봉의 물리학 시간 강사를 그만두고 작은 제약 회사에 들어간 덕분에 모아 둔 돈이 조금 있었다. 그 돈으로 보험이 되지 않는 딸의 치료비를 충당할 수도 있을 것이고 이 갑작스러운 사고에 연주와 딸이 비참해

지지 않도록 도울 수도 있을 것이다. 어쩌면 딸의
얼굴은 생각보다 손쉽게 고쳐질 수도 있고 다른 여
자들처럼 구두를 신고 면접을 보고 평범한 직장에
다니게 될지도 몰랐다. 현철 씨는 가슴이 뜨거워졌
다고 생각했다. 그러나 연주가 골똘히 얼굴을 기울
이며 손목처럼 하얗고 반들반들한 병원 바닥을 향
해 왜 이렇게 되었을까 왜 이렇게 되었을까 속삭이
자, 그 뜨거운 느낌은 금세 사라졌다.

　필요한 물건들을 챙겨 오기 위해 연주가 집에 간
사이 현철 씨는 딸이 누워 있는 중환자실 맞은편
대기실에 앉아 있었다. 연주는 경찰이 추가 증거물
로 요청한 물건들이 들어 있는 쇼핑백을 남겨 두고
갔는데 거기에는 염산으로 엉망이 된 옷가지와 딸
의 지갑이 들어 있었다. 마모가 조금 있는 다홍색
중지갑은 현철 씨도 몇 번 본 적이 있는 것이었다.
한 달에 한 번 정기적으로 만나 저녁을 먹을 때면
딸은 식탁 위에 그 지갑을 올려놓곤 했다. 현철 씨
는 딸이 화장실에 갔을 때 가끔 지갑 안에 용돈을
넣어 두기도 했다. 딸이 용돈 이야기를 꺼낸 적은
한 번도 없었다.

　현철 씨는 별다른 의도 없이 딸의 지갑을 열어

보았다. 의문이나 직감 같은 단어는 조금도 떠올리지 못한 순진한 얼굴로. 지갑 안에는 수납 칸을 채우고 있는 여러 가지 종류의 카드와 얼마간의 현금, 그리고 아무렇게나 구겨진 영수증이 가득했다. 주로 식사 영수증이었는데 번화가의 스시집이나 일본 가정식 식당, 호텔 뷔페나 근교의 전골 요릿집에서 대학가 삼겹살집까지 다양했다. 점심때도 있고 그보다 이른 시간이거나 늦은 저녁 시간일 때도 있었지만 같은 곳에서 두 번 식사한 영수증은 없었다. 영수증은 모두 2인분 식사였다. 현철 씨는 딸에게 남자가 있다고 생각했다. 펼쳐 본 영수증을 꼼꼼하게 접어 다시 딸의 지갑 안에 넣고 차갑게 식은 두 손에 얼굴을 묻으며 대수롭지 않게 그 생각을 잊어버렸다.

현철 씨가 딸에 대해 아는 것은 많지 않았다. 딸이 중학교에 입학할 무렵 연주와 이혼했고 그 전에도 종종 별거했기 때문에 딸과의 사이는 썩 각별하지도 어색하지도 않았다. 한 달에 한 번 가졌던 저녁 식사는 의무감에서 비롯된 딱딱함이나 적의와 서글픔이 교차하는 자리는 아니었다. 그것은 습관처럼 행해지는, 현철 씨에게도 딸에게도 별다를 것 없는 저녁 식사였다. 식탁 위에 저녁이 차려지면 딸이 주로 말하고 현철 씨는 가만히 듣다가 고개를 끄덕이거나 그렇구나, 재미있구나 대꾸하곤 했다.

정말로 딸의 이야기는 재밌었다. 웃기거나 드라마틱한 이야기는 아니었지만 무심히 귀를 기울이며 듣게 되고 어느 날 잠들기 전 침대 위에서나 퇴근길 버스 정류장에 앉았을 때 불현듯 머릿속에 다시 한 번 떠오르는 종류의 이야기였다. 딸이 아직 고등학생이던 어느 날엔 같은 학년이지만 대화를 나눠 본 적 없는 한 여자애 이야기를 했다.

그 애는 매일 나랑 한 정거장 떨어진 곳에서 버스를 타요. 등교를 할 때는 내가 먼저 타고 하교를 할 때는 그 애가 먼저 내려요. 그러니까 나는 그 애와 전혀 모르는 사이지만 그 애가 어디쯤 살고 몇 시쯤 학교를 가고 또 몇 시쯤 집에 가는지 알고 있었던 거예요. 아주 무심결에요.

그렇게 말하며 딸은 물을 한 모금 마셨다. 현철 씨는 말없이 물병을 들어 딸에게 물을 따라 주었다. 물이 반쯤 남아 있던 딸의 컵에서 쪼르르 맑은 소리가 났다.

그런데 지난주에요. 정말 추웠던 날 있잖아요? 수년 만의 폭설이라고 떠들썩했던 큰 눈이 내리기 바로 전날 말이에요. 그날은 눈구름 때문에 아침인데도 한밤처럼 깜깜해서 늦잠을 잤어요. 거의 수업이 시작했을 시간에 버스를 탔는데 그 애도 그 버스에 타는 거예요. 나는 그 애가 자리에 앉으며 가방을 벗어 무릎 위에 올려놓는 모습을 지켜보았어요. 교복을 입은 학생이라곤 나랑 그 애밖에 없었으니까 내가 착각한 게 아니에요. 그 애는 얇은 감색 재킷만 입고 있었고 장갑이나 목도리는 하지 않았어요. 낮게 묶은 머리 사이로 보이는 귀가 아주 빨갰어요.

딸은 잠시 말을 멈추고 현철 씨를 물끄러미 바라봤다. 이어진 목소리는 느리고 부드러웠다.

그날 복도를 지나가다가 우연히 그 애를 또 봤어요. 그 애는 친구와 이야기하면서 걸어오고 있었는데 그 애들 곁을 지나는 순간 대화 소리가 들렸어요. 아주 짧은 순간에요. 그 애 친구가 춥지 않느냐고 물었고 그 애는 목도리를 버스에 풀어 놓고 그냥 왔다고 말했어요. 나는 그때 잠깐 걸음을 멈추고 돌아보았는데 그 애가 멀어지면서 다시

한 번 말했어요. 오늘 처음 매는 보라색 목도리였는데…… 복도 끝으로 걸어가고 있는 그 애의 귀는 여전히 아주 빨갰어요. 그날 온종일 그 애의 보라색 목도리에 대해 생각했어요. 내가 보지 못한 보라색 목도리는 어디에 있지? 내가 본 보라색 목도리를 하지 않은 그 애는 어디로 사라졌을까? 그러다 문득 이런 생각이 들었어요. 어쩌면 버스에서 그 애를 주시할 때, 눈꺼풀을 내리감았다가 다시 뜨는 찰나의 순간 깜빡, 그 애가 다른 사람으로 바뀌어 버린 게 아닐까. 보라색 목도리를 처음으로 목에 두르던 다른 세계의 기억을 가진 채 말이에요. 물론 그 애는 그냥 거짓말이 하고 싶었을 수도 있어요. 불현듯 튀어나온 말일 수도 있죠. 하지만 그런 거짓말을 하는 기분과 두 우주가 겹쳐지는 순간이 정말 다르다고 할 수 있을까요?

딸은 입술을 오므리고 물을 한 모금 더 마셨고 더는 아무 말도 하지 않았다. 현철 씨는 그 이야기가 재미있다고 생각했고 무언가 어울릴 만한 이야기를 해 주고 싶었지만 그저 딸의 컵에 물을 좀 더 따라 주었다.

딸의 이야기는 대개 친구에 관한 이야기거나 친

구에게 들은 다른 친구의 이야기였다. 이제와 돌이켜보니 딸의 이야기는 하나도 없었다. 현철 씨는 자신이 기억하지 못하는 어떤 순간이 있으리라 믿고 곰곰이 딸과의 저녁 시간들을 떠올려 봤지만 기억 속 어디에도 딸의 이야기는 없었다. 결국 현철 씨는 지난 십여 년간 딸과 다른 사람들의 이야기만 해 왔다는 사실을 깨닫고 조금 어리둥절해졌다. 어쩌면 자신의 딸이 매 저녁 식사 때마다 의도적으로 선별하고 신중하게 계획한 이야기를 들려주며 그 이야기를 듣는 자신의 얼굴을 가만히 들여다보았을지 모른다는 생각이 들자, 몹시 두려워졌다.

딸이 대학에 가서 소설을 쓰게 된 것은 자연스러운 일일지도 몰랐다. 딸은 이따금 자신이 쓴 소설을 깨끗한 용지에 프린트해 음식이 담긴 접시 옆으로 건네주곤 했는데 현철 씨는 한 번도 딸의 소설을 끝까지 읽어 본 적이 없었다. 딸의 글은 입담과 달리 한 문단을 읽고 다음 문단으로 넘어가면 앞서 읽었던 내용이 무엇이었는지 잘 생각나지 않았다. 어렵게 쓴 글은 아니었지만 이상하게도 매번 끝까지 읽는데 실패했다. 그래도 기억에 남는 문장은 있었다. 어린 연인이 작고 어두운 레스토랑에서 식사를 할 때 흘러나오던 노랫말이었다.

'나는 강간으로 태어났어요. 아름답고 평범해요.'

수상한 촛불들이 가득한 그곳에서 연인은 슬픔에 잠겨 있었다. 그들은 죽은 누군가에 대해 말하고 있었고, 이따금 따뜻한 물수건이나 새 포크를 주문할 뿐 좀처럼 음식을 먹지 못했다. 사실 현철 씨는 이러한 소설의 정황을 확신할 수 없었는데, 차갑고 반듯하게 인쇄된 그 노랫말의 철자들 사이를 오랜 시간 맴돌며 읽었던 것은 분명했다. 그때 현철 씨는 웬일인지 침울하고 불쾌해져서 더 이상 그것을 읽지 못했다. 다음 저녁 식사에서 딸이 그 소설에 대해 물었을 때, 주인공이 너랑 많이 닮은 것 같더구나 하고 둘러댔다.

얼굴 전체에 붕대를 감고 있는 딸은 아름답지도 평범하지도 않았다. 혈색이나 눈짓, 입가 근육의 움직임이 가려진 딸의 얼굴은 차갑고 완고해서 병실에 들어서는 사람들을 압도했다. 손목의 봉합자국은 잘 눈에 띄지 않았다. 딸은 80시간가량 의식이 돌아오지 않고 있었고 긍정적인 어조로 이야기하던 의사도 점차 입을 다물었다. 간호사들이 여덟 시간마다 고름이 들러붙은 딸의 붕대를 벗기고 일 그러진 눈두덩과 광대와 턱에서 목으로 이어지는 피부에 약을 발라 주었는데, 그때마다 발작적으로 울음을 터뜨리는 연주와 달리 현철 씨는 괜찮았다. 붕대 아래 가려졌던 딸의 얼굴을 확인하고 나니 오히려 면회가 허락되지 않던 시간 굳게 닫힌 병실 문 앞에서 다친 딸의 모습을 상상하고 오한을 느낄 때보다 편안하고 고요한 마음이 되었다.

그런 마음이 들 때면 현철 씨는 화들짝 놀라 딸의 병실을 뛰쳐나왔다. 길고 좁은 병원의 복도를 걸으며 그에게 찾아온 이름 없는 감정에 대해, 그것이 주는 죄책감에 대해 생각했다. 딸은 사고를 당했고, 그 사고엔 누구의 책임도 없었지만, 그래도 사고는 일어났고, 방향을 알 수 없는 죄의 작용을 현철 씨는 속수무책으로 감당할 뿐이었다. 잠을 자지 않으려는 연주의 등을 밀어 집으로 보내고 병원 편의점에 기대서 인스턴트 야채죽으로 늦은 점심을 먹을 때에야 현철 씨는 조금 안도감을 느꼈다.

현철 씨가 병실로 돌아왔을 때 작은 체구의 여자가 어깨를 들썩이며 흐느껴 울고 있었다. 자신을 딸의 대학 동기라고 소개한 여자는 유난히 검은 눈동자와 입술을 붉게 강조한 화장 때문에 유화 물감을 풀어 놓은 팔레트처럼 진한 인상을 풍겼다. 좋은 재질의 옷을 입고 있었고 신고 있는 에나멜 플랫과 손에 들고 있는 작은 토트백의 가죽은 새것처럼 반질반질했다. 이런 여자가 딸의 침대 위에 엎드려 눈물을 쏟아 냈다니 현철 씨는 이상한 기분이 들었다. 병실에서 나와 대기실 의자에 앉은 여자는 붉어진 눈으로 현철 씨를 못 미덥게 쳐다봤다. 아빠가 안 계시다고 들어서요. 여자는 변명하듯 말하다가 손으로 입을 막았다. 현철 씨는 머쓱하게 웃으며 자판기 커피를 건넸다. 여자는 조금 머뭇거리다가 테이블 위에 놓인 종이컵을 두 손으로 감싸쥐었다. 딸과 친하게 지냈느냐는 현철 씨의 물음에 여자가 고개를 끄덕였다.

"싸운 상태이긴 하지만요."

뜻밖에 말에 현철 씨는 깜짝 놀랐다. 딸이 친구와 싸웠다는 말은 들어 본 적이 없었다. 딸의 친구를 보는 것도 처음이었다. 현철 씨는 천천히 심호흡을 하며 여자가 설명해 주길 기다렸다. 여자는 작게 고개를 저으며 말했다.

"사실 저도 이유를 몰라요. 내비게이션 때문이 아닐까 하는데⋯⋯."

내비게이션이라고? 현철 씨가 되묻자 여자는 고민하다가 천천히 고개를 끄덕였다.

"네, 운전석 옆에 달아 놓는 내비게이션이요. 수업이 끝나면 제 차로 함께 이동할 때가 많았는데, 어느 날 제가 커피를 사서 차로 돌아왔을 때 내비게이션을 보고 있었어요. 최근 검색한 지명이나 지나온 경로 따위를 말이에요. 저도 모르게 뭐하고 있느냐고 물었는데, 화들짝 놀라더니 이내 입을 다물었어요. 그 후로 저한테 화가 나 있었죠."

여자는 기억을 더듬듯 잠시 생각에 잠겼다. 그리고 살짝 신경질적으로 다시 한번 말했다.

"맞아요. 저한테 화가 나 있었어요."

현철 씨는 불현듯 딸이 저녁을 먹으며 들려주었던 한 이야기가 떠올랐다.

졸업을 하고 은행에 들어간 선배가 있어요. 은행을 다니면서 선배는 고약한 취미가 하나 생겼는데, 아는 사람들의 동장 내역을 보는 거예요. 그 사람이 무엇을 먹고 어디에 갔는지 휴대폰 대금이나 후불 교통 카드 요금은 얼마인지 다 살펴보고 그 사람을 만나면 아무것도 모르는 사람처럼 시치미를 뗀대요. 심지어 선배의 여자 친구가 잔다고 했던 시간에 술집이나 편의점에서 결제한 사실을 알고도 모르는 척하는 거예요. 어느 날 여자 친구가 산부인과에서 카드를 쓴 적이 있는데 얼마 안 되어 통장에서 현금 40만 원을 인출했대요. 그 후로 반 년 넘게 만나고 있지만 여자 친구가 아이를 가졌다고 말한 적은 없대요.

어쩌면 딸의 이야기는 다른 사람들의 이야기 속에 숨겨져 있을지도 모른다고, 현철 씨는 생각했다.

여자는 굳게 닫힌 딸의 병실 문을 바라보고 있었다. 여자의 옆얼굴과 매끄러운 병원 바닥 위로 초겨울의 차가운 햇살이 길게 내려앉았다. 창백한 빛줄기를 타고 작고 가벼운 먼지들이 바람 없는 복도를 떠다녔다. 여자는 이미 식은 커피를 양손에 쥐고 있었고 그녀의 손가락 사이로 보이는 종이컵은 잇자국이나 립스틱 자국 하나 없이 깨끗했다. 현철 씨는 문득 딸의 친구가 임신 중이라는 이상한 확신이 들었다. 그만 가 보겠다고 돌아서는 여자를 향해 현철 씨는 충동적으로 물었다. 다행히 그 질문은 혹시 임신 중이냐는 무례한 질문은 아니었다.

현철 씨는 딸이 지금 만나고 있는 남자가 있느냐고 물었다. 여자는 잠시 숨을 멈추었다가 아주 곤란하다는 듯이 대답했다.

"그런 이야기는 잘 하지 않았어요. 나이가 많은 남자라는 것만 알고 있어요."

더 이상 말하지 않겠다는 태도였다. 여자는 복도 끝을 돌아 완전히 사라졌다. 현철 씨는 텅 빈 대기실에 앉아 여자가 오래도록 바라보던 딸의 병실 문을 똑같이 바라보았다. 그 일은 현철 씨와 딸 사이의 거리를 부유하고 있는 먼지들의 알 수 없는 경로를 보는 일 같기도 했고, 길게 드리워진 빛의 모호한 윤곽을 추리하는 일 같기도 했다. 분명한 것은, 저 문 너머에 죽어 가는 딸이 있었다. 얼굴과 목에 하얀 붕대를 감고 누워 있는 딸을 현철 씨는 조금 알 수 없게 되었다. 딸의 얼굴은 어떠했더라. 아주 예뻤던 딸의 얼굴이 기억나지 않았다. 딸의 지갑에서 사진이 있는 신분증을 꺼내 보지 않은 것이 뒤늦게 후회되었다. 그런 후회는 길고 좁은 복도 끝에서 연주가 나타날 때까지 이어졌고, 연주가 현철 씨 곁에 다가와 어떤 유대감과 절박함을 담아 한쪽 어깨를 살며시 잡았을 때, 증거물로 제출한 딸의 지갑을 이제 돌려받을 수 있을지도 모른다는 생각에까지 이르렀다. 현철 씨는 자신의 어깨를 누르고 있는 연주의 손을 잡으며 경찰서에 다녀오겠다고 말했다.

경찰서에서 현철 씨는 딸의 지갑에 대해 한마디도 꺼낼 수 없었다. 서의 입구에서 두리번거리던 현철 씨를 딸의 담당 형사가 먼저 알아보고 다가왔다. 그는 마침 연락하려던 참이었다며 소란스러운 조사실 너머 조용한 방으로 현철 씨를 데려갔다. 유리창 너머로 취조실이 보이는 폐쇄된 공간이었는데, 현철 씨는 그곳의 무거운 공기에 주눅이 들었다. 무엇이 잘못되었느냐고 묻는 현철 씨에게 담당 형사는 눈길도 주지 않은 채 말했다.

"우선 이걸 보시죠."

담당 형사는 취조실 유리창과 나란히 놓인 모니터에 한 영상을 재생시켰다. 취조실의 녹화 영상인 듯 했는데 검은 벽지를 바라보고 있는 남자의 등을 보자마자 현철 씨는 그가 누군지 알아차렸다. 그는 현철 씨가 상상했던 것보다 왜소하고 초라한 모습으로 어깨를 구부리고 앉아 있었다. 그는 차분하게 진술하고 있었고 대부분 현철 씨가 담당 형사에게 들었던 내용과 거의 다르지 않았다. 의부증 아내가 있었고 외도의 증거는 한 번도 나오지 않았지만 흥분한 아내는 아주 난폭해져서 결국 아이에게 뜨거운 물을 부었다는 이야기. 담당 형사는 재빨리 다음 영상을 보여 줬다. 또 다른 취조 영상이 있었는데 남자는 꽤나 무료해 보였다. 딱딱한 책상을 사이에 놓고 마주 앉은 담당 형사가 잔뜩 약이 올라 손바닥으로 책상을 내려치기도 하지만, 남자는 아랑곳 않고 종이에 낙서를 했다.

"여기, 이거."

담당 형사는 영상을 멈추고 특정 부분을 크게 확대시켰다. 남자가 낙서를 하던 종이였는데 그곳에는 성의 없는 글씨로 딸의 이름이 적혀 있었다. 어리둥절해진 현철 씨에게 담당 형사가 짐짓 심각한 표정으로 말했다.

"피해자 이름을 알고 있었습니다."

현철 씨는 일시 정지된 화면의 글씨를 눈도 깜빡이시 않고 바라봤다. 익숙히면서도 낯선 딸의 이름이 흐릿한 화질로 일렁이고 있었다. 담당 형사는 이어서 다른 영상을 보여 줬다. 백화점 엘리베이터

내부를 비추는 시시 티브이 영상이었다. 현철 씨가 이미 예상했듯 얼마 지나지 않아 카메라 앵글 안으로 베이지색 코트와 앙고라 카디건을 입은 딸이 들어왔다. 뒤이어 검은 모자를 눌러쓴 남자가 빠르게 안으로 달려들었는데 끔찍한 사고가 일어나기 직전에 담당 형사는 영상을 멈췄다.

"잘 보세요."

담당 형사는 바로 다른 영상을 재생시켰다. 마찬가지로 백화점 시시 티브이 영상이었고, 백화점 정문의 카메라와 화장품 매장 근처의 카메라 영상을 연달아 보여 주었다. 모든 영상에서 베이지색 코트와 앙고라 카디건을 입은 딸이 지나갔고, 그 뒤를 따라 검은 모자를 눌러 쓴 남자가 이동하고 있었다.

"보셨죠? 정확히 피해자를 노린 표적 테럽니다. 까다로운 경로로 강산을 구입한 정황을 보면 충동 범죄도 아니고."

현철 씨는 손이 떨려서 두 손을 맞잡았다. 담당 형사는 담배를 하나 꺼내 물며 무심하게 덧붙였다.

"이런 경우 금전 아니면 치정이에요."

현철 씨는 순간 현기증이 나서 두 눈을 질끈 감았다. 말도 안 된다고 고개를 가로저으며 다시 눈을 부릅떴을 때, 여전히 정지된 모니터 화면 속에서 딸은 조금 들뜬 표정으로 무언가를 구경하고 있었다. 시시 티브이 영상은 딸의 얼굴을 겨우 형체만 구분할 수 있을 정도로 화질이 엉망이었지만 현철 씨는 딸의 표정을 선명하게 알아볼 수 있었다.

"이상한 건 이놈이 거짓말을 하고 있다는 건데. 우발 범죄인 척 연기하는 계획범은 많아도 묻지 마 범죄인 척 보이려는 놈은 없어요. 형량이 가중되니까요. 어쩌면 이 새끼, 그냥 또라이일지도 모릅니다."

담당 형사는 쿨한 농담을 한 것처럼 현철 씨를 돌아봤다. 말없이 꾸벅 인사하고 돌아서는 현철 씨의 등을 향해 담당 형사는 조사 결과가 나오면 연락하겠다고 했다. 현철 씨는 딸의 지갑을 돌려받지 못하고 경찰서를 나왔다. 어두운 표정으로 무언가를 우물거리며 가는 남자와 탁한 눈의 노인을 뒷좌석에 태우고 서행하는 경찰차가 현철 씨 옆으로 지나갔다. 차로 돌아와 시동 꺼진 운전석에 앉고서야 딸의 지갑 속 영수증들이 떠올랐다. 번화가의 스시집이나 일본 기정식 식당, 호텔 뷔페나 근교의 전골 요릿집에서 대학가 삼겹살집까지 크고 작은 크기의 식탁들이 떠올랐다. 딸의 지갑 속 영수증들을 꺼내어 버리지 않은 것이 후회가 되었다. 경찰 조사에서 그 남자의 카드 내역이나 자동차 내비게이션의 경유지가 딸의 영수증에 찍힌 식당들과 일치할 수도 있었다. 이제 현철 씨는 딸의 얼굴을 떠올릴 수 없었다. 병실에서 연주가 기다리고 있다는 것을 알았지만 꼼짝도 할 수 없었다. 그저 차갑게 식은 자동차 핸들 위에 이마를 대고 불손한 예감들이 지나가길 기다렸다.

'나는 강간으로 태어났어요. 아름답고 평범해요.'

불현듯 딸의 소설 속 노랫말이 떠오른 것은 이상한 일이었다. 많은 일들이 연유나 전조 없이 일어났다. 그 소설 속 어린 연인은 슬픔에 잠긴 게 아니라 떨리는 화를 억누르고 있었을지도 모른다. 누군가의 죽음이 아니라 서로의 죽음에 대해, 새로 주문한 깨끗한 포크가 얼마나 쉽게 사람의 목을 꿰뚫을 수 있는지에 대해 이야기하고 있었을지도 모른다. 현철 씨는 어쩐지 그 소설 속 연인한테서 딸의 비밀을 발견하게 될지도 모른다는 직감에 휩싸였다. 자동차 시동을 켜고 잠시 기다렸다가 퍼뜩 놀란 사람처럼 가속기를 밟았다.

사실 현철 씨가 저녁 식사에서 딸에게 들려주려고 준비한 이야기가 없던 것은 아니었다. 언젠가 현철 씨는 딸에게 당시 강단에서 가르치던 물리학에 대해 들려주려고 마음먹은 적이 있었다. 아주 잠깐 동안이지만 그의 학생들이 그랬던 것처럼, 딸이 재미있어할지도 모른다는 기대에 부풀었다. 약속 장소에 먼저 도착해서 화장실 거울을 보며 말하는 연습을 하기도 했다.

　인간은 누구나 가시광선을 보며 살아가지만 세상에는 눈에 보이지 않는 수많은 빛의 영역이 있단다. 우리는 평생 그것을 보지 못하고 죽지만 보이지 않는 빛과 아직 발견되지 않은 빛이 우리 곁에 없는 것은 아니야. 때때로 우리 눈은 실수를 해서 아주 희박하게 다른 영역의 빛을 볼 때가 있는데, 그것은 이유 없이 일어나는 현상이 아니라 명명할 수 없는 어떤 일의 결과라고 할 수 있지. 어쩌면 영혼이나 유령을 보는 사람들은 좀 더 넓은 영역의 빛을 보고 있는 것일지도 모른단다. 우리는 현재를 살아간다고 믿지만 실은 과거와 미래가 현재와 분리되지 않은 채 순서도 정렬도 없이 동시에 생성되는 거라면? 정신 분열증이나 치매 환자가 제대로 우주를 보는지도 모를 일이지. 파동으로 봤다가 입자로 봤다가, 그 고양이가 죽었다고도 살았다고도 횡설수설하는 게 진실일 수도 있어. 그들이야말로 우리의 더러운 이중 속마음과 겉치레 몸뚱이를 간파하고 있는지도 몰라. 고정된 관념을 정확히 보는 사람들, 혹은 보려는 것만 보는 정상인들이 사실은 제정신이 아닐 수도 있다는 말이란다. 우리가 보고 있는 것들은 그것의 전부가 아니야. 절대로 그것을 온전히 볼 수 없단다.

그러나 현철 씨는 딸과 식탁 앞에 마주 앉으면 고개를 휘휘 저으며 그런 쓸데없는 말들을 머릿속에서 지워 버렸다. 이제와 생각해 보니 현철 씨가 준비한 이야기도 현철 씨의 이야기가 아니었다. 딸이 그랬던 것처럼, 무언가에 부딪히고 굴절하여 돌아올 수밖에 없는 반사광 같은 이야기였다. 딸에게 그 이야기를 해 줬다면 딸은 어떤 표정을 지었을까. 현철 씨는 딸이 자신을 어떻게 생각하는지 알지 못했다. 아는 것을 두려워한 것일 수도 있었다.

개방 주차장에 주차를 한 현철 씨는 앙상한 가지만 남은 가로수 길을 따라 캠퍼스를 천천히 걸었다. 차가운 벤치와 테라스에 앉아 커피를 마시거나 서로의 주머니에 손을 넣고 있는 연인들이 보였다. 어디로 가야할지 고민하던 현철 씨는 학과 사무실로 향했다. 그곳에서 딸이 소속한 학과의 조교를 만날 수 있었다. 현철 씨가 딸의 이름을 말하자 조교는 자리에서 벌떡 일어나 심각한 얼굴로 딸의 안부를 물었다.

"저는 병문안을 갈 만한 사이가 아니라서요."

키가 크고 마른 조교는 딸에게 호감이 있어 보였다. 현철 씨는 갑자기 불쾌해졌다. 그래서 조교가 현철 씨에게 딸과 어떤 관계인지 물었을 때, 그냥 삼촌이라고 둘러댔다. 친삼촌은 아니고 딸의 아빠와 잘 아는 동생이라고 구체적으로 덧붙였다.

'하지만 그런 거짓말을 하는 기분과 두 우주가 겹쳐지는 순간이 정말 다르다고 할 수 있을까요?'

고개를 끄덕이는 조교에게 현철 씨는 딸이 쓴 소설을 구할 수 있겠느냐고 물었다.

"소설을요? 문집에 실린 것은 구할 수 있을 거예요."

그는 어렵지 않게 딸의 소설이 실린 지난 몇 년간의 문집과 학내 문학상 수상집을 서너 권 찾아왔다. 현철 씨는 조교가 조잡하게 제본된 책을 복사기에 뒤집어 넣고 빛이 새어 들어가지 않도록 힘주어 누르는 모습을, 그리고 다시 다음 페이지의 복사를 반복하는 모습을 지켜보았다. 복사기 옆에 서서 순서가 뒤섞여 나오는 소설의 단면들을 하나씩 받아냈다. 그중 수상집의 복사본 끝에는 딸의 수상 소감이 함께 복사되어 있었는데, 그것을 현철 씨는 눈에 닿는 곳부터 대충 읽었다. '나는 문고리를 돌려 소리 나지 않게 문을 잠그는 것을 좋아해요. 문 뒤에 숨어서 아무도 내가 숨은 것을 눈치채지 못했다는 안도감을 느껴요. 글을 쓰면 그런 기분이 들어요.' 그 뒷부분은 복사되지 않아 읽을 수 없었다.

현철 씨는 노란 빛이 새어 나오는 복사기를 가만히 지켜보며 일그러진 얼굴의 갓난아이를 떠올렸다. 한 번도 본 적 없는 아이의 사라진 얼굴을 생각했다. 입을 크게 벌리고 소리 없이 우는 아이였다. 그리고 세상의 모든 얼굴 없는 아이들에 대해 잠시 생각했다. 그 아이들은 젖꼭지를 세게 물거나, 구두를 사러 백화점에 간 것처럼 운이 나쁜 아이들이었다. 그 불운에는 보이지 않지만 분명히 존재하는 어떤 이유가 있다고, 현철 씨는 생각했다.

조교는 가지런히 철한 딸의 소설들을 건네주었
다. 그에게 고맙다고 말하며 돌아서려던 현철 씨는
딸이 만나는 남자에 대해 물어보고 싶어졌다. 그러
나 곧 그 질문이 이상하다고 생각했고 그저 딸을
찾아왔던 친구의 이름을 대며 아느냐고 물었다. 조
교는 대수롭지 않게 말했다.

"알긴 알죠. 근데 그 애 이야기를 해요? 둘은 인
사도 하지 않는 사이일 텐데."

현철 씨는 딸의 소설을 손에 들고 그를 가만히
바라보았다. 현철 씨가 딸의 병실에 그 여자가 찾
아와 울었다고 말하자 조교는 어리둥절한 표정으
로 입을 열었다. 어조가 묘하게 냉소적으로 바뀌어
있었다.

"뭐, 저는 잘 모르니까요."

현철 씨는 한동안 조교를 바라보다가 다시 한
번 고맙다고 말하고 그곳을 빠져나왔다. 손에 들린
딸의 소설은 물을 먹은 종이처럼 무거웠다. 그것을
뿌연 자동차 실내등 아래서 모두 읽었지만, 슬픔
에 잠기거나 분노에 몸을 떠는 연인은 어디에도 없
었다. 하나같이 한 번도 본 적 없는 낯선 사람들의
이야기였다. 하늘은 벌써 노을이 번지고 있었고 온

몸이 진흙 속에 빠진 것처럼 피로했다. 현철 씨는 술을 조금 마셔야겠다고 생각했다.

늦은 저녁 현철 씨가 병실로 돌아왔을 때 연주는 불 꺼진 병실에 홀로 앉아 반듯하게 누운 딸을 지켜보고 있었다. 현철 씨는 비틀비틀 그 뒤로 다가가 연주의 목을 껴안았다. 연주는 손을 쳐내거나 몸을 비틀지 않고 가만히 있었지만 화가 났다는 것을 느낄 수 있었다. 현철 씨는 어찌할 바를 몰라 연주의 머리에 뜨거운 입김만 뱉어 냈다. 한참 만에 연주가 메마른 목소리로 물었다.

"당신 뭘 하고 있어?"

현철 씨는 오늘 자신이 무엇을 했는지 생각해 보았다. 무엇을 했다고 할 수는 없지만 아무것도 하지 않은 것은 아니었다. 연주가 현철 씨의 대답을 기다리지 않고 말했다.

"오늘 어떤 남자가 왔어."

현철 씨는 연주의 말을 이해하지 못하고 되물었다.

"남자?"

연주는 대답이 없었다. 순간 현철 씨는 머리가 쭈뼛 섰다. 연주의 몸을 돌려 마주 보고 어깨를 움켜잡으며 물었다.

"나이 많은 남자야?"

"몰라. 그냥 우리 애를 아는 남자가 왔어."

"왜 왔어?"

연주는 입을 앙다물었다. 어둠 속에서 물끄러미 현철 씨를 바라보는 연주의 눈동자가 조용하게 가라앉아 있었다. 현철 씨는 갑작스레 화가 치밀었다.

"왜 말을 안 해? 그 자식이 누구냐고!"

"날 또 때리려고?"

"뭐라고?"

"당신 지금 술 마셨어."

연주는 꿈쩍도 하지 않았다. 현철 씨는 견딜 수 없이 가슴이 뜨거워졌지만 화를 꾹꾹 누르며 애원하듯 말했다.

"연주야. 이건 어쩌면 아주 중요한 문제야. 내가 다 설명할게."

연주는 숨소리도 내지 않고 가만히 현철 씨를 들여다보았다. 현철 씨의 거친 숨소리와 딸의 심전계에서 니는 규칙적인 기계음이 병실 안에 울리고 있었다. 불현듯 연주가 두 손으로 얼굴을 감싸며 울음을 터뜨렸다.

"우리 때문에 이렇게 된 거야."

현철 씨는 우는 연주를 아연한 얼굴로 바라보았다. 길고 앙상한 손가락으로 감싸 쥔 우는 얼굴을 물끄러미 들여다보았다. 그리고 고개를 돌려 딸을 보았다. 딸은 아무 것도 없는 천장을 향해 입을 크게 벌리고 있는 것처럼 보였다. 그 얼굴을 하얗고 깨끗한 붕대가 빈틈없이 동여매고 있었다. 현철 씨는 마른 두 손으로 얼굴을 쓸어 올리며 깊은 숨을 내쉬었다. 그리고 천천히 손을 들어 연주를 감싸안고, 그 연약한 등을 가만가만 도닥여 주었다. 술기운이 단숨에 달아나는 기분이었다.

그들은 병원 근처 백반집에서 늦은 저녁을 먹었다. 담당 형사로부터 부재중 전화가 여러 통 와 있었지만 현철 씨는 휴대폰을 다시 외투 주머니에 넣고 꺼내지 않았다. 식사를 하면서 둘은 서로에게 한마디도 하지 않았다. 순두부가 들어간 찌개는 기름기가 많았지만 아직 김이 모락모락 나는 따뜻한 것이었다. 현철 씨와 연주는 번갈아 숟가락을 뻗어 고춧가루가 묻은 하얀 순두부를 건져 조밥에 비벼 먹었다. 매운 것을 못 먹는 연주는 물을 자주 먹었고 그때마다 현철 씨는 연주의 컵에 물을 따라주었다.

문득 현철 씨는 내일이 한 달에 한 번 딸과 저녁 먹는 날이라는 것을 기억해 냈다. 내일 딸은 식탁에 앉아 무슨 이야기를 들려주려고 했을까. 이번에도 다른 사람의 이야기거나 다른 사람에게 들은 이야기였을까. 아무래도 상관없었다. 그 이야기는 진실이 아니거나 잘못된 기억일 때도 있고, 혹은 다홍색 중지갑에서 얻은 이야기거나 누군가의 보라색 목도리에 관한 이야기일 때도 있지만, 제법 재미있는 것들이었다. 이제 딸의 이야기를 다시는 들을 수 없을지도 모른다. 그런 것을 저 여자는 알까.

현철 씨는 순간 자신이 품은 형형한 살의에 깜짝 놀랐다. 그리고 다음 순간, 그것이 그의 마음속에 아주 오래전부터 존재하며 그와 함께 공존하고 있었음을 서서히 기억해냈다. 현철 씨는 다시 식탁에 마주 앉아 밥을 먹고 있는 그의 전처를 보았다. 낮고 완만한 코와 윤기 도는 귓불의 연약한 피부를 관찰하며 입안에 남은 것들을 세심하게 씹었다. 식탁을 넘어가는 걸음은 이미 어림잡아 두었다. 한순간 그녀와 눈이 마주친다면 얼굴을 물어뜯게 되리라 확신했다. 그런 충동은 귓가에 맴도는 익숙한 노랫말처럼 그의 마음을 완전히 사로잡았고, 현철

씨는 그 충동을 억누를 생각이 없었다. 그로서는
절대로 짐작할 수 없는 어떤 연유가 이 결론에 있
을 거라고, 현철 씨는 생각했다.

연주는 식탁 위에 숟가락을 내려놓는 현철 씨에
게 왜 더 먹지 않는지 묻지 않았다. 혼자서 밥과
식힌 순두부를 비벼 먹으며 조금씩 물을 마셨다.

*

저녁을 먹고 돌아온 날 밤, 딸의 병실 간이침대
에서 잠을 자던 연주는 문득 잠에서 깼다. 어떤 꿈
을 꿨지만 이내 아무것도 기억나지 않았다. 몸을
일으키고 찬찬히 둘러본 병실 안은 깊게 고인 물속
처럼 어둡고 조용했다. 달빛이 드는 창가 옆 간이
의자에서 팔짱을 낀 채 잠들어 있는 현철이 보였
다. 갑자기 연주는 이상한 기분이 들었다. 현철이
잠에서 깨어나 그의 눈이 어둠 속에서 연주를 발
견하고 가만히 그녀를 바라봐 주길, 몹시도 바라고
있었다. 그것은 당혹스러운 열망이었지만 이내 운
명적 확신으로 바뀌었다. 현철이 깨어난다면 연주
는 그에게 다가가 내밀한 것들을 고백하고 간청할

수 있었다. 그것은 그들을 조금 다른 방향으로, 어쩌면 지금과는 아주 먼 곳으로 데려갈 수 있었다.

현철은 한 번도 뒤척이지 않고 죽은 사람처럼, 기울어진 늙은 나무처럼 잤다. 연주는 물을 한 잔 따라 마시고, 현철이 자고 있는 창가로 다가가 창문을 조금 연 뒤 담배를 피우며, 오늘 밤 현철은 결국 깨어나지 않으리라는 것을 깨달았다. 그는 가난하고 술에 취한 남자였다. 그리고 연주는 자신의 딸 역시 결국 깨어나지 않으리라는 것을 깨달았다. 완전히 혼자 남겨졌다는 생각을 하며, 딸의 침대 옆에 딸린 간이침대로 돌아가 몸을 작게 말고 누웠다. 얇은 담요를 목까지 끌어올리며, 사고를 당하고 처음 마주한 딸이 그녀에게 했던 말을 떠올렸다. 그것은 연주의 마음에 이상한 감정을 일으키는 아주 의문스러운 말이었다. 하얀 뼈가 드러난 얼굴로 딸은 말했다. 괜찮아요, 엄마. 이건 아주 평범한 사고예요.

연주는 얼굴뼈를 움직여 눈을 감았다. 그리고 그날 밤의 결심이나 사소한 예감들을 짧은 꿈처럼 잊게 해 줄, 깊고 달콤한 잠에 빠졌다.

셋

셋이 모이면 문제가 풀린다. P시의 오래된 속담이었다. P시의 동화책이나 P시에서 발행한 그림 우표에 심심찮게 등장하는 문장으로 다른 지역 사람들에게도 익숙한 말이었다. P시는 오래된 나무와 건축물이 만들어 내는 풍광 때문에 산도 바다도 없는 관광 도시로 유명했다. 불을 끄지 않고 자는 풍습 때문에 만들어진 야경이 그 도시의 특산품이었는데, 그래서 사람들은 P시를 밤이 없는 도시라고 부르길 좋아했다. 결혼식 전에 P시로 여행을 가자고 제안한 사람은 해리였다. 나는 다니던 직장의 인수인계와 결혼식 준비를 병행하느라 도저히 그럴 정신이 없었지만, 혼담이 오가던 때와 비슷한 시기에 이혼을 한 해리의 부탁을 거절할 수 없었다. 연희도 내켜하지 않았지만 거절했을 때 돌아올 해리의 서운함을 감당할 수 없어 선선히 수락했다.

우리는 대학 동기였다. 처음에 해리와 연희는 비슷한 키에 비슷한 옷차림을 하고 항상 붙어 다녀서 친자매처럼 보였다. 해리는 여백 없는 유화처럼 이목구비가 진한 인상이었고, 연희는 수묵화처럼 선이 가늘고 흐릿한 인상이었는데도 그렇게 보였다. 그 둘과 친해진 것은 대학에 오기 전부터 사귀던 남자 친구가 군대에 갔을 무렵이었다. 그는 하루도 거르지 않고 나를 집 앞까지 데려다주던 다정하고 고지식한 남자였는데, 해리와 연희를 통해 그가 촌스럽고 집착 심한 남자였다는 것을 알게 되었다. 언젠가 그가 후드티를 입고 검은색 유광 구두를 신었었노라고 연희가 기억해 내는 순간, 나는 큰소리로 웃었지만 귀가 새빨개졌다. 나는 그가 첫 휴가를 나오기도 전에 헤어졌다. 내가 새로운 연애를 시작할 때마다 우리는 반질반질하게 빛나던 그 남자의 구두를 언급하는 것이 일이 되었다. 해리와 연희를 부끄럽게 했던 사랑도 마찬가지였다. 우리는 서로에 대해 모르는 것이 없었고, 셋이 모여 말하면 모든 일이 쉽게 우스워졌다. 스무 살에 처음 만나 이제 십년지기가 된 친구들이었다.

해리는 기차 여행을 고집했다. 서쪽으로 꼬박 10시간을 달려야하는 여정이었지만 P시로 들어가는 풍경을 보고 싶다는 것이 이유였다. 짧은 주말여행의 대부분을 기차에서 보내야 한다는 생각은 하지 못하는 듯 했다. 나도 연희도 구태여 알려 주지 않았다. 2인 좌석 두 개를 마주 보도록 돌려서 한쪽에는 해리와 연희가 나란히 앉고 다른 한쪽에는 나 혼자 다리를 뻗고 비스듬히 누웠다. 우리는 간이 테이블을 펼치고 초콜릿과 도넛을 늘어놓은 채 맥주를 마셨다. 단 음식을 싫어하는 해리는 인스턴트 소시지 껍질을 벗겨서 작게 베어 먹었다. 대화는 주로 연희가 최근에 만나는 남자에 관한 이야기였다.

"얼마 전에는 오리고기집엘 데리고 갔어. 훈제나 구이 말고 고추장 양념에 양파랑 감자를 잔뜩 넣은 볶음 요리 말이야."

"입맛도 참."

해리가 똑 부러지게 지적했다.

"맞아. 생긴 것도 나이가 좀 돼 보이는데……."

연희는 휴대폰에 저장된 남자의 사진을 보여 줬다. 쌍꺼풀이 없는 말끔한 인상이었지만 왁스를 잔뜩 바르고 가르마를 타 넘긴 머리 모양을 보니 연희의 전 남자 친구가 떠올랐다. 아니나 다를까 휴대폰 액정에서 시선을 들어 눈이 마주친 우리는 동시에 웃음이 터졌다. 연희는 손사래를 치며 예전에 사귀었던 그 남자를 염두에 두고 만나는 것은 아니라고 변명했다.

"아무튼 오리고기집에 갔단 말이야. 그런데 그 남자가 술을 안 하거든. 사이다를 두 병 주문하더라고. 병으로 된 사이다였는데 마개를 따고 병째 건배를 하자는 거야. 그러면서 마치 술이 좀 된 사람처럼 얘기를 하더라고. 자기랑 같이 일하는 사람 중에 술과 도박에 큰돈을 쓰는 형이 하나 있는데 그 씀씀이가 참 과하다는 거야. 수입의 반 이상을 그렇게 탕진하는데 그 돈으로 여자를 사귀었으면 매달 서너 개의 가방을 선물할 수도 있을 거라고."

연희는 중요한 비밀을 누설하는 사람처럼 목소리를 낮췄다.

"그 형하고 이 남자는 수입이 같아."

나는 고개를 끄덕였고 해리는 엄지손가락을 치켜들었다.

"어쨌든 자기는 돈을 함부로 쓰고 싶지 않아서 다섯 개의 적금을 붓고 남은 돈으로 여가 생활을 즐기는데, 대부분의 돈을 자동차랑 먹는 데에 쓴다는 거야. 남자 취미가 자동차면 고상한 편이잖아. 먹는 값을 안 아낀다니 꼴사나울 일도 없고. 갑자기 이 남자가 참 괜찮아 보이더라고. 그래서 주말에 바다를 보러 가자는데 그러자고 대답해 버렸어. 지금 이 여행을 핑계로 취소했지만. 그런데 그렇게 밥을 먹고 계산을 하는데 직원이 내역을 확인해 주면서 사이다를 한 병으로 계산하더라고. 그 남자가 아무렇지 않게 카드를 내밀더라."

나는 또 아무렇지 않게 고개를 끄덕였지만 해리는 되물었다.

"네가 모르는 줄 알았겠지?"

"알아도 한 패라고 생각했겠지."

연희는 고개를 설레설레 저으며 맥주를 마셨다. 때마침 기차가 역에 정거하고 새로 탑승한 승객들이 짐을 밀며 들어오고 있었다. 해가 기울기 시작했지만 기차에 오르는 사람이 꽤 많았다. 모두 P시의 야경을 보러 가는 관광객들이었다.

어느새 우리 곁에 큰 배낭을 멘 남자가 다가와 있었다. 그는 내 옆자리를 가리키며 앉아도 되겠냐고 물었다. 나는 대답하지 않고 고개를 돌려 다른 자리들을 훑어보았다. 이미 빈 좌석은 없었고 바닥에 배낭을 깔고 주저앉은 무리들이 몇 보였다. 다시 고개를 돌려 해리와 연희의 얼굴을 보았다. 그리고 남자에게 그러라고 말했다.

남자가 앉고 나서도 우리는 하던 이야기를 계속 이어나갔다. 하지만 대화가 어떤 지점에 이르면 약속이나 한 듯 특정 단어를 언급하지 않은 채 모호하게 말했다. 때론 이야기 순서를 건너뛰거나 슬쩍 방향을 틀어 노련한 솜씨로 핵심을 우회했다. 그럼에도 서로가 하고 있는 말의 맥락을 정확하게 파악했다.

기차가 멈춘 것은 Y시를 지나가는 길목에서였다. 차체가 좌우로 심하게 흔들리더니 곧이어 끼이이익 하고 금속이 끌리는 끔찍하게 큰 소리가 났다. 급하게 속도를 줄이던 기차가 멈춰 섰을 땐 전등이 하나도 남김없이 소등된 후였다. 얼마 안 가 다시 불이 들어왔지만 오래도록 안내 방송이나 자초지 종을 언질해 주는 승무원이 없었다.

"역시 문제가 생기는군요."

우리는 동시에 내 옆자리의 남자를 쳐다봤다. 남자가 자리에 앉고 처음으로 한 말이었다.

"여자 세 분이 여행 중이신 것을 봤을 때부터 걱정스러웠습니다."

"무슨 뜻이죠?"

성질 급한 해리가 도전적으로 물었다. 남자는 딱딱한 얼굴로 대답했다.

"P시에서 셋이 모이면 문제가 풀린다고 하죠. 그런데 문제가 풀리려면 우선 문제가 생겨야 하지 않겠습니까? 그래서 P시로 들어가는 길목에서는 자주 문제가 생기곤 합니다."

우리는 살짝 어리둥절해졌다.

"지금 가장 시급한 문제는…… 남자가 하나고 여자가 셋인데, 세 명 모두 저에게 관심이 없다는 것이겠군요."

그제야 우리는 남자가 농담을 하고 있다는 것을 알았다. 말 잘하는 연희가 그 문제는 어떻게 해결

할 수 있냐고 재빨리 받아쳤다.

"우선 저에게 술을 권하면서 이름을 물어봐 주시면 됩니다."

엄숙하게 해결 방안을 내놓는 남자 때문에 우리는 웃어 버렸다. 그의 이름은 동훈이라고 했다. 해리와 연희가 먼저 인사를 나누고 끝으로 내가 이름을 말했을 때 동훈은 내 이름을 따라 다시 한 번 발음했다. 아주 짧은 찰나 정적이 흘렀지만 나는 반사적으로 그것이 침묵이 되기 전에 재빨리 다른 화제를 던졌다. P시의 속담에 대해 잘 아느냐는 물음에 동훈은 기다렸다는 듯이 술술 말했다.

"사실 그 속담은 오래전에 사라진 나라의 속담을 베낀 거지요."

"그 나라에서는 셋이 모이면 문제가 생겼나요?"

내심 심드렁하게 한 말에 동훈의 눈이 커졌다.

"비슷했지만 조금 달라요. 진짜 어원은 '셋이 모이면 비밀이 생긴다.'지요."

내가 그 말의 차이를 가늠해 보는 사이 해리가 지나가는 투로 말했다.

"비밀이지만 이분은 다음 달에 신부가 될 몸이에요."

동훈이 와아 하며 고개를 크게 끄덕였다. 나는 그가 놀라고 있다는 것과 해리가 그를 마음에 들어 한다는 것을 동시에 눈치챘다. 그리고 직감적으로 동훈에게 그 언질이 큰 효과를 발휘하지 못할 것임을 짐작했다.

마침 안내 방송이 흘러나왔다. 레일의 손상으로 내일 아침까지 기차 운행이 중단된다는 내용이었다. 곧이어 승무원이 다가와 밤새 기차에 머물거나 Y시에 머물러야 하는 것에 양해를 구했다. 우리는 이 상황을 납득하기 어려웠지만 대부분의 승객들이 아무렇지도 않게 기차에서 잘 준비를 하거나 짐을 챙겨 기차 밖으로 이동하고 있었다. 서로의 얼굴만 보고 있는 우리에게 동훈이 이 길고 오래된 기차 레일의 잦은 고장에 대해 귀띔해 주었다. 국토의 동쪽 끝과 서쪽 끝을 횡단하는 이 기차는 머지않아 폐쇄될 예정이라고. 동훈은 망설임 없이 배낭을 메고 일어섰고 우리도 자연스럽게 그를 따라 Y시로 향했다.

여행을 자주 다녔다는 동훈은 익숙하게 방 두 개를 잡았다. 구릉을 끼고 비교적 높은 지대에 지어진 펜션이었는데 신설 건물인지 내부가 깔끔했고 바비큐를 할 수 있는 야외 시설이 잘 갖춰져 있었다. 잠깐의 산보와 바비큐 불판에 배어 있는 고기 탄 냄새 때문에 우리는 갑작스레 시장기를 느꼈다. 동훈은 먹을거리를 미처 챙겨 오지 못했다며 저녁을 얻어먹고 와인과 간단한 안주를 대접하고 싶다고 말했다. 해리는 흔쾌히 그 제안을 받아들였다. 해리의 가방에는 P시에서 요리를 해 먹기 위해 넉넉히 챙겨 온 고기가 있었다. 연희와 내가 번거롭지 않게 외식을 하자며 핀잔을 주었던 고기가 요긴하게 쓰이게 된 것이다. 우리는 각자의 방에 짐을 풀고 내려와 바비큐장에서 만나기로 했다. 급하게 일정이 틀어진 여행이 아니라 처음부터 Y시에서의 하룻밤을 준비한 것처럼 모든 것이 착착 진행되었다.

Y시는 P시와 인접한 작은 소도시였다. 이렇다 할 산업이나 관광 명소가 떠오르지 않는 평범한 곳이었다. 길이 잘 포장되어 있는 것으로 보아 아주 낙후된 지역은 아니었지만 상업적인 용도의 큰 건축물이나 인공 구조물이 거의 보이지 않았다. 누구나 P시로 가는 길목으로 기억하는 곳이었다. 이런 곳에서 숙박을 할 수 있는 펜션을 찾아낸 것은 보통

눈썰미가 아니라고 해리가 추켜세우자 동훈은 의외의 대답을 내놓았다.

"저는 Y시에서 태어났습니다. 그러니까, 고향이죠."

우리는 소리 내서 감탄했다. Y시의 사람들은 눌러앉지 못하고 언젠가 다른 곳으로 떠난다고, 그러나 떠나는 사람만큼 계속해서 Y시로 들어오는 사람들이 생긴다고, 동훈은 덧붙였다. 그리고 자신이 먼저 출생의 비밀을 말했으니 한 가지씩 비밀을 털어놓자고 제안했다. 그는 바비큐용이 아닌 얇은 조리용 고기를 철판 위에서 솜씨 좋게 휘저으며 불맛을 살리고 있었다. 해리와 연희는 플라스틱 물컵과 머그잔에 담긴 와인을 조금씩 홀짝이며 재미있게 돌아가는 상황을 지켜봤다.

"이미 밝혀진 비밀이지만……."

내가 말했다.

"남편 될 사람은 돈이 많아요."

모두가 돈이 최고 하고 외쳤다.

남편이 될 남자는 지난 몇 년에 걸쳐 길이나 버스, 카페나 술집에서 우연히 나를 봤다. 사는 곳도, 출근하는 지역도 다른 우리가 그토록 자주 스쳐 지나갔던 것은 운명이라고 여겨 나에게 말을 걸었다. 그러나 번화가의 카페나 술집은 누구나 자주 가는 곳이었고, 그와 내가 사는 곳이 다른 것은 맞지만 그의 동네에서 두 정거장 떨어진 곳에 전 남자 친구가 살고 있었으리란 생각은 미처 하지 못하는 듯했다. 나는 그와 만난 지 두 달 만에 결혼을 승낙했다. 시기가 좋을 때 만난 탓이었다. 시기도 운명이라면 운명이지라고 농담처럼 말했다. 그는 드디어 운명적 사랑을 만났다고 믿는 눈치였지만 나는 사랑은 대체로 운명적인 구석이 있다고 생각하는 편이었다. 그리고 사랑이라면 할 만큼 해 보았다고 생각했다.

해리와 연희는 이미 여러 번 들은 이야기였지만 처음 듣는 이야기처럼 호응해 주었다. 나는 그 호응에 힘입어 검은색 유광 구두를 신었던 나의 첫 번째 남자 친구 이야기까지 하고 말았다. 그러자 순서대로 자신의 첫 남자 친구 이야기를 꺼내 놓기 시작했다.

연희는 중학교 때 매일 인형 뽑기 기계에서 인형을 하나씩 뽑아다 주는 남자애랑 사귀었었는데 그 끈질김과 용기가 가상해서였다. 그러나 한 달도 못가 헤어지고 말았는데 연희의 집 앞에서 입을 맞추려다가 옆에 주차된 줄 알았던 자동차가 시동을 켜자 놀라서 쏜살같이 도망갔다는 것이다. 그런 겁쟁이와는 더 이상 사귈 수 없어 헤어지고 얼마 안 가 그 남자애는 전학을 가 버렸다. 감감무소식이 되지 않았더라면 아련하지도 않았을 기억이라고 했다.

해리는 조금 더 우울하게 입을 열었다.

"우리 집은 돈이 많아요."

모두가 흥에 겨워 돈이 최고 하고 외쳤다.

해리는 대학을 다니면서 처음으로 남자를 사귀었었는데 여덟 살이나 많았다. 여기서 동훈은 저런 하며 이미 다 알 것 같다는 추임새를 넣어 우리를 웃겼다. 해리의 첫 남자 친구는 외제차를 끌고 다녔는데 그것이 다였다. 그 차의 기름값은 해리가 대신 내기 일쑤였고 그 남자는 해리가 기름을 넣어 준 차에 다른 여자를 태우고 다니기 일쑤였다.

"첫 번째 연애가 꼬이면 다음 연애도 꼬이는 것 같아요. 나는 주로 그런 남자들만 만났어요."

해리가 내 어깨에 머리를 기대며 말했다. 나는 해리가 술김에 실수를 할까 싶어, 네가 착한 남자는 걷어차니까 그렇지 하며 유연하게 응수해 주었다. 그러나 그 노력이 무색하게 해리는 거침없이 말했다.

"나는 얼마 전에 이혼했거든요."

나는 해리가 취한 것이 분명하다고 생각했다. 술이 약한 해리가 이미 세 잔째 와인을 마시고 있었다.

"이혼하면서 전남편한테 돈을 많이 줬어요. 그 사람이 원하더라고요. 이런 세상에. 정말 비참한 얘긴데. 나는 그 사람이 돈을 보고 나와 결혼하려 한다는 걸 알고 있었어요."

해리는 두 손으로 얼굴을 감싸고 한동안 가만히 있었다. 그러다가 금세 장난스런 얼굴이 되어, 그 사람과 결혼하기 얼마 전에요 하며 입을 열었다.

"나와 내 전남편, 그리고 애네 커플들이랑 송년회를 하기로 한 적이 있어요. 지금은 모두 깨진 커플이지만요."

해리가 혼자 깔깔 웃었다. 나는 연희를 한번 보고 와인을 마셨다.

"그날 모두가 다 모였는데 그 사람만 오지 않았어요. 전화도 받지 않고 같이 있을 만한 사람들한테 전화해 봐도 모른다고만 하고. 사정이 있겠거니 하고 두어 시간 다섯 명이서 술을 마셨는데 끝까지 연락이 오지 않았죠. 결국은 내가 술값을 계산

하고 먼저 일어났어요. 다음날 그 사람한테 연락이 왔는데 잠이 너무 깊게 들었었다고 하더군요."

나도 그날을 분명하게 기억하고 있었다. 해리는 두어 시간 내내 울 것 같은 얼굴로 앉아 있다가 먼저 돌아갔고 나와 연희 커플은 한 병 정도 더 마시고 일어났다.

"근데 그건 거짓말이었거든요. 나는 휴대폰으로 그 사람의 결제 내역을 볼 수 있었어요. 그날 밤에 그 사람은 카드를 썼어요."

처음 듣는 이야기였다. 이어서 해리의 입에서 흘러나온 원색적인 단어에 나는 잠시 할 말을 잃었다.

"우리가 있던 술집에서 얼마 떨어지지 않은 모텔이었어요."

해리는 말없이 고개를 숙였다가 잠들어 버렸다. 처음에는 장난인가 싶어 가만히 지켜봤지만, 해리는 규칙적으로 숨을 들이쉬고 내쉬며 자고 있었다. 어느새 사위가 어두워지고 차갑게 식은 바람이 불어왔다. 내가 해리를 방으로 데려가려고 어깨를 감싸자 해리는 비틀거리며 내 손을 밀쳐냈다. 동훈이 잽싸게 제가 업을게요 하며 등을 내밀었다. 해리는 순순히 그의 등에 업혀 방으로 갔다. 해리를 침대에 눕히고 이불을 덮어 주고 나자 나도 약간 어지러움을 느꼈다. 동훈이 반쯤 남은 와인 병을 한 손에 들고 자신의 방으로 가서 한잔 더 하지 않겠냐고 물었다. 연희와 나는 고개를 끄덕이며 남은 맥주를 모두 챙겨 그를 따라갔다.

"셋이 모였군요."

동훈이 의미심장하게 말했다.

"이제 비밀이 생기겠군요."

연희가 입꼬리에 장난기를 달고 말했다. 연희도 조금 취해 있었다. 연희는 동훈에게 별로 관심이 없어 보였지만 이 상황을 재미있어하고 있었다. 연희는 바닥에 깔린 크림색 러그 위에 앉아 다리 사이에 베개를 꼈고 나와 동훈은 침대에 나란히 등을 대고 앉았다. 동훈이 어디선가 붉은색 양초를 찾아와 불을 켰는데, 일렁이는 불꽃이 우리 세 사람의 얼굴과 방안 구석구석에 그림자를 내려 앉혔다. 동훈은 아주 자연스럽게 양초에 관한 Y시의 동화를 들려주었다. 그가 입을 움직일 때마다 얼굴 위의 음영이 기묘하게 일그러졌다.

한 양초장이 이야기였다. 양초장이의 아버지는

양초장이였고, 아버지의 아버지도 양초장이였다. 양초장이는 아주 어릴 때부터 아버지에게 양초 만드는 법을 배웠는데, 그의 아버지도 아버지에게 배운 방법이었다. 양초를 만드는 과정에서 가장 중요한 작업은 기름을 은근한 불에 오랜 시간 시계 방향으로 휘젓는 일이었다. 그의 아버지는 날마다 기름을 은근한 불에 오랜 시간 시계 방향으로 휘저어야 한다고 가르쳤다. 그래서 양초장이는 단 한번도 기름을 시계 반대 방향으로 젓지 않았다는 이야기였다.

우리는 모두 술잔을 시계 반대 방향으로 돌리며 흥얼거렸다. 이제 동훈과 연희는 맥주를 마시고 있었고 와인을 마시는 건 나뿐이었다. 문득 연희가 무릎을 치며 동훈만 첫 여자 친구에 대해 털어놓지 않았음을 지적했다. 동훈은 딱 잘라 그 얘긴 하고 싶지 않다고 말했다. 연희는 주춤하는 기색도 없이 동훈을 윽박지르기 시작했다. 단호한 얼굴을 하던 동훈은 결국 힘없이 웃으며 첫 여자 친구 이야기를 들려줬다.

동훈이 사랑했던 여자는 나이 많은 여자였다. 여자는 아버지가 남긴 빚이 조금 있었고 당뇨에 걸린 어머니가 있었다. 동훈은 항상 두 가지 이상의 일을 하는 여자가 다른 일터로 이동할 때나 집에 가는 시간에 만나 이른 점심이나 늦은 저녁을 먹었다. 동훈은 빨리 나이를 먹고 싶었다. 여자에게 식지 않은 음식을 먹이고 싶었다. 그가 어른이 되면 여자가 식사를 할 때 더 이상 시계를 보지 않게 해줄 수 있을 것 같았다. 그러나 여자는 동훈이 원하던 나이가 되기 전에 더 나이가 많은 남자와 결혼했다. 동훈은 이 모든 이야기를 차분하고 진지하게 말하고 있었지만 나는 직감적으로 동훈이 되는대로 지어 말하고 있다는 것을 눈치챘다. 그의 눈동자가 과거의 어느 지점을 되짚으며 한 말은 한마디뿐이었다.

"P시에서 다시 만나자더군요."

스스로도 두려울 정도로 나는 그 근거 없는 예측들을 확신했다. 감각이 날카롭게 곤두서는 밤이었다. 솜털을 세우는 다른 감각 때문에 미처 모르고 있었지만 어째서인지 바닥을 짚은 내 손등 위로 동훈의 손이 포개져 있었다. 포개진 두 손 위로 덮인 검은 그림자가 넘어갈 듯 말 듯 넘실대고 있었다.

"나는 이미 다시 만났어요."

연희가 담배를 입에 물며 말했다. 불을 붙이기 위해 양초를 가까이 가져갔을 때, 연희 얼굴은 아주 잠깐 슬퍼 보였다. 그러나 언제 그랬냐는 듯 금세 쾌활하게 말했다.

"내가 첫 키스를 할 뻔했던 소심한 남자 말이에요."

나는 깜짝 놀라 연희를 쳐다봤지만 연희는 태연하게 말했다.

"어느 날 친구가 남자 친구를 보여 준다며 나를 카페로 불렀는데, 그 남자가 이상하게 낯이 익은 거예요. 분명히 본 적이 있는 얼굴인데 기억을 스치는 얼굴 중에 정확히 매치되는 사람이 떠오르지 않았죠. 게다가 그 남자는 나를 전혀 아는 눈치가 아니었거든요. 어쨌든 그렇게 세 명이서 한 시간 정도 이야기를 하다 보니 처음 의심은 까맣게 날아갔어요. 한 시간이면 새로 만난 사람이라도 예의가 바른지, 붙임성이 좋은지, 또 유머가 있는지 없는지 어느 정도 다 파악할 만한 시간이잖아요. 나는 그때 친구의 새로운 남자 친구에 대한 평가를 끝마친 상태였어요. 그런데 친구가 잠시 화장실을 간다며 자리를 비우자마자 그 남자가 제게 이렇게 묻는 거예요. '잘 지냈니?' 저는 그 순간 정말 다 기억이 났어요. 짐작조차 하지 못하다가 잘 지냈니, 그 한마디에 이 남자가 그 애라는 걸 단숨에 떠올린 거예요. 10년도 전에 우스개 추억으로 사귄 사이니 기억 못 할 만도 하잖아요? 아무 사이도 아닌걸요. 그런데 그 남자가 나를 알아보고도 내 친구 앞에서 그것을 감쪽같이 숨겨 버리자 공모라도 한 것처럼 어떤 사이가 되어 버린 거예요. 친구가 다시 자리에 앉았을 때 나는 아무 내색도 할 수 없었어요."

연희는 더 이상 말하지 않았다. 처음 나에게 이 이야기를 털어놓았을 때와 같은 얼굴이었다. 나 역시 그때의 현기증이 다시 밀려왔다. 아무것도 모르는 해리가 그 남자와 돌아오는 봄에 결혼하기로 했다며 잔뜩 들뜬 목소리로 떠들고 간 날 저녁이었다. 해리를 속일 의도도 그 남자를 다시 만날 생각도 없었던 연희는 단지 입을 다물었다는 이유로 그 남자와 공범이 되었다고 했다. 그날 나는 힘없이 술을 마시며 연희의 공범이 되어 있었다.

동훈이 휴지에 맥주를 적셔서 건네자 그제야 연희는 거의 다 타고 남은 담배를 껐다.

"소심하던 아이가 대담하게 컸군요."

동훈의 칭찬에 연희가 다시 웃었다.

"Y시 사람들은 다 그렇게 웃긴가요?"

"Y에는 이런 말이 있죠. 셋이 모이면 농담을 만든다."

연희는 눈을 가늘게 뜨고 동훈을 보다가 불현듯 뜨거운 물에 샤워를 해야겠다고 말했다. 이미 자정이 넘은 시간이었다. 먼저 씻어도 되냐고 묻는 연희에게 나는 그러라고 했다. 찰칵 소리가 나게 문을 닫고 나가는 연희를 보며 나는 연희가 촛불이 닿지 않는 그림자 밑에서 어떻게 나와 동훈의 손을 봤을까 궁금했다. 어쩌면 연희는 내가 알아채기 전부터 이미 그것을 보고 있었을지도 모른다. 물론 보지 못했을 수도 있지만, 어느 쪽이든 연희는 신경 쓰지 않았을 것이다. 동훈은 술을 깰 겸 산책을 하지 않겠냐고 물었고 나는 그러자고 했다. 동훈이 그의 가방에서 짙은 베이지색 카디건을 꺼내 내게 주었다. 내가 단추를 하나씩 채우고 소매를 접어 매무새를 가다듬을 때까지 기다렸다가 천천히 방문을 열었다.

Y시의 밤은 어둡고 조용했다. 잘 포장된 길이었지만 가로등과 가로등 사이의 거리가 멀어서 어

느 순간 빛이 닿지 않는 짧은 어둠 위를 걸어야 했다. 길 구석구석에 눈으로 볼 수 없는 어두운 그늘이 있는 것에 왠지 모를 편안함을 느꼈다. 세상의 빛은 온통 서쪽으로 간 듯했다. 야경이 유명한 도시답게 그곳은 밤을 모르는 다른 세상처럼 보였다. 동훈과 나는 지평선을 따라 노랗게 빛나는 P시의 외곽을 바라보며 걸었다. 내가 그 불빛을 따뜻하고 아름답다고 말하자 의외로 동훈은 냉소했다.

"어스름한 새벽이 되면 오히려 창백하게 보입니다."

동훈은 해가 뜰 무렵 자동으로 꺼지는 가로등 불빛을 떠올려 보라고 말했다. 동훈의 얼굴이 그늘에서 빠져나오며 이마와 뺨이 밝게 빛났다. 동훈은 그대로 가로등을 바라보며 아무렇지 않게 물었다.

"잘생겼나요?"

나는 입을 다물었다. 내 쪽으로 고개를 돌린 동훈의 눈은 천진했다.

"해리 씨의 전남편 말입니다. 두 여자와 불장난을 벌인 대담한 분이요."

나는 아 하고 허탈하게 웃었다. 동훈은 아주 쉽게 연희의 이야기 속 인물을 유추해 냈다. 나는 고개를 저으며 말했다.

"글쎄요. 분명한건 불장난이라 할 만큼 대단한 사이는 아니었어요."

"정말입니까?"

나는 잠시 생각해 보았다.

"내가 알기로는요."

동훈은 작은 소리로 웃었다. 그리고 정말 궁금하다는 듯이 물었다.

"그럼 송년회가 있던 날 그 남자는 연희 씨를 기다린 것이 아닙니까?"

나는 그날의 모습을 다시 떠올렸다. 해리는 넋이 빠진 사람처럼 휴대폰만 들여다보았고, 연희는 단 한번도 가방에서 휴대폰을 꺼내지 않았다.

"사실 그날 그 모텔로 간 사람은 나였어요."

멍청한 얼굴이 된 동훈을 보며 나는 그 남자를 기억해 냈다. 대화에 끼기보다 주로 조용히 고개를 끄덕이던 남자였다. 거짓을 말해야 하는 순간이 오면 수줍게 웃으며 입을 다물던 남자였다. 잘 지냈냐는 한마디로 연희를 흔들어 놓았던 것처럼, 모두 없었던 일로 하자는 연희의 말에 최면처럼 비운한 사랑에 빠진 남자였다. 연희가 단호하게 그 관계를 정리하려 할수록 그는 연희를 깊이 사랑하게 되었다. 그는 악랄한 사람은 아니었지만 단지 해리와 연희 모두를 잃고 싶지 않다는 순수하고 집요한 마음으로 연희를 두려움에 떨게 했다. 그 사랑의 방식은 아주 어리고, 여전히 소심해서 떠나지 말라는 애걸과 모든 것을 폭로하겠다는 협박을 서슴지 않았다.

그날 송년회가 파하고 나는 남자 친구가 잡아준 택시를 타고 집으로 가고 있었다. 택시가 거의 집에 도착했을 즈음 연희의 전화를 받았다. 수화기 너머로 연희는 정신이 나간 사람처럼 너무 많은 말을 빠르게 말했고 이따금 소리를 지르기도 했다. 불과 30분 전에 멀쩡한 얼굴로 헤어졌던 사람이라곤 생각할 수 없었다. 연희는 남자가 송년회에 오지 않은 이유를 알고 있었다. 남자는 자신이 죽을 장소를 통보하고 그곳에서 연희를 기다리고 있었다. 물론 모텔이었다. 제법 영리한 생각이었지만 비겁하고 조악한 방법이었다. 죽을 용기도 없는 남자라는 걸 나도 연희도 알고 있었다. 그러나 연희는 그의 죽음이 아니라 이런 형편없는 쇼를 계속 벌이다가 언젠가 새어나올지도 모르는 추문을 두려워했다. 그와 자신의 관계가 수상쩍게 왜곡되어 드러나는 상상을 하며 공포를 느꼈다. 나는 수화기 너머에서 아무 일도 없었어, 정말 아무것도 안 했단 말이야 하고 소리치는 연희를 달래 주었다. 그리고 그대로 택시를 돌려 연희가 말해 준 모텔로 갔다.

"살다 보면 그런 때가 있어요. 나는 문제가 없는데 주위에서 문제가 생겨요. 정신을 차려 보면 이리 뛰고 저리 뛰고 있는 사람은 나뿐인 거죠. 살면서 그런 일을 많이 겪었어요. 그런 일을 해결하는데 소질도 있었고요."

동훈은 모르겠다는 얼굴로 잠시 생각에 잠겼다가 되물었다.

"그래서 그날 일도 잘 해결했습니까?"

이번에는 내가 모르겠다는 표정을 지었다. 나는 빛과 어둠의 음영을 헤치며 가로등 세 개를 지나칠 때까지 입을 다물었다가 천천히 대답했다.

"그날 그 남자가 죽지 않았고 비밀이 폭로되지도 않았으니 해결이라고 봐도 되겠지만, 글쎄요. 그 남자가 결국 해리와 결혼하도록 내버려 둔 것은, 그리고 결국 해리가 이혼하게 된 것은……."

"운명이겠죠."

운명이라는 단어를 발음하는 동훈의 눈이 짓궂

게 휘었다. 나는 그 시시한 표현에 깜짝 놀라면서
도, 운명을 대체할 말은 어디에도 없겠구나 하고
생각했다. 그날 남자는 생각지도 못했던 나의 방문
에 당황해서 새빨개진 얼굴로 고개를 끄덕이는 것
이 전부였다. 나는 모든 관계를 정리할 수 있겠냐
고 물었고 그는 연희의 공포가 허무해질 정도로 선
선히 나의 요구를 받아들였다. 문제는 해리였다. 내
가 결혼을 다시 생각해 보라는 말을 넌지시 꺼냈
을 때 해리는 차가운 얼굴로 입을 다물었다. 그때
나는 어렴풋이 해리의 삶에 드리우기 시작한 조용
한 그림자를 예감했다. 그건 내가 앞으로 살아갈
인생과 동떨어져 있으면서도 어떤 순리처럼 나란히
다가오고 있었다. 예정대로 해리는 말끔한 턱시도
를 차려입은 남자와 결혼식을 올렸다. 결혼식 내내
하객석을 단 한 번도 쳐다보지 않는 남자를 보며
나와 연희도 입을 다무는 수밖에 없었다.

　동훈이 내 이름을 불렀다.

　"네? 뭐라고요?"

　"이름이 같다고요. 나한테 P시에서 다시 만나자
고 했던 그 사람이요."

　동훈은 다시 한번 내 이름을 발음했다. 아주 조

심스럽고 익숙한 발음이었다. 나는 어디서 많이 들어 본 말이라며 웃었고 동훈도 따라 웃었다.

"저로서도 참 식상하다고 생각합니다만 정말입니다. 그 사람과 헤어지고 얼굴이 닮은 여자나 목소리가 비슷한 여자를 만났어요. 같은 샴푸를 쓰는 여자를 무작정 따라간 적도 있고요. 결국 내가 만나는 여자는 항상 그 사람이었죠."

걸음을 멈추고 동훈은 고개를 깊게 숙이며 내게 다가왔다. 나는 동훈의 목덜미에서 나는 흔한 샴푸 향을 맡으며 그의 나직한 고백을 들었다.

"사실 진짜 결정적인 이유는 곧 결혼할 여자이기 때문이죠."

해리의 노력이 소용없을 것을 짐작하고 있었지만, 오히려 결정적이었다니 웃지 않을 수 없었다. 나는 처음부터 동훈이 아무도 사랑할 마음이 없다는 것을 알고 있었다. 내가 오랫동안 웃자 동훈은 방으로 돌아가자고 말했고 나는 그러자고 했다.

동훈의 방에 들어오자마자 나는 욕실로 들어갔다. 머리를 높게 묶고 소매를 걷어 올린 후 막 샤워기를 틀려는데 방에서 말소리가 들렸다. 가만히 숨을 죽이고 들어보니 해리 목소리였다. 해리는 너무 일찍 취했다가 깨서 잠이 오지 않는다고 말했다. 동훈은 난처한 목소리로 수차례 완곡한 축객령을 내렸지만 해리는 듣지 않았다. 해리가 현관을 지나 방 안으로 들어오는 소리가 들렸다. 동훈이 작은 소리로 뭐라 더 말했지만 아무 대답이 돌아오지 않자 그도 입을 다물었다. 잠시 후 현관문이 닫혔다. 결국 나는 조용히 욕실 문에 기대앉아 해리와 동훈의 이야기를 들었다.

주로 해리가 말하고 동훈이 맞장구를 쳤다. 처음에는 나를 의식해 동훈이 어색해했지만 그도 이 상황을 받아들인 것 같았다. 해리가 하는 이야기는 대부분 내가 아는 이야기였다. 그 익숙한 이야기를 들으며 나는 조금씩 졸았다. 낯선 Y시에서 낯선 남자의 방 욕실에 숨어 있는 현실이 꿈처럼 아득하게 멀어졌다. 어디선가 물방울 떨어지는 소리가 시곗바늘 소리처럼 들려왔다. 그 소리를 따라 시간이 흐르다 보면 모든 뾰족한 감정과 상처 입은 마음도 지금 해리의 입에서 나오는 그렇고 그런 이야기처럼 순하게 물러질 수 있을 것 같았다.

해리가 내 이름을 말하고 있었다. 나는 깊은 우물 속에 잠겨 있다가 수면 위로 끌려 올라왔다.

"나는 그날 모텔 앞에서 밤을 샜어요."

그 목소리에는 분노도 슬픔도 느껴지지 않았다. 단지 조금 기운 없는, 오랜 시간 휘저어 굳은 양초처럼 부드러운 음성이었다. 나는 두근거리는 가슴으로 해리가 나를 용서하기 위해, 그리고 비밀을 지키기 위해 노력했던 순간들을 들었다. 해리는 그 인적 없는 모텔 앞에 우두커니 앉아 차갑게 언 손으로 양팔을 감싸고 있었을 것이다. 그리고 어스름한 새벽을 헤치고 나타난 나를 가만히 지켜보았을 것이다. 나는 내가 지켜 준 행복 속에서 아무것도 모른 채 살아가는 해리를 은근하게 비웃었던 순간들을 떠올렸다. 해리는 그때마다 돌아선 나의 등을 가만히 지켜보았을지도 모른다.

이제 와서 해리가 내가 아닌 연희의 등을 지켜보는 것은 무용한 일이었다. 나는 눈을 감고 동훈과 해리가 그만 자 버리기를 기다렸다. 이제 곧 아침이 올 테고 이번 여행은 끝날 것이다. 해리는 왜 밤이 없는 야경의 도시에 가자고 했을까.

"또 셋이 모였군요."

동훈이 조금 큰 음성으로 말했다. 해리가 이해하지 못하고 되묻는 소리가 들렸다. 문득 달아났던 졸음이 다시 밀려왔다. 일렁이는 촛불처럼 나의 의식은 흔들흔들 그늘 속으로 걸어 들어가고 있었다. 우리는 결국 P시에 가지 못할 것이다. 그 주위 어디쯤을 헤매다가 왔던 길을 거슬러 제자리로 돌아갈 것이고 동훈은 떠날 것이다. 오늘밤 내가 동훈의 방에 있었던 것은 비밀이 되고 나는 예정된 날짜에 결혼식을 올릴 것이다. 연희는 해리의 오해를 알고 있었을까. 단지 침묵했을지도. 웨딩드레스를 입은 내가 문득 하객석을 쳐다보았을 때 우리는 눈을 마주치고 웃을지도 모른다. 시간이 흐르면 서로의 지나간 남자에 대해 말하듯 이번 여행에 대해 반복해서 말할지도 모른다. 우리는 서로에 대해 모르는 것이 없었고, 셋이 모여 말하면 모든 일이 쉽게 우스워졌다.

크
림

황은 아버지가 재혼을 앞두고 있던 겨울 잠시 내 방에서 살았다. 마름모꼴로 누빈 미색 솜이불을 깔고 나란히 누우면 때때로 황의 팔은 이동식 행거에 걸린 내 겨울 코트와 까끌까끌한 울 냄새를 풍기는 무거운 스웨터들 속으로, 발목은 책걸상 아래 늘어진 서늘한 그림자 속으로 들어갔다. 그때 나는 열 살이었고 그는 서른이거나 서른하나쯤 되었다. 언젠가 아버지에게 그 당시 황의 나이를 물었을 때, 아버지는 서른다섯쯤 되지 않았던가 했고 어머니는 스물여덟이라고 단언했다. 하지만 내가 황과 그 겨울 나누었던, 시간이 흘러 흐릿해지거나 여러 차례 임의로 각색하여 오히려 선명해진 대화들을 조합해 보면 그는 서른이거나 서른하나쯤 되었다. 황은 아버지가 결혼 자금으로 염두에 두었던 거의 모든 돈을 가지고 도망쳤다. 그리고 두 번 다시 나타나지 않았다.

사실 나는 살면서 황을 거의 잊고 지냈고 드물게 아주 엉뚱한 순간, 가령 어두운 밤 외곽순환도로를 달리다가 끝없이 똑같은 자리를 맴돌고 있는 게 아닐까 하는 기분이 들 때, 또 많은 사람들과 함께 웃다가 문득 아무도 나를 쳐다보고 있지 않다는 걸 깨달을 때 어떤 기미도 없이 불현듯 황을 떠올렸다. 누구도 어린 나에게 그 당시의 상황을 정확히 설명해 주지 않았지만 나는 그가 떠난 후 집안에 감돌던 살얼음 같은 공기에 가슴 졸였던 일이나, 그럼에도 불구하고 갑작스럽게 이별한 황을 남몰래 그리워했던 순간들을 기억하고 있었다. 그러나 모든 게 쉽고 부드럽게 잊혀졌다. 이따금 황을 알았던 아버지 지인들이 술자리에서 그의 이름을 꺼내면 모두가 습관처럼 그랬지, 그랬지 거들면서 대화는 금세 지루해졌다.

그 당시 사진작가로 입지를 다지기 시작하던 아버지는 대부분의 밤을 다채로운 사람들이 모이는 술자리에서 보내거나 그 사람들을 집으로 초대하여 술을 먹었다. 아버지와 내가 살던 집은 두 개의 방과 거실이 있는 일반적인 구조의 연립 주택이었다. 다행히 이웃들은 귀가 어둡고 밤잠이 많은 노부부와 언제나 노곤하게 취해 있는 인근 대학의 자취생들이었다. 교수와 작가, 기자, 모델, 성우, 변호사, 셰프, 수영 선수 등 전혀 접점이 없는 여러 분야 사람들이 그 집에서 만났고, 그들은 또 누군가를 데려와 아버지에게 소개시켰다. 아버지는 특유의 호탕함과 유머로 그들을 거실에 앉히고, 경계심을 흐트러뜨리고, 좋은 술을 먹였다.

황은 그 사람들 중 누군가가 달고 온 어시스턴트, 그러니까 일용직 고용인이었다. 그를 고용하고 있던 사람은 때를 놓쳐 어시스턴트에게 밥도 먹이지 못하고 일을 시켰다며 황을 술자리에 데려왔다. 얼굴이 잘 붉어지던 황은 잠시 사람들의 이목을 끌었고 술을 많이 받아먹었다. 특별한 커리어가 없는 어시스턴트에 대한 관심은 곧 시들해져서 모두가 그를 그냥 황이라고 부르기 시작했다. 그날 밤

새롭게 외워도 좋을 이름은 충분히 많았다.

대화 언저리로 밀려나 이따금 예의상 던져지는 질문에 고분고분 대답만 하던 황이 살고 있는 방의 보증금이 올라 곤란해졌다는 근황을 웅얼거렸을 때, 아버지가 무심하게 "그럼 당분간 여기서 지내지."라고 제안한 것은 누구도 예상치 못한 의외의 친절이었다. 누군가는 아버지가 "날이 추우니 정 방법이 없다면 이 집에서 지내도 좋아."라고 성직자처럼 말했더라고 기억했고, 또 누군가는 "뭘 걱정하나, 친구. 여기 이렇게 따뜻한 방이 있는데."라고 위트 있게 말했더라고 기억했다. 이상하게도 그때 황이 무어라고 대답했는지는 아무도 기억하지 못했다.

그때 아버지가 순간적인 영웅심이나 객기로 황에게 호의를 베풀었다고는 생각되지 않는다. 당시 아버지는 정말 호쾌한 남자였고, 대인배였고, 아직 사람에 대한 낭만을 간직하고 있을 때였다.

얼마 지나지 않아 황은 정말 단출한 옷가지가 든 가죽 보스턴 가방을 한쪽 어깨에 비스듬히 메고 내 방으로 들어왔다. 키가 크고 호리호리한 체구의 그가 서 있자 갑자기 천장이 푹 내려앉은 것처럼 보였다. 나는 그런 모습을 문틀 밖에 기대서 이상한 눈으로 바라봤다. 황은 나에게 들고 있던 가방을 보여 주며 어디에 내려놓으면 좋겠느냐고 물었다. 조용히 미소 지으며 내가 대답할 때까지 잠시 기다렸다. 황을 데리고 왔던 인사는 드문드문 얼굴을 비추다가 자취를 감췄다. 많은 얼굴들이 그 밝고 따뜻한 거실로 모여들었다가 눈 녹듯 사라지던 겨울의 일이었다.

당시 아버지가 만나고 있던 어린 여배우는 황을 싫어했다. 내 점심으로 계란말이를 만들고 있던 황은 갑자기 집에 들이닥친 그 여배우에게 기름 묻은 뒤집개를 든 채로 일러 주었다.

"작가님은 지금 안 계세요. 미리 연락을 하고 다시 오시는 게 좋을 것 같은데요."

아버지에게 새로운 동거인에 대한 이야기를 듣지 못했던 그녀는 단 한번도 자신을 낯익어하는 기색 없이 상냥하게 대하던 황에게 맹렬한 적의를 보였다. 그 적의는 황이 아니라 나를 향한 것이라는 생각을 자주했다. 그녀는 아버지가 이따금 만들었다가 쉽게 정리하던 애인들과 다를 게 없어 보였다.

그런데도 내게 짐짓 어머니처럼 굴었고, 실제로 내 법적인 어머니가 될 준비를 하고 있었다. 그녀가 다녀가면 지나간 자리마다 화장품 냄새가 났다.

그녀는 두 가지 보기를 주고 의향을 묻는 습관이 있었는데, 내게 외식으로 불고기와 패밀리 레스토랑 중에 무엇이 좋은지 묻거나, 다가오는 크리스마스 선물로 유행하는 다운 점퍼와 신형 게임기 중에 무엇을 원하는지 묻는 식이었다. 그럴 때면 나는 입을 다물어 버리곤 했다. 그녀는 항상 참을성 있게 내 대답을 기다렸지만 눈빛만은 네가 무슨 대답을 하든 이 두 가지 보기 이외의 다른 결과는 결코 없을 거라는 완고한 태도로 번뜩였다. 내가 할 수 있는 일이라곤 무엇도 선택하지 않고 고집스럽게 입을 다무는 것뿐이었다. 그러면 그녀는 하는 수 없다는 표정으로 웃으며 처음부터 염두에 두었던 것을 선택했다. 황이 시도 때도 없이 쏟아지는 그 여자의 비아냥거림을 묵묵히 듣다가 문득 시선을 들어 나를 보고 지루하다는 듯 미간을 좁히고 웃을 때, 나는 그와 함께 부도덕한 장난을 저지른 것 같은 희열로 몸에서 조금 열이 났다.

황은 누가 시키지 않아도 청소기를 돌리고 빨래

를 넣고 밥을 안쳤다. 자주 외박을 하는 아버지를 대신해 나를 보살폈고, 거실에서 술자리가 벌어지는 날이면 내 방에서 나와 함께 카드를 하다가 새벽녘이 되면 방문을 열고 나가 빈 술병들을 치웠다. 가끔 외출을 하기도 했지만 따로 어떤 일을 하는 것 같지는 않았다. 지금 생각해 보면 황의 태도가 얼마나 무책임하게 보였을지 이해할 수 있다. 그는 아버지 집에서 신세지는 상황을 모면할 구체적인 노력을 보이지 않았다. 집을 자주 드나들던 아버지 지인들이 점점 그를 아니꼽게 생각한 것은 어쩌면 당연했다. 그러나 황은 염치없고 뻔뻔한 성격이 결코 아니었다. 황은 아버지가 얼마나 늦은 시간에 들어오든 기척이 나면 나와 함께 덮고 있던 이불을 조용히 빠져나가 아버지에게 오셨어요 하고 인사를 했다.

황과의 동거는 아버지가 초대하던 사람들 사이에서 제법 유명해져서 거실 술자리로 불려 나갈 때가 종종 있었다. 그러면 나는 심심해져서 문에 귀를 대고 그 너머의 말소리와 잔이 부딪히고 식기와 접시가 달그락거리는 소리를 가만가만 들으며 황의 목소리를 찾아보곤 했다. 하지만 황은 주로 입을 열지 않고 주는 술을 공손하게 받아먹기만 했다. 그런 황을 여자들은 귀여워했다. 황 오렌지 좀까 줘요, 얼음을 더 줄래요, 노래 해 봐요 황. 의외로 황은 노래를 잘했다. 황이 노래를 시작하면 나는 오줌을 누러 가는 척하며 슬그머니 거실로 나갔다. 황이 나직하게 대충대충 부르는 노래는 살짝떨리는 음색 때문에 어쩐지 쓸쓸하게 들렸고, 여자들은 쉽게 감동했다. 메이저 항공사의 승무원인 한여자가 노래를 마친 황의 무릎 위로 올라와 키스를 한 적도 있었는데 황은 가만히 그녀를 받아 주었다.

이러한 기억은 대개 내가 본 것이 아니라, 훗날아버지 지인들이 드문드문 입 밖으로 꺼냈다가 재수 없다며 침을 탁 뱉고 끝내던 이야기에서 흘러나왔다. 천천히 섞이고 더해지며 계속 모습을 바꿨다. 황의 무릎에 앉았던 여자가 아나운서를 준비하던 여대생일 때도 있고, 여자가 황의 무릎이 아니라 허리에 다리를 감고 대롱대롱 매달릴 때도 있다. 때론 황이 여자의 스커트 안으로 손을 밀어 넣는다.

술자리에 여자들이 없는 밤에는 만취한 남자들

이 황에게 심술을 부리기도 했다. 두시가 넘은 시간 불을 끄고 황과 내가 잠자리에 들었을 때, 시끄럽게 방문을 두들기는 것이다.

"이봐, 황. 좀 나와 보라고, 황."

황은 잠들지 않았던 사람처럼 멀쩡한 얼굴로 거실로 나갔다. 나는 열린 문틈으로 쏟아져 들어오는 형광등 불빛을, 그 노랗고 가는 틈을 보며 다시 잠이 들었다. 다음 날 아침 일어나 거실로 나가면 먹다 만 음식과 설거지할 그릇들을 개수대로 옮기는 황을 볼 수 있었다. 술이 덜 깨 널브러져 있는 사람들을 조심조심 넘어 다니며 나는 황을 도와주었다. 그러면 황은 아무 말 않고 나의 호의를 미소로 바라보았다. 나는 황이 지저분한 접시를 흐르는 물에 씻어 건조대에 차곡차곡 쌓는 모습을 보며 조금 울적한 마음이 되곤 했다.

간혹 돌아갈 시기를 놓치고 그 집에서 아침을 맞은 사람들에게 황은 식사를 대접했다. 별다른 재료가 없어도 그는 냉장고를 뒤져 무언가 그럴싸한 요리를 만들어 냈다. 알배추와 콩나물에 고춧가루만 뿌려 달짝지근하고 칼칼한 국을 끓이기도 했고, 애호박과 감자를 조금 넣은 수제비를 뚝딱 만들어

내기도 했다. 그때만큼은 황에게 뾰족한 마음을 가지고 있던 사람들도 잠시 가시를 눕히고 후후 국물을 불어 먹었다. 정수리를 맞대고 사이좋게 그릇을 비웠다. 빈속으로 떠나기에 바깥은 너무나 황량하고 차가운 겨울이었다.

사람들이 빠지고 집안이 고요해지면, 그가 할만한 적당한 집안일이 더 이상 없을 때면, 황은 내방 창문을 조금 열고 담배를 피웠다. 황이 흡연자라는 사실을 대부분 알지 못했다. 그는 술자리에서도 집 앞 골목에서도 담배를 피우지 않았다. 내 방에서 담배를 피우다 나와 눈이 마주치면 황은 싱긋 웃으며 입 모양으로만 비밀이야 하고 말했다. 그 은밀한 태도에 나는 조금 들뜨면서도 그의 말을 이해하지 못했다. 아버지도, 손님들도 방 안에서 담배를 피우는 것은 흔한 일이었다.

"좋아 보이는걸, 황."

하루는 단골처럼 집을 드나들던 한 시인이 그 모습을 보았다. 그는 비쩍 마르고 얼굴이 검은 남자였는데 평소에도 황을 못마땅해하는 눈치였다. 끈질긴 시선으로 황을 훑어보던 그는 빙글빙글 웃으며 천천히 등을 돌렸다. 이후 그 시인은 사람들

앞에서 걸핏하면 황이 담배를 멋있게 피운다며 그에게 담배를 건넸다. 황은 매번 난처하게 웃으며 거절했지만 시인이 잔뜩 술에 취했을 땐 도리가 없었다. 시인은 호기롭게 지폐를 꺼내들었다.

"내기를 하자고, 황. 자, 한몫 챙겨 보라고. 언제까지 저 어린애 이부자리에 기어 들어갈 생각인가?"

구경하던 사람들이 환호하며 너도나도 지폐를 꺼내 나무 탁자 위에 올려놓았다. 머리 위로 주먹을 휘두르며 기합을 넣기도 했다. 모두가 누군가에게 돈을 걸었다. 그들은 모두 달고 진한 술에 취해 있었다. 황과 시인은 눈 깜짝할 사이에 담배 다섯 갑을 태워 없앴다. 재떨이로 쓰던 물에 적신 종이컵은 난사당한 총알받이처럼 꼼짝없이 서 있었다. 집 안은 온통 하얗고 미지근한 연기와 묘한 침묵에 잠겼다. 그때 아버지가 발코니의 창을 열며 집으로 돌아갈 시간이라고 말했다.

진지해진 황과 시인의 내기에 이미 흥을 잃었던 사람들은 차가운 공기가 밀려들어 오는 쪽으로 몸을 기울이며 하나둘 자리에서 일어났다. 마지막으로 시인이 황의 어깨를 무겁게 두들기고 나가자 집 안은 마법이 풀린 순간처럼 적막해졌다. 길고 어두운 바람이 불고 있었다. 안으로 들어온 바람은 잔인한 밤의 흔적을 지우듯 풍성하게 부풀었다. 아버지는 하얗게 질린 황의 얼굴을 보다가 고개를 돌려 막 방에서 나오던, 졸린 눈의 나를 향해 말했다.

"어른이 옳지 않을 때도 있다는 걸 이해했으면 좋겠구나."

그리고 다시 한번 "실은 대체로 그렇지."하며 고개를 끄덕였다.

나는 그때 아버지가 변명을 하고 싶었던 것이라고 생각한다. 그때 아버지는 내게, 그리고 황에게 조금 부끄러워하고 있었다. 그 당시의 아버지는 제법 올곧고, 의외로 순진한 구석이 있었다. 그는 주로 시인이 돌아간 후에 입버릇처럼 어른에 대한 맹신을 부정했다. 아버지는 마음속 깊이 시인을 경멸했던 것 같다. 그와는 다르다고, 그런 부류와 자신은 모든 면에서 다른 방향으로 흘러갈 것이라고 믿었을 것이다.

그러나 세월이 흘러 늙은 아버지 곁에 남은 가장 절친한 사람은, 주말 아침 함께 골프를 치고 별다른 목적 없이 술을 마실 수 있는 친구는, 그 시절 어둡고 광폭한 시를 썼던, 이제는 영화를 만들어 큰돈을 벌고 있는 그날 밤의 시인이다. 시인은 오랜 흡연으로 폐에서 네 차례 종양을 떼어 냈지만 정정하게 살아 있다.

　그즈음 아버지는 애인과 자주 다퉜다. 아버지는 집에서 사람들과 술을 먹다가도 전화기를 붙들고 슬며시 침실로 들어가거나 주방에 비켜서서 문자를 보냈다. 다툼의 화두는 그들의 결혼 문제였다. 아버지의 애인은 예정 대로 돌아오는 봄에 식을 올리길 원했고, 아버지는 시큰둥했다. 많은 사람들이 아버지의 낡고 비좁은 거실 모임을 사랑하고 있었다. 아버지는 그들의 애정과 소망을 묵살해 버릴 만큼 단호한 사람이 못되었고, 아버지 자신도 당시 생활에 조금 도취되어 있었다. 초조한 쪽은 점점 나이가 들고 있는 단역 여배우였다. 아버지가 손쉬운 변명거리로 황을 은근하게 이용했던 것은 사실이다. 황은 자신이 그런 쓸모라도 있다는 것에 감사하는 눈치였다.
　아버지의 애인은 모든 불화의 원인을 황에게서 찾았다. 그녀는 아버지가 결혼을 망설이게 하는 몇 가지 '미해결된 문제' 중 하나로 황을 자주 언급했고, 나 역시 그 미해결된 문제 중 하나라는 사실을 애써 생각하지 않으려는 것 같았다. 아버지의 집을 처분하고 자신이 가지고 있던 주식을 조금 매각하면 해가 바뀌기 전에 작은 아파트를 구할 수 있으리라는 그녀의 당찬 계획은 사실상 물거품이 되어 있었다.

"근사한 곳에 가서 저녁을 먹어요. 우리 세 식구 모두요."

어느 날 말다툼에 진이 빠진 그녀가 한발 물러서며 제안했다. 단숨에 나를 가족으로 묶어 버리는 포괄성에 나는 냉담한 마음이 되면서도, 또 동시에 황을 열외로 치부하는 태도에서 그녀가 조금 비열하게 굴고 있다는 생각을 했다.

아버지는 그녀의 휴전 제의를 흔쾌히 받아들였다. 하지만 나는 도무지 그러고 싶지 않아서 아프다고 거짓말을 했다. 춥고 열이 난다고 둘러댔다. 그러자 놀랍게도 정말 열이 나는 것이었다. 내 이마를 짚어 본 아버지는 고개를 끄덕였다. 황에게 나를 부탁한다고 말하고 아버지와 그녀는 현관을 나섰다. 또각또각 구두 소리와 아버지의 부드러운 발소리가 엇박으로 멀어졌다. 그들이 탄 자동차가 사거리 끝에서 오른쪽으로 방향을 바꾸며 끝내 사라지는 모습을, 나는 조그맣게 열린 창문 사이로 가만히 지켜보았다.

황은 내게 해열제를 먹이고 이제 누워서 잠을 좀 자야한다고 엄하게 말했다. 하지만 나는 막무가내로 외투를 걸치며 아이스크림을 사 달라고 졸랐다. 가슴이 뜨겁고 목도 뜨겁다고. 황은 고개를 젓다가 카드를 하자고 했다. 이기는 사람의 뜻대로 하자고. 나는 외투도 벗지 않은 채 황과 카드를 치기 시작했다. 그날 황은 내게 중요한 몇 가지 진실들을 털어놓았다. 내가 조금만 더 주의를 기울였다면, 잠시만 들뜬 마음을 가라앉혔다면, 나는 그의 얼굴에서 어떤 단서를, 작고 단단한 조짐을 발견할 수 있었을지도 모른다.

"스시는 먹어 봤니?"

노란색 3을 내려놓으며 황이 물었다. 나는 재빨리 빨간색 3을 내려놓으며 "한 번도요." 하고 건성으로 대답했다.

"내 꿈은 깨끗한 맨손으로 스시를 빚는 사람이었어."

황은 엎어진 카드를 한 장 가져갔다. 그리고 카

드를 집었던 손가락을 그대로 뻗어 내 이마를 눌렀다. 미열이 있는 이마에 닿은 황의 피부는 얼음장 같았다.

"스시는 차가운 손을 타고나야 하거든."

나는 황이 은근슬쩍 내 카드를 훔쳐보려는 속셈이라 생각하고 재빨리 몸을 뒤로 빼며 카드를 한 장 가져왔다. 보라색 6이었다.

"정말이야. 물고기는 사람의 체온에 화상을 입는다고."

황이 심각하게 그의 카드들을 훑어보며 말했다. 적당한 숫자가 없는 것이 분명했다.

"우리 아버진 가끔 손을 떨지만 사진을 찍어요."

황은 잠시 고개를 들어 나를 보았다. 그리고 대수롭지 않게 고백했다.

"사실은 어떤 사람 때문이야."

이번에는 내가 고개를 들어 황을 보았다. 눈을 가늘게 뜨고 입을 동그랗게 모아 소리를 냈다. 황은 그런 나를 한참 동안 비웃다가 인심 쓰듯 이야기해주었다.

"좋아했던 후배가 있었어. 나는 과제를 봐 주거나 꼭 해 주고 싶은 조언이 있다는 핑계로 그 애를

자주 불러내서 밥을 먹었지. 그 애는 내가 재미없
는 농담을 할수록 크게 웃었어. 물론 그게 대책 없
이 착한 성격 때문이거나 유난히 독특한 유머 취
향 때문일 수도 있지만, 나는 모든 것이 잘 되어 간
다고 생각했어. 어느 날은 그 후배랑 스시를 먹으
러 간 거야. 나는 그날 그 애랑 손을 잡아야겠다고
생각했어. 카페에 마주 앉아 따뜻한 커피를 마실
때나, 나란히 걸으며 집으로 가는 길에 그래야겠다
고 다짐했지. 그런데 그 애가 화장실에 간 사이에
그 애의 물수건을 들춰 본 거야. 덮여진 모양이 아
주 수상하고 의심스러웠던 그 물수건을 말이야. 그
아래에는 씹다 만 스시가 있었어."

　황은 골똘히 생각하다가 또 한 장의 카드를 가
지고 갔다.

　"스시를 못 먹었던 거야. 물수건에 감춰진 스시
를 본 순간, 몇 분 전까지 화기애애했던 대화는 아
주 불편하고 끔찍한 자리가 된 거지. 어쩌면 내가
즐겁다고 생각했던 시간들이 그 애에게는 견뎌야
하는 시간들이었을지도 모른다는 생각이 들었어."

　황은 다시는 그 후배와 만나지 않았다고 했다.
나는 고개를 갸웃거리며, 그래서 그 이야기가 황의

꿈과 무슨 연관이 있는 건지 물었다. 그는 눈을 동
그랗게 뜨고 대답했다.

"스시를 잘 먹는 사람이 이상형이 되었으니까.
별 수 있나, 스시집을 해야지."

나는 형편없는 논리라고 비웃어 주었다. 이번 게
임은 아무래도 황이 우세해 보였다.

"그 여자의 물수건은 뭘까요. 아버지가 좀 들춰
보면 좋으련만."

황은 기가 막혀서 고개를 저었다.

"아버지 애인이 그렇게 마음에 안 드니?"

나는 하는 수 없이 카드를 한 장 더 가져왔다.
파란색 11이었다. 한숨을 내쉬며 최악이라고 대답
했다. 그러자 황은 아무렇지도 않게 물었다.

"그럼 나랑 같이 갈래?"

어디를 가냐고 묻자 황은 잠시 말이 없었다. 그
는 가지고 있던 카드들을 가만히 살펴보고 있었다.
나로서는 무슨 색이 숨어 있는지, 무슨 수가 감춰
져 있는지 알 길이 없는 똑같은 모양의 카드 뒷면
들을 펼쳐 보이고 있었다.

"스시를 먹으러."

한참 만에 황이 대답했다. 나는 슬며시 걱정스

러워졌다.

"아버지가 걱정하시지 않을까요?"

황이 천천히 초록색 3을 내려놓으며 말했다.

"그렇겠지."

나는 속으로 쾌재를 불렀다. 흥분해서 다급해진 손으로 오랫동안 염두에 두었던 카드를 뒤집었다. 내게는 하얀색 3이 있었다.

"내가 이겼죠? 아이스크림이에요."

황은 조용히 웃으며 들고 있던 카드들은 내려놓고 두 손을 들어 보였다. 그때 나는 카드를 잘하는 황이 내게 일부러 져 주었다는 의심을 하지 못했다. 몸에서 올라오는 열기로 지면에서 반 뼘쯤 떠오른 기분이었고 적당히 어지럽기도 한 밤이었다. 황은 내게 도톰한 양모 재킷을 하나 더 입히고 외투 단추를 꼼꼼히 채워 주었다. 그러고도 목도리를 코 아래까지 둘러 준 후, 내 손을 잡고 집을 나왔다. 집안의 모든 불은 남김없이 꺼져 있었다.

날은 잠시 겨울이 물러난 것처럼 푸근했다. 열에 달뜬 입김이 내 입에서 흘러나와 순한 바람 사이로 사라지는 것이 보였다. 황은 집에서 가장 가까운 가게로 가지 않았다. 내 손을 잡고 별다른 말없이 빠르지도 느리지도 않은 걸음으로 걸었다. 나는 그때 처음으로 황과 집 밖을 걷고 있었다. 그리고 그것은 황과 걷는 마지막 경험이 되었다. 내 기억 속황은 그때를 제외한 대부분의 순간 내 방이나 거실, 혹은 주방에 있었다. 어디론가 걸어가고 있는 황의 모습은 낯설고 인상적으로 보였다. 나란히 걸으면서 올려다 본 황의 턱과 어깨는 부드럽게 위아래로 움직이고 있었다. 밤바다의 잔물결을 타고 항해하는 배처럼, 걷고 있는 황은 고요했다.

그날 황과 나는 무수한 길을 걸었다. 넓은 차선의 도로를 가로지르기도 했고 오래된 벽돌집들 사이로 난 좁고 어두운 골목을 걷기도 했다. 부서진 벽이나 깜빡이는 가로등, 더러운 것들과 젖은 흙이 뒤섞여 언 땅이 있었다. 나는 나뭇가지 사이로 자동차의 전조등 불빛이 닿았다가 사라지는 것을, 그것이 반복되는 모습을 보았다. 어쩐지 황에게 아무 말도 걸면 안 될 것 같은 기분이 들어서 나는 잠자코 그를 따라 걸었다. 밥을 짓는 냄새가 나고 이따금 먼 곳에서 아이 우는 소리가 들렸다. 어쩌면 지금 황은 슬픈 기분일지도 모른다는 생각을 했다. 황은 내가 알아차리지 못한 어느 순간부터 다시 집을 향해 걷고 있었는데, 집으로 돌아가는 길에 이런 이야기를 했던 것 같다.

"가끔은 그 애도 날 좋아했다는 생각이 들어. 스시를 몰래 뱉어 낼 만큼 식사를 망치고 싶지 않았던 게 아닐까 하는……. 당시에는 편협한 마음에 미처 깨닫지 못했던, 조금 다른 결말에 대한 생각 말이야. 모른 척 조금만 더 만나 보았다면 알 수 있었을 텐데, 이제는 영영 알 수 없는 마음이 되었어."

나는 그 말이 잘 이해되지 않았지만 어쩐지 내가 조금 더 자란 어느 날 문득 이 날을 떠올리게 되리라는 막연한 예감이 들었다. 황이 하는 말을, 말을 하는 황의 마음을 어렴풋이 이해하게 되리라고. 그런 신비로운 순간을 조금도 의심하지 않았다.

오랜 산책 끝에 황은 한 가게의 문을 열고 들어갔다. 꽤 늦은 시간까지 문을 여는, 사실 집에서 그리 멀지 않은 거리에 위치한 식료품점이었다. 아이스크림 냉동고로 손을 뻗는 나에게 황은 주의를 주었다.

"그런 아이스크림을 사 준다고 하진 않았는데."

황은 유리병에 든 우유와 얇은 종이에 싸인 네모난 버터를 샀다. 나를 내려다보며 개구지게 웃는

황의 입술 사이로 고른 이가 보였다. 턱과 목으로
이어지는 피부에는 푸르스름한 수염이 올라와 있
었다. 그는 한 손에는 식료품이 든 검은 비닐봉지
를 들고, 다른 한 손에는 내 뜨거운 손바닥을 움켜
쥐고 집으로 돌아왔다. 집안의 불을 켜고, 보일러
의 온도를 최대로 높이고서야 황은 내 손을 놓아
주었다. 얼음장 같던 황의 손에도 홧홧 열이 나고
있었다. 나는 황이 한 번도 내 손을 놓지 않았다는
사실을, 우리가 아주 오랜 시간 서로에게 체온을
내어 주고 있었다는 사실을 그제야 깨달았다. 그러
자 무거운 피로가 몰려왔다. 잊고 있던 미열이 목
을 타고 올라와 자꾸만 뜨거운 숨이 흘러나왔다.

황은 냄비에 흰 우유를 붓고 버터를 조금 잘라
넣은 후 약한 불로 끓이기 시작했다. 길고 납작한
나무 주걱으로 천천히 그것을 휘저었다. 그 움직임
을 따라 하얀 우유 표면 위로 결이 부드러운 무늬
가 생겨났다가 사라졌다. 휘젓는 방향은 시계방향
이었고 그 방향은 한 번도 바뀌지 않았다. 집안에
퍼지는 따뜻하고 고소한 냄새를 맡으며 나는 조금
씩 졸았다. 그 사이에도 황은 우유를 달구고 식히
고 휘저으며 나와 조금 떨어진 거리에 있었다. 황

은 나를 좀처럼 쳐다보지 않았다. 나는 황에게 이유 없이 서운한 마음이 들다가, 아버지가 아직도 돌아오지 않았다는 사실을 걱정하다가, 결국 깊고 부드러운 잠에 빠져들었다.

정오에 가까운 늦은 아침 눈을 떴을 때 나는 내 방으로 옮겨져 있었고, 몸은 온통 땀으로 젖어 있었다. 나는 어쩐지 개운해진 몸을 천천히 움직여보다가 방문을 열고 나갔다. 드물게 드는 겨울 햇살이 때마침 거실을 한가득 채우고 있었다. 그 하얀 빛무리 너머로 주방에 있는 황과 아버지가 보였다. 황과 아버지가 그렇게 나란히 서 있는 모습은 드문 광경이어서 나는 내가 아직 꿈을 꾸고 있는 건지도 모른다는 생각을 했다. 나는 부신 눈을 비비며 그들에게 다가갔다. 황은 거품기를 들고 얼음물 위에 띄운 스텐 용기를 힘차게 휘젓고 있었다. 구부러진 등과 단단하게 솟아오른 어깨뼈 때문에 황은 다른 사람처럼 보였다. 아버지는 턱을 잡고 그 모습을 흥미롭게 지켜봤다. 이제 우유의 제형은 점성이 있는 단단한 크림이었다. 황이 거품기를 휘젓는 길을 따라 결이 부드러운 무늬가 생겨났고 그것은 더 이상 사라지지 않았다. 하얗게 빛나는, 달고 부드러운 크림이었다.

황은 크림을 아주 잠시 냉동고에 넣어 두었다
가 꺼내서 내게 주었다. 입안 가득 퍼지는 고소하
고 단맛에 맑은 침이 고였다. 시리지 않고 따뜻하
게 녹아 스며들었다. 아버지는 작은 스푼으로 크림
을 떠먹다가 조심스럽게 애인의 것을 남겨 두어도
되겠느냐고 물었고, 황은 물론이라고 말했다. 그때
아버지는 미래에 대한 기분 좋은 예감에 사로잡혀
잠시 행복한 표정을 지었다. 황은 개수대에 몸을
비스듬히 기댄 채 그런 아버지의 얼굴을 바라보며
함께 미소 지었다.

그러나 다음날 아버지의 애인이 집에 왔을 때,
크림은 색이 노랗게 변하고 물이 생겨서 모두 쓰레
기통 속으로 집어넣어야 했다.

그날 밤 황은 나를 유괴했던 것일지도 모른다.
나는 시간이 한참 흐른 후에야 그날의 긴 산책이
기묘했다는 것을 인지하게 되었고, 그러나 누구에
게도, 심지어 아버지에게마저 그런 얘기를 한 번도
꺼내지 않았다. 하지만 한번 그런 생각이 들자 그
날 황의 행동들은 조금씩 의미심장해졌다. 내 기

억 속에서 때때로 황은 눈빛이 사나워지기도 하고 나를 잡아끄는 손아귀의 힘이 억세어지기도 한다. 이제는 어떤 것이 정말 그날의 황이고, 어디까지가 내가 상상해 본 황의 모습인지 구분할 수 없게 된 것이다.

돌이켜 생각해 보면 시간이 흘러 의도적인 방향으로 굴절되거나, 애초부터 뒤틀린 시각으로 보아 진실과는 다른 모습으로 남아 있는 의심스러운 기억들이 몇 가지 있다. 당시 아버지의 애인에 대한 기억이 그러했다. 그녀는 그때 내가 생각했던 것만큼 형편없는 여자가 아니었다. 어렸던 그녀는 아직 노련하게 품위를 지키는 법을 터득하지 못했을 뿐, 솔직하고 온당한 사고방식을 가지고 있었다. 정의로운 편이라고 평가할 수 있었다. 훗날 나는 그녀를 조금 존중하게 되었고 때론 그녀에게 감동받기도 하지만, 물론 열 살의 나는 꿈에도 그런 생각을 하지 못했다.

이제 나는 그녀가 그때 황에게 했던 행동이, 오직 나만 보았고 그녀 역시 내가 보았다는 사실을 모르는 그때 그 행동이, 그녀의 성품과는 어울리지 않는 충동적인 실수였다는 것을 진심으로 받아들일 수 있다. 나는 그 일로 오랫동안 그녀를 마음속 깊이 멸시했다. 그러나 누구나 의도치 않게 실수를 하게 된다는 것을, 그 무력하고 부드러운 순간이 지나가고서야 그것이 남긴 것들을 발견하게 된다는 것을, 나는 이제 조금 이해할 수 있었다.

그녀가 아버지의 술자리에 찾아온 것은 처음 있는 일이었다. 그녀는 난잡한 사람들 사이에 섞여드는 것을 좋아하지 않았는데, 그렇다고 아버지의 사교활동을 방해하는 것은 세련되지 못한 행동이라고 여겼다. 하지만 그날은 한창 술자리가 무르익었을 무렵 예고 없이 그녀가 현관 앞에 서 있었다. 아버지는 잠시 놀란 표정을 지었지만 이내 기쁘게 웃으며 들고 있던 와인 병을 내려놓고 그녀에게 다가가 하얀 캐시미어 코트를 받아 주었다.

그곳에는 아버지와 그녀가 연인 사이라는 것을 모르는 사람들도 있었다. 그러나 아버지가 "친애하는 여배우"라는 애매한 표현으로 그녀를 소개하자 둘의 관계를 알고 있던 누구도 어설프게 알은체를 하지 않았다. 그때부터 이미 그녀는 화가 나 있었다. 그녀는 아주 사교적으로 행동했다. 매력적인 자세로 앉아 말을 거는 남자들에게 살짝 몸을 기울이며 권하는 술을 모두 받아먹었다. 아버지는 되도록 그녀를 등지는 방향으로 대화를 나눴다. 그의 애인이 어떤 도발을 하든 관심 없다는 태도였다. 아버지는 그때 그녀와 머지않아 헤어지게 되리라는 것을 깨닫고 있었다.

그녀의 화살이 안줏거리를 나르던 황에게 돌아간 것은 그녀가 이미 적당량 이상의 술을 마신 후였다. 처음부터 철저하게 황을 보이지 않는 사람처럼 무시하던 그녀가 아주 자연스럽게 황의 오른편으로 자리를 옮겼다. 그녀는 티가 나지 않도록 노력하고 있었지만 아버지의 태도에 깊은 모멸감을 느끼고 있었고, 무언가 변했다는 사실을, 그것을 피할 방도는 결국 없다는 진실을 스스로 받아들이게 될까 봐 두려워하고 있었다. 그녀에게는 그런 감정들을 다른 방향으로 돌릴 무언가가 필요했다.

"황은 나보다 나이가 많죠. 그렇죠?"

황은 조심스러운 목소리로 대답했다.

"그렇습니다."

"결혼 생각은 없나요? 좋아하는 여자는요?"

그녀는 과도하게 귀여운 어조로 말하고 있었다. 황은 그녀의 의도를 알 수 없어 쩔쩔매며 눈을 돌려 아버지를 찾았다. 아버지에게 신호를 보내고 어떤 지시를 받아야 한다고 생각했다. 그러나 아버지는 두 명의 칼럼니스트들에게 그가 찍은 가장 퇴폐적인 사진을 보여 주고 있었다. 그때 아버지는 여자들에게 정신이 팔린 것처럼 보였지만 줄곧 등 뒤의 대화에 귀를 기울이고 있었음을 훗날 고백했다. 어쩌면 지어낸 변명일 수도 있었다.

"없습니다."

황이 대답했다.

"그럼 남자는요?"

황은 그 말을 이해하지 못하고 작게 되물었다. 그러자 그녀는 조금 더 또박또박 말했다.

"좋아하는 남자가 있냐고요."

그 음성은 제법 커서 가까운 거리의 사람들에게도 들렸다. 그녀의 맞은편에 앉아 있던 젊은 테너가 눈치를 살피다가 끼어들었다.

"농담이시죠?"

"물론 농담이죠."

그녀는 생각할 것도 없다는 듯이 손을 내저었다. 그리고는 그녀의 작은 핸드백에서 색이 연한 립스틱을 꺼내 발랐다. 예쁘게 싱긋 웃으며 서두르지 않고 덧붙였다.

"나는 이미 그 남자를 알고 있는걸요."

분위기는 조금 험악해졌다. 그러지 않으려 했지만 사람들의 시선이 힐끔힐끔 아버지에게 쏠렸다. 아버지는 여전히 돌아보지 않았지만, 그와 마주앉아있던 칼럼니스트들은 이미 그의 어깨 너머로 젊은 여배우와 황의 대화를 주시하고 있었다. 그녀는 그때쯤 자신이 너무 과했다는 생각을 했다. 그리고 모든 게 엉망이 되었음을, 거기에 자신이 혼자 남겨졌음을 깨닫고 있었다.

"눈치가 좋으시네요."

황이 차분하게 말했다.

"한 이불을 덮은 지 꽤 되었죠. 지금도 저 문 너머에서 자고 있고요."

그녀는 입을 다물고 황을 바라봤다. 그녀가 오래도록 그러고 있자, 황은 택시를 잡아 주겠다며 그녀를 일으켜 세웠다. 그녀는 뿌리치지 않고 비틀비틀 몸을 맡겼다. 아버지는 그의 애인과 황이 거실의 벽을 천천히 돌아 현관 앞에서 가자의 신발을 신고 밖으로 나갈 때까지, 차가운 공기를 남기고 현관문이 굳게 닫힐 때까지 한 번도 그쪽을 쳐다보지 않았다.

황의 생각과 달리 나는 그 시간에 깨어 있었다. 물론 방문 너머 거실에서 있었던 일들은 누군가에게 전해 들은 단편들을 재구성한 것이지만, 황과 그녀가 길가에서 택시를 기다리던 모습은, 내 방 창문에서 내려다보이던 그 모습은 나만이 간직하고 있는 기억이다.

그들은 함부로 더러운 바닥에 앉아 이야기를 나눴다. 그녀가 먼저 얼굴을 감싸 쥐고 울었고 황에게 조금 기댔다. 잠시 후 그녀는 거기 있어 줘서 고맙다는 듯이, 황의 다리를 톡톡 두들겼다. 그리고 나는 그녀의 손의 위치가 바뀌는 모습을 보았는데, 당시에는 아무것도 감지할 수 없던 동작이었지만 시간이 흘러 나는 그것이 어떤 종류의 신호, 혹은 희롱이었다는 것을 알았다. 택시는 그리 오래지 않아 도착했고, 그녀를 태운 택시가 떠나자 황은 천천히 몸을 돌려 어두운 계단을 올라왔다.

그날 이후 아버지는 그녀와 결별했다. 그의 일상은 별로 달라지지 않았고 항상 자신감에 차 있었다. 지나온 무엇도 후회하지 않고, 다가오는 무엇도 두려워하지 않는 태도였다. 아버지 주위에는 항상 사람들이 넘쳤다. 그는 건강했고, 호감을 끄는 매력이 있었고, 그렇게 다가온 사람들이 자신의 삶에 소중한 무엇이라고 믿었다. 황의 일은 아버지에게 큰 전환점이 되었다. 황은 봄이 오기 전에 아버지가 매각한 그 집의 중도금과 목돈으로 드물게 들어오던 아버지의 작품료를 가지고 사라졌다. 그 돈은 주택을 담보로 은행에서 대출한 돈을 갚고 나면 아버지에게 남겨질 거의 모든 돈이었다. 황은 어떤 기류나 전조도 없이 갑자기 떠났다.

그때 아버지는 상당한 충격을 받았고, 위로하거나 대신 분개하는 사람들 사이에 묵묵히 앉아 오래도록 낙담했다. 아버지의 애인이 돌아온 것은 그즈음이었다. 그녀는 어느 날 밤 텅 빈 거실에서 술을 먹던 아버지를 찾아와 말없이 그의 머리를, 나약하게 기울어지던 그 슬픈 얼굴을 안아 주었다. 나는 그들의 모습을 보며 저것은 진짜 사랑임을, 이제 그녀가 나의 가족임을 깨닫게 되었다.

재혼 후 아버지는 두 번 다시 거실에서 파티를 열지 않았다. 여전히 여러 자리에서 사람들과 어울려 술을 마셨지만 그들을 집으로 끌어들이진 않았다. 아버지의 지인들은 버릇처럼 그 시절을 그리워하며 이따금 아버지가 술에 취해 그 거실에서 마구 찍어 댔던 필름 사진을 펼쳐 놓고 이야기꽃을 피웠다. 그럴 때면 아버지 역시 그들의 말에 맞장구를 치며 잠시 추억에 잠긴 표정을 짓다가 그 자리가 파하면 아무도 닫지 않고 홀연히 집으로 돌아와 잠을 잤다. 그것은 아버지의 도덕이 되었다.

나는 일반적인 아이들이 가정에서 받는 보살핌을 받으며 자라게 되었다. 내 몸과 옷에서 울타리가 튼튼한 집 아이들에게서 나는 냄새가 나기 시작했다. 나는 그 일을 아직도 어머니께 감사하고 있다. 재혼 후 그녀는 빈털터리가 된 아버지를 재기시키기 위해 자신과 함께 일했던 관계자들과 배우들에게 아쉬운 소리를 했다. 그중 일부는 의리를 보이며 아버지에게 도움을 주었고, 지금까지도 부모님과 교우하고 있다. 그들은 이제 어머니를 아버지의 아내로 부르며 촌스러운 여자라고 생각하게 되었다. 그럼에도 어머니는 악착같이 중산층의 울타리를 만들고 그 안에서 나를 의사로 키웠다. 아버지는 내가 자라는 동안에도 이따금 애인을 만들었다가 쉽게 정리하던 버릇을 잘 고치지 못했다.

어머니는 오랜 세월 그것을 견디다가 몇 년 전부터 아버지와 별거 중이다.

사실상 그들은 이혼 과정을 밟고 있었지만 곧 있을 내 결혼식까지 기다릴 것을 어머니가 제안했다. 그녀는 여전히 "아들이 먼저 결혼할래, 아니면 내가 먼저 할까?" 하고 두 가지 보기를 주었다. 나이가 들어 살집이 붙은 그녀의 얼굴은 싱싱한 독기가 사라져 푸석해 보였다. 내가 대답하지 못하고 그녀의 작은 손을 잡았을 때, 그녀는 나의 머리를 품에 안아 주었다. 그리고 하는 수 없다는 표정으로 웃으며 처음부터 염두에 두었던 것을 선택했다. 여전히 그녀의 몸에선 화장품 냄새가 났다. 이제 그녀가 배우였다는 것을 기억하는 사람은 거의 없지만, 나는 그녀의 아름다운 몸과 젊음을 기억하고 있다.

가끔은 이런 기억을 떠올려 본다. 황이 크림을 만들었던 날 밤, 나는 잠을 자다가 깨어서 오줌을 누었다. 아버지는 오랜만에 술을 먹지 않고 일찍 잠들어 있었고, 손님이 없는 드문 날이어서 황도 깊은 잠에 빠져 있었다. 집안 이디에서니 서로 다른 방향에서 아버지와 황이 앞서거니 뒤서거니 내는 긴 숨소리와 작게 코를 고는 소리가 들렸다. 나는 문득 집이란 이런 것이라는 생각을 했다. 그리고 여기가 나의 집임을, 지금 내가 집 안에 있음을 깨닫게 되었다. 그건 아주 당연하고 쓸데없는 생각이었지만 어린 나를 행복하게 했다.

그런 달뜬 기분이 그날 밤 내가 어떤 마음을 먹도록 만들었을 지도 모른다. 그 마음은 냉장고 문을 열고 무법자처럼 함부로 물병에 입을 대고 물을 마실 때 슬며시 생겨났다. 주홍색 빛이 흘러나오는 냉장실 한 켠에 아버지가 애인을 위해 남겨 놓은 크림이 있었다. 나는 조금 신이 났던 것 같기도 하다. 크림이 든 그릇에 씌워 놓은 투명한 랩을 벗기고, 세탁실에서 한 주먹 가득 가루 세제를 쥐고 와 그 위에 살살 뿌릴 때는 으레 황이 주방에서 하듯, 멋진 요리를 만들고 있는 기분이 들었다. 가루 세제는 눈처럼 크림을 덮고 아무 일도 일어나지 않은 것처럼 하얗게 시치미를 뗐다. 아직 미열이 남은 날숨이 차가운 냉장고의 공기 속으로 하얗게 퍼지고 있었다.

그날 나는 방으로 돌아와 황이 덮고 있던 이불로 조용히 기어들어 갔다. 황의 배 아래 깔린 베개를 끄집어내 머리를 대고 한 번도 깨지 않았던 것

처럼 금세 곯아떨어졌다. 이따금 그날 아침 그녀가
그 크림을 버리지 않고 먹는 상상을 하면, 물론 많
이 삼키지 못하고 뱉어 내거나 짧은 복통 정도를
겪는 것이 다였겠지만, 나는 몸이 떨려 온다. 그 크
림이 정말로 그녀를 죽게 만들 거라는 순진한 믿음
이, 그때의 순수한 살의가 나를 놀라게 한다. 그리
고 생각해 보는 것이다. 황도 우리를 기억하며 몸
을 떨고 있을지. 뜨겁게 열이 나는 나의 손을 붙잡
고 인적 없는 거리와 낯선 골목을 걷던 날을 떠올
리는지. 아니면 떠나기로 마음먹은 어느 밤의 전경
을 손으로 먼지를 쓸어 내듯 되새겨 보는지 궁금해
지는 것이다.

　나는 이제 그때의 황과 비슷한 나이가 되었고,
만난 지 두 달밖에 되지 않은 여자와 곧 결혼식을
올린다. 도시 외곽의 대학 병원에서 몇 년간 레지
던트로 일하며, 멀지 않은 곳에 위치한 작은 정원
이 있는 집에서 신혼을 시작할 것이다. 아내가 될
여자와 그 집을 처음 보러 갔을 때, 그녀는 이제 막
순한 잎이 돋아나기 시작한 정원의 연둣빛 진디를
만지며 남자아이를 갖고 싶다고 말했다. 작은 골대
와 작은 축구공을 가지고 나와 어린 아들이 노는

모습을 보고 싶다고. 나는 그때 그녀를 웃기기 위해 익살스러운 몸짓으로 이리저리 공을 굴리고 차는 시늉을 했다. 나는 상기된 얼굴로 들뜬 숨을 몰아쉬었고, 그녀는 아주 행복한 얼굴로 오랫동안 웃었다. 그것은 까닭 없이 온 세상이 하얗게 빛나는 순간이었다. 끊임없이 달라지고 물러지는 삶 속에서 그것은 감쪽같이 달고 부드럽게 넘어가곤 했다.

정말 아무렇지 않은 일이었다. 어떤 일의 전조나 의미 있는 전경이 될 순간을 순진한 얼굴로 지나가는 일은.

작가의 말

　나는 지금의 기분이나 마음을 잘 모르는 채로 살아가는 편인데 그래서 항상 시간이 흐른 후에 곰곰 돌이켜보는 버릇이 있다. 이를테면 누군가와 이미 아주 가까워진 후에야 내가 그 사람에게 다정한 감정을 품고 있었구나 분별하게 되는 일이나, 늦은 밤 어두운 침대 위에 누웠을 때 문득 그날 듣고 웃었던 농담이 아주 모욕적인 말이었다고 깨닫게 되는 식이다.

　내가 쓴 소설을 읽으면 그걸 쓸 때의 나와 내가 만나던 사람들이 떠오른다. 그 소설에 대해 이야기하자면 소설 내용과는 상관없이 자연스럽게 그 사람들의 이야기를 하게 되는 것이다. 그 당시의 나는 몰랐으나 내가 그 소설을 쓰게 된 진짜 이유를 어렴풋이 그들에게서 찾을 수 있다. 함께 지나가거나 머물렀던 장소들, 나누어 먹었던 음식들, 대화들, 그들이 들려주고 내가 천천히 고개를 끄덕였던 그들의 상황과 사연들. 직접 겪거나 들은 이야기를 강박적으로 소설에 쓰지 않던 시기를 생각하면 엄연히 이 소설들은 나와 그들의 이야기가 아닌데도, 그것을 어김없이 우리의 이야기로 읽어 내고 나면 내 안의 물결이 잔잔하게 흔들리는 것을 느낀다. 이 소설들이 부드럽게 모퉁이를 접어 둔 한 시기에 빚을 지고 있다는 것에 안심이 되다가도, 이제 그 시기가 다 끝나고 이 세상에서 완전히 사라져 버렸다는 사실에 매번 놀라곤 하는 것이다.

이 책에 실린 소설들은 2013년 봄부터 2017년 겨울까지 쓴 것들이다. 발표 순서와는 무관하게 「셋」 「기분에 이르는 유령들」 「크림」 「노크」 「조커」 「미래와 밤」 「얼굴 없는 딸들」 「밤의 징조와 연인들」 순으로 썼다. 어떤 소설은 여전히 내 일부가 그곳에 속해 있다고 느끼고 있고, 또 어떤 소설은 너무 멀고 아득해져서 지금의 나와는 전혀 상관없는 낯선 세계처럼 느껴진다. 그럼에도 나는 그 소설들을 쓸 때 그곳에 사는 사람들과 내가 꽤 친했던 것을 기억하고 있다. 친했다고 생각했는데 이제와 돌아보니 내가 그들을 바라보는 시선이나 그들의 삶에 접근하는 방식이 아주 서툴렀다는 생각을 하게 된다. 나는 그 사람들을 어떻게 대해야 할지 몰랐고 어떻게 대해야겠다고 생각해 본 적도 없이 그냥 썼는데 그런 생각을 하면 어떻게 그럴 수 있었을까 반문하게 된다. 내 삶은 명백하게 무수한 사람들에게 순간순간을 빚지고 있고, 그 사람들과 걸으며 때론 머물며 살아왔는데, 내가 근래에 와서야 비로소 사람에 대해 생각하게 되었다는 사실은 나를 까마득한 두려움에 떨게 만든다. 벼랑 사이에 걸린 허방이 가득한 다리를 건너는 심정이 된다. 한편으로는 마음속 깊이 안도한다. 그 위태로운 순간들이 이미 다 지나갔다는 것에.

책을 묶으며 모든 순간 고마움을 느꼈다. 이 책이 지나온 과거와 당도할 미래에 함께하는 모든 사람들에게 고맙다는 인사를 전한다.

2018년 가을

우다영

이토록 서늘한 우연의 세계

한영인(문학평론가)

우연한 징조들의 세계로 들어가며

일상 속에서 느닷없이 마주치곤 하는 낯설고 돌연한 순간을 특유의 언어적 질감을 통해 포착해 내는 것을 목표로 삼는 소설이 있다. 거기서 작가의 언어는 로고스적 행위로 기능하는 것이 아니라 차라리 합리적인 로고스의 법칙에 가려진 음영의 기미(幾微)를 포착하는 데 소용된다. 그 그늘은 빛나는 대양처럼 확고한 진실과 당위를 발설하는 대신 독자들을 그늘이 드리운 서늘한 자락 속으로 기꺼이 끌어 들인다. 이때 외부를 향해 뻗어 나가던 직선적인 시야는 그늘 밑에서 굴절되어 스스로의 내면을 향하게 되고 그로 인해 세계는 환한 대지가 아니라 몽환적인 기분에 가득 찬 불가해한 덩어리로 변하고 만다. 그 순간 발생하는 어떤 기이한 '기분'을 하이데거가 말한 철학적 시작점과 비슷한 것으로, 가령 문학이 스스로의 존재 의미를 묻고자 하는 충동의 장소로 볼 수 있지 않을까.

우다영은 소설을 쓰고 읽는 일이 곧 지금의 세계를 다른 기분에 젖어 돌아보게 만드는 일이라는 것을 누구보다 예민하게 의식하고 있는 작가다. 그녀의 소설을 추동하는 힘은 세계를 탈주술화시키려는 로고스적 의지가 아니라 세계를 재주술화시키려는 충동에 가깝다. 이때 그녀가 우리에게 제안하는 대표적인 기분은 '신비로움'이다. '보통의 이론이나 상식으로는 도저히 이해할 수 없을 만큼 신기하고 묘함'을 의미하는 이 단어 속에 우다영의 소설 세계를 압축해서 이해할 수 있는 단초가 모두 들어가 있다고 해도 과언이 아닐 것이다. 이는 무엇보다 그녀가 현실을 이성의 빈틈없는 자기 전개의 장이 아니라 논리적 인과 관계로 환원시킬 수 없는 우연한 징조들의 무수한 집합으로 바라보고 있는

데서 비롯한다.

가령 우다영의 소설에서 세계는 단단한 현실적 지반을 지니고 있는 곳이 아니라 곳곳에 "발을 헛디디면 나락으로 떨어지는 구멍"(「조커」, 192쪽)이거나 "어떤 연유도 죄도 없이 생긴 깊고 어두운 구덩이"(「얼굴없는 딸들」, 253쪽)같은 것들이 함정처럼 우글거리는 곳이다. 그런 허방뿐인 세계에서 어찌 논리와 인과의 벽돌을 층층이 쌓아 이야기를 곧추세울 것인가. 출렁이는 대지 위에서 이야기는 다만 스스로를 느닷없는 단절과 공백 속에 희미하게 놓아둘 뿐이다.

우연의 신비神祕

그러니까 이런 식이다. 여기 한 여자를 소개받기 위해 카페에 앉아 있는 남자가 있다. 하지만 소개받기로 한 여자는 전염성 독감에 걸려 자리에 나오지 못하고 잠시 후 남자는 자신의 테이블로 다가온 어떤 여자에게 자신의 휴대폰을 빌려주게 된다. 여자는 남자의 휴대폰으로 누군가에게 문자 한 통을 보낸 뒤 답신이 올 때까지만 기다려 줄 수 있겠느냐고 부탁한다. 흔쾌히 수긍한 남자에게 여자는 마치 보답처럼 자신이 어릴 때 앓았던 병이 낫게 된 이야기를 들려준다. 서너 살 무렵 기관지가 수축되는 병을 앓게 된 여자의 부모는 열 살 무렵 어느 수도원에서 고아인 한 남자 아이를 입양하게 되었고 얼마 뒤 그 남자 아이가 개에게 물리는 장면을 본 뒤 여자의 병은 말끔히 사라지게 되었다는 이야기다.

여러 번 읽어 봐도 알쏭달쏭함은 가시지 않는다. 입양된 오빠가 개에 물린 것과 여자의 병이 나은 것 사이에는 아무런 인과 관계가 없기 때문이다. 여자는 자신의 병이 나은 것과(행운) 오빠가 개에 물린 일(불운)이 독립적인 사건이 아니라 '운의 교환'을 매개하는 유기적인 사건이었는지도 모르겠다고 암시하지만 이것이 얼마나 비논리적인 이야기인지는 누구보다 여자가 잘 알고 있다. 그래서 여자는 아마도 곤혹스러운 표정을 지었을 남자를 향해 이렇게 덧붙인다. "왜 병이 사라졌는지 아무도 몰라요. 그게 내게 온 이유를 몰랐던 것처럼요. 내가 당신에게 해 준 이야기 어딘가에 그 이유가 있을지도 모르죠. 그래서 내 병에 대해서라면, 그리고 오빠에 대해서라면 이런 식으로밖에 설명할 수 없는 거예요. 이해할 수 있나요?"(「조커」, 186쪽) 아마 금융사에 근무하며 "불규칙한 방식으로 나열되지만 결국엔 규칙적인 방향으로 움직"이는(169쪽) 숫자를 취급하며 살아가는 남자로서는 쉽게 이해할 수 없을 것이다. 그건 우다영의 소설을 읽는 (나를 비롯한) 독자들도 마찬가지일 텐데, 이렇게 그녀의 소설은 우리에게 인과적이고 논리적인 이해 가능성을 초월하는 새로운 이해의 지평에 설 것을 요구한다.

그 새로운 이해의 지평이란 어떤 것인가. 우다영은 소설집 『밤의 징조와 연인들』 전반을 통해 관련한 여러 단서를 우리에게 암시하고 있다. 먼저 눈에 띄는 것은 "구멍"이다. 그런데 "구멍"은 대체 무엇이길래 오빠가 개에 물린 일과 그녀의 병이 나았다는 별개의 사건을 새로운 시각에서 이해할 수 있게 해 주는가? 소설의 후반부에서 결혼한 남자는 아내 친구의 집에 부부동반 저녁 식사를 하러 가게 되는데 그 곳에서 아내 친구 남편으로부터 느닷없이 아이를 둘 씩이나 유산했다는 말을 전해 듣는다. 고백과도 같은 말을 마친 뒤 그 남자는 이렇게 덧붙인다.

"아내에게는 살면서 그런 일들이 많이 일어났습니다. 이해할 수 없는 불운들이었죠. 세상의 법칙과 순서에서 동떨어져 작용하는 운들이 있습니다. 사소한 변수일 때도 있고, 삶의 방향을 완전히 틀어버리는 순간일 때도 있죠. 이제 아내는 스스로를 어떤 구멍처럼 여기게 됐습니다. 자칫 발을 헛디디면 나락으로 떨어지는 구멍 말이죠. 그 구멍은 아내 스스로가 빠질 수도 있고, 곁에 있는 사람, 가령 나 같은 사람이 빠질 수도 있다더군요."

—「조커」, 192쪽

때론 삶의 방향을 완전히 틀어 버릴 수도 있는 이 강력한 "구멍"은 무엇인가. 그것은 예측할 수 없는 미래에 대한 단순한 은유인가 아니면 실제로 물리적인 힘을 발휘하는 미스테리한 실체인가. 정답은 둘 다다. 그러니까 우다영의 세계에서 그것은 은유이자 상징인 동시에 실재하는 물리적 힘이다. 거기서 인과적 논리를 초월하는 우연적 사건은 거대한 힘으로 작용하고 있으며 그 우연은 인물들의 남은 삶에까지 지속적으로 커다란 영향을 미치고 있는 것이다. 예컨대 소설 속에서 남자의 아내의 친구는 언젠가 과거에 남자와 만나기로 약속되어 있었지만 독감에 걸려 나오지 못한 그 여자일 수도 있다는 사실이 암시된다. 그 사실을 알아챈 남자는 "그녀가 나의 아내가 되고 그가 전혀 상관없는 사람이 되는" 장면을 상상하는데 그것은 단순한 몽상이라기보다 작은 우연이 삭제해 버린 그 남자의 또 다른 미래에 다름 아니다. 여기서 우연은 그 남자의 삶을 만들어 낸 동시에 삭제해 버린 힘으로 작용하고 있는 것이다.

한편 누군가가 스스로를 구멍으로 여긴다는 것은 주체를 이성적이고 합리적인 존재로 곧추세우지 않고 모호한 우연의 힘의 결정에 내맡겨진 존재로 여긴다는 것을 의미한다. 인간의 삶이 어떤 합법칙적인 경로를 통해 펼쳐지는 것이 아니라 수많은 우연과 불확실성 속에 내던져 있다는 이와 같은 인식은 우다영이 반복적으로 제시하는 고유의 세계관이다. 정말이지 그녀에게 세계는 합리적인 법칙에 의해 설명될 수 없는 온갖 빈틈으로 가득 차 있다. 조금만 각도가 빗나가도 궤도에 안착하지 못하고 컴컴한 우주를 떠돌아야 하는 행성처럼 인간의 미래도 마찬가지다. 그 궤도를 정밀하게 계산조차 할 수 없다는 점에서 어쩌면 우리가 처한 상황은 더욱 나쁜지도 모른다.

"구멍"이 온갖 운들이 통과하는 틈새라고 할 때, 인간의 현재와 미래는 타인의 그것과 교환 가능하다는 점에서 잠정적인 것이 된다. 이 잠정적인 것은 오직 우연의 힘을 통해서만 현실에서 발현되는데 그 우연의 계산에 개입되는 힘들에 대해서 우리는 알 수 없다. 하지만 우리는 그 불확실한 힘과 별개로 은밀한 소망을 품기도 한다. 때로는 남의 불행을 대가로 자신의 행운을 바라기도 하는 것처럼 말이다. 여자가 오빠가 개에 물린 사건을 자신의 행운의 대가로 보는 것은 아마도 그녀 내면에 잠재되어 있던 은밀한 죄의식의 발로일 것이다. 여기서 그 죄의식이 깊이 탐구되는 것은 아니지만 타인의 불행을 나의 행복의 구성적 조건으로 포함시키려는 이러한 태도는 우다영의 소설 속에서 반복적으로 나타나는 특징 중 하나라고 할 수 있다.

이와 같은 '운의 교환' 모티프는 「노크」에서도 나타난다.

"그런데 어쩐지 아이가 잃은 어떤 것들과 동일한 양

의 축복이 나에게 옮겨졌다는 생각이 들어. 그건 전혀
논리적인 사고가 아니지만, 원칙적으로 그런 식의 교
환은 있을 수 없지만, 그럼에도 불구하고 말이야."

——「노크」, 153쪽

"논리적인 사고"를 뛰어넘는 다른 방식의 이해를
우리에게 요청한다는 점에서 「노크」는 역시 우다영
식 세계관을 대표하는 흥미로운 작품이이라 할 수
있다. 여기서도 "구멍"은 등장하는데 —— "구멍 같
은 거야. 나한테 작은 구멍이 있는데 여기엔 내가
빠질 수도 있고 내 곁의 다른 사람이 빠질 수도 있
어. 구멍에 빠지는 일은 정말 무서운 일이지만 운
이 좋다면 빠지지 않을 수도 있지. 그러니까 구멍
같은 것은 모르고 지내는 게 좋아."(132쪽) —— 이때
의 "구멍"은 우연의 은유라기보다 차라리 중력의
작용으로 인해 시공간을 왜곡시킬 수 있다는 물리
학의 '웜홀'에 근사하다.
  이 작품에서 우연의 신비는 현재에서 미래로 이
어지는 3차원적 시공산의 세한을 넘어 그것의 휘어
짐마저 초래한다. 이는 단순히 '반전'을 노린 기교라
기보다는 현실을 낯설게 보기 위해 작가가 적극적

으로 차용한 물리학적 인식론에 가깝다. 가령 「기분에 이르는 유령들」에서 작가는 현철 씨의 입을 빌려 "우리는 현재를 살아간다고 믿지만 실은 과거와 미래가 현재와 분리되지 않은 채 순서도 정렬도 없이 동시에 생성되는 거라면? (……) 고정된 관념을 정확히 보는 사람들, 혹은 보려는 것만 보는 정상인들이 사실은 제정신이 아닐 수도 있다는 말이란다. 우리가 보고 있는 것들은 그것의 전부가 아니야. 절대로, 그것을 온전히 볼 수 없단다."(302쪽)라고 말하는데 이는 우리가 아무런 의심 없이 현실이라고 믿고 받아들이는 세계를 비판적으로 회의할 필요가 있음을, 물리학의 언어를 빌어 강조하고 있는 장면이라 할 수 있다.

우다영은 눈에 보이는 삼차원의 세계를 실재하는 가능 세계의 전부로 여기는 일상인(das mann)의 태도, 주어진 현실을 무반성적으로 수락하는 태도를 비판하면서 인간을 우연이 드나드는 창(窓)과 같은 틈새로 흥미롭게 변주한다. 이는 달리 말하면 이성과 합리성에 의해 탈주술화된 세계를 우연의 서늘한 그늘로 재주술화하려는 의지라고 할 수 있을 것이다. 실제로 그 자체로 뛰어난 연애담인 「밤의 징조와 연인들」에서 '나'는 이수와 사랑에 빠진 뒤 "그런 세상에서 말은 언어가 아니었다."(24쪽)라고 말한다. 기능적으로 '말'은 로고스의 체현이며 이성의 매개이지만 사랑이라는 신비 속에서 '말'의 로고스는 모두 녹아내려 눈짓과 몸짓, 체온 같은 것 속으로 흡수되어 버리고 만다. 사랑이란, 정말이지 우연이 만들어 낼 수 있는 가장 신비로운 사건이지 않은가? 우다영이 이토록 핍진하면서도 서늘한 연애담을 주조해 낼 수 있었던 것은 그녀가 우연의 신비를 들여다보는 깊고 독특한 눈을 지녔다는 사실과 무관하지 않을 것이다.

우연의 분기分岐

우연은 역설적이게도 항상 '왜?'라는 물음을 내포한다. 기실 우연은 제 낱말의 뜻풀이 속에 아무런 인과 관계가 없음을 명토 박아 두고 있지만 우리는 인과 관계가 명확한 일이 아니라 — 그런 일이라면 '왜?'라는 물음에 합당한 성답이 세시되어 있을 것이므로 — 우연히 발생한 일에 대해서만 거듭해서 '왜?'라고 묻는다. 우연은 그에 대한 답을 초월한 일을 설명하기 위해 고안된 개념이므로 거기서 왜, 라는 질문은 사실 부질없는 것이다. 그렇다면 우연은 '왜?'라는 질문을 선험적으로 차단하는 동시에 그 질문을 영원히 발생시킬 수밖에 없는 모순 덩어리에 다름 아닐 텐데 그 모순은 우리 삶에 영겁 회귀하는 의문의 사슬인 동시에 영원히 풀리지 않는 신비의 샘이다.

우다영은 서사 속에서 이 신비를 섣불리 풀어헤치지 않고 그대로 보존하는 방식을 선택한다. 그래서 그녀의 소설에는 사건의 명확한 인과가 제시되지 않고 단지 추측과 짐작으로만 남아 있다. 「기분에 이르는 유령들」로 다시 돌아가 보자. 현철은 백화점 엘리베이터에서 괴한으로부터 염산 테러를 당해 하얀 뼈를 드러낸 얼굴에 붕대를 감은 채 중환자실에 누워 있는 딸의 과거를 추적한다. 딸의 친구를 통해 딸이 나이 많은 남자와 만나고 있었다는 걸 확인한 날, 공교롭게도 유부남인 범인이 범행 전에 피해자의 이름을 이미 알고 있었다는 얘기를 전해 듣는다. 그렇다면 묻지 마 범죄인 줄 알았던 딸의 사고는 교묘하게 계획된 치정극인 것일까. 그 남자는 딸의 옛 연인이었고 헤어지자는 딸의 말에 격분해 그와 같은 일을 벌인 것일까.

현철이 딸의 과거에 집착하는 것은 "불운에는 보이지 않지만 분명히 존재하는 어떤 이유가 있다고"(304쪽) 생각하기 때문이다. 하지만 과연 그럴까. 운과 불운이 모두 우연에 달린 것이라면, 조금 전 말했듯 거기에는 반복되는 질문만 있을 뿐 합당한 대답은 존재하지 않을 것이다. 아니나 다를까 딸의 소설을 얻기 위해 과 사무실로 찾아간 현철은 조교로부터 그 여자와 딸은 "인사도 하지 않는 사이"(305쪽)라는 말을 듣게 된다. 딸의 친구라는 여자의 말은 과연 사실일까. 어쩌면 그녀 역시 보라색 목도리를 버스에 놓고 왔노라 거짓말했던, 딸이 들려줬던 이야기 속 소녀와 다름없는 인물인 것은 아닐까. 아니, 조교가 사실을 잘못 알고 있는 것이고 사실 둘은 절친한 친구이며 그래서 그 여자의 말이 사실인 것은 아닐까. 짐작과 추측은 난무하지만 진실의 실마리는 그 어디에도 찾을 수 없다.(설사 실마리를 찾았다 할지라도 그것은 플롯 속에서 확정될 수 없는 어디까지나 잠정적인 것일 따름이다.)

우다영은 독자로 하여금 서로 다른 가능성이 뻗어 있는 갈림길 앞에 자주 서게 하는데 이는 그녀가 미래를 무수한 우연들의 조합의 결과로서 현실화 되는 가능성의 공간으로 인식하고 있기 때문이다. ("작은 우연이 의외의 패를 만든다"(「조커」, 190쪽)) 그런데 여기서 분기하는 것은 서사의 결론만이 아니다. 소설 속에서도, 아니 현실에서도 우리는 다양한 삶의 갈림길 앞에 서지 않는가. 「얼굴 없는 딸들」에서 모르는 오빠들에게 기대선 채 담배를 피우고 있던 세희와 승은이를 보는 순간, 그리고 그걸 한심하게 생각하는 주란이를 보는 순간 '나'가 느낀 "어떤 예감"(243쪽) 같은 것, 그러니까 "저 애들과 나 그리고 경진이를 서로 다른 곳으로 데려 갈 작은 비틀림. 틀어진 방향과 시간의 동력이 만들어 내는, 전혀 다른 공간에 대한 직감 말이다."(243쪽) 이렇듯 개인의 앞날을 뒤바꿀 그 비틀림은 계산 가능한 물리적 각도가 아니라 어렴풋한 예감이나 직감의 형태로만 감지된다.

우연의 힘 앞에 속수무책으로 노출된 잠정적인 존재인 인간은 세계를 거대한 폭력으로 마주할 수밖에 없다. 그곳은 스스로의 의지와 계획을 배반하는 어두운 힘에 의해 획책되는 공간이기 때문이다. 하지만 우다영의 인물들은 그 공포 앞에 짓눌리지 않는다. 예컨대 「기분에 이르는 유령들」에 등장하는 현철의 딸은 자신이 당한 테러에 대해 "이건 아주 평범한 사고예요."(311쪽)라고 말하는데 그 담담한 말에 서린 서늘함은 작가가 우연의 폭력 앞에 취하는 태도의 정체를 극적으로 보여 준다. 원인을 제거하면 사라지는 공포와 달리 불안에는 명확한 대상이 없다. 계속해서 가늘게 떨고 있는 지남철처럼 인간 역시 온갖 우연과 불확실성 앞에 내던져진 채 불안에 떨어야 하는 존재일 뿐이다. 우다영은 그와 같은 우리의 존재 조건을 짐짓 무시하거나 억누르지 않고 다만 서늘하고 덤덤하게 포착해 낸다.

누군가의 깊은 구덩이에서 빠져나가며

어쩌면 우다영은 우연과 불확실성 속에 내던져진 인간의 존재 조건을 너무 일찍 알아차린 작가인지도 모른다. 몹시 독특하고도 인상적인 성장소설이라 할 수 있는 「얼굴 없는 딸들」이 그 증거다. 대개의 성장소설이 객관적인 외부 현실과 그에 길항하는 개인적 자아 사이의 대립 구도를 설정하고 있는 것과 달리 이 작품은 '나'를 둘러싼 수평적인 관계 구조를 밀도 있게 드러내고 있다. 작품의 주요 배경이 되는 '오로'가 이미 주변부로 설정되어 있거니와 등장하는 주요 인물 역시 사회와 가족의 정상성의 경계 내지는 외부에 놓여 있는 인물들이다. 그 이중의 주변부에서 보낸 한철을 희미한 죄책감과 함께 추억하는 이 소설의 결말부에 작가는 이렇게 쓴다.

어쩌면 대수롭지 않은 일이었다. 그 시기에는 누구나 아무 노력 없이 몸이 자랐고, 이해하지 않아도 조금씩 어른이 됐다. 매일 모르는 사이에 무언가를 잃어버리고 그것을 잃었다는 사실도 쉽게 잊었다. 친구의 이름. 얼굴. 어제의 즐거움. 두려움. 화답을 기대하는 마음. 슬며시 생겨난 앙심. 단순하게 반복되는 폭력. 결별. 지난 계절의 더위. 추위. 꿈. 불가해한 죽음. 지속되지 않는 다짐. 너를 버린다는 말. 그 모든 것들이 기억 너머로 가라앉는다. 아래로 더 아래로 가라앉아 깊은 구덩이 속에 고이고, 바로 거기, 잔잔한 수면이 생긴다.

—「얼굴 없는 딸들」, 256~257쪽

소설은 '오로'라는 지명의 유래와 닿아 있는 "다섯 노인들"의 얼굴을 비추며 끝이 난다. 그 얼굴은 "상처와 흉터마저 주름에 파묻"(260쪽)혀 있는데 이는 '오로'에서 보낸 한철이 '나'를 (과잉) 성숙시킨 시간들이었음을 짐작하게 한다. 결국 삶이 주체의 의지대로 기획되는 것이 아니라 원인과 결과를 알 수 없는 어떤 불가해한 힘에 의해 굴러가는 것임을 깨달은 주체가 맞닥뜨리게 되는 어떤 무기력의 소회가 거기에는 담겨 있다. 지나간 삶을 회억하는 '나'의 시선에는 정말로 노인이 취할 법한 어떤 돌아봄의 정서가 미만하지 않은가. 어쩌면 덤덤함을 넘어 냉정하다고까지 할 수 있는 이러한 작가의 시선은 그녀가 상정하고 있는 '인간의 조건'과 결코 무관하지 않을 것이다.

한편 '나'를 둘러싼 모든 감정과 사건들, 다짐들과 추억들이 가라앉아 버린 저 "깊은 구덩이"는 무엇인가. 어쩌면 이것은 우다영의 소설 속에 반복적으로 등장하는 구멍의 원초적인 생성 지점은 아닐까? 만약 이 깊은 구덩이가 인간의 삶에 함정처럼 매복하고 있는 허방이라면, 그 허방은 단순한 물리적 함정이 아니라 개인의 내밀한 삶과 기억이 복잡하게 얽혀 있는 역사적 구성물이며 우리가 바라보면 "잔잔한 수면"은 세계의 표피에 불과할 따름이다. 그렇다면 타인이 쳐 놓은 구덩이에 빠진다는 것은 타인이 지닌 가장 내밀한 지점으로 빠져드는 일이 되거니와 그것은 치명적인 위험이 도사린 사랑에의 유혹에 다름 아닐 것이다.

세계가 타인의 표피만을 훑는 시선으로 가득 차 있을 때 문학은 그 아래 자리한 "깊은 구덩이"를 응시할 것을 주문한다. 그 구덩이는 아름답고 안전한 진실의 거처가 아니라 누군가가 성장하면서 봉인해 놓은 갖가지 추악한 과거가 모기 떼처럼 우글거리고 있는 밀림의 늪에 가깝다. 그렇기에 대부분의 사람들은 그 허방에 빠지는 일에 극도의 예민함을 발휘하지만 우리 삶은 우연이라는 불가해한 힘의 작용으로 인해 어쩔 수 없이 그 구덩이에 빠져들지 않는가. 우다영의 소설을 통해 우리는 이 거부할 수 없는 삶의 진실에 조금이나마 가닿게 된다. 그 순간 삶은 우리에게 돌연 낯선 것으로 체험되며 우리는 우리 안에 자리한 저마다의 구덩이로 눈길을 돌리게 된다. 타인에게 관습적으로 내보이는 "잔잔한 수면" 아래 봉인되어 있는 각자의 진실

을 비로소 두 눈을 부릅뜨고 대면할 시간이 찾아
온 것이다.

우다영

1990년 서울에서 태어났다.
2014년 《세계의 문학》 신인상으로 등단했다.
소설집 『밤의 징조와 연인들』, 『앨리스 앨리스 하고 부르면』이 있다.

밤의 징조와 연인들

1판 1쇄 펴냄 2018년 11월 9일
1판 6쇄 펴냄 2022년 6월 17일

지은이 우다영
발행인 박근섭, 박상준
펴낸곳 (주)민음사

출판등록 1966. 5. 19. (제16-490호)
서울특별시 강남구 도산대로1길 62(신사동) 강남출판문화센터 5층
대표전화 02-515-2000 팩시밀리 02-515-2007
www.minumsa.com
ⓒ 우다영, 2018. Printed in Seoul, Korea
ISBN 978-89-374-3916-2 03810